中国古典爱情词选注

张岗 注

陕西新华出版传媒集团
三秦出版社

图书在版编目（CIP）数据

中国古典爱情词选注 / 张岗注. —西安：三秦出版社，2021.12

ISBN 978-7-5518-0603-9

Ⅰ.①中… Ⅱ.①张… Ⅲ.①词（文学）—注释—中国—古代 Ⅳ.①I222.82

中国版本图书馆 CIP 数据核字（2013）第 238201 号

中国古典爱情词选注

张岗 注

责任编辑	高　峰
出版发行	陕西新华出版传媒集团　三秦出版社
社　　址	西安市雁塔区曲江新区登高路 1388 号
电　　话	（029）81205236
邮政编码	710061
印　　刷	西安雁展印务有限公司
开　　本	787mm×1092mm　1/16
印　　张	17.75
字　　数	296 千字
版　　次	2021 年 12 月第 1 版 2021 年 12 月第 1 次印刷
印　　数	1—1000
标准书号	ISBN 978-7-5518-0603-9
定　　价	68.00 元
网　　址	http://www.sqcbs.cn

序

　　"爱情"是一个既古老又年轻的永恒的话题，千百年来，她表现在各种形式的文学作品里，譬如诗歌、传奇故事、戏剧等，同样也大量地出现在"词"里。词即歌词，或称长短句，它跟乐府歌辞的辞是一个字，本指一切可以合乐歌唱的诗体。大约是在初盛唐产生，从中唐以后流行起来的新诗体。唐代称当时流行的杂曲歌词为"曲子词"，后来简称为词。它产生于唐，发展于五代，在宋代得到了极大的繁荣，从此，宋词和唐诗这两颗璀璨的明珠，便在我国文坛上交相辉映。

　　词在配合乐曲歌唱的过程中，继承并发展了近体诗的声律成就，因此音乐性比较强，虽然今天它已不能合乐歌唱，读时仍容易朗朗上口；而词调的上下分阕、反复吟唱的形式，又比较适合于一些触景生情或今昔对比的抒情小诗的写作，所以，词自产生之日起，爱情这个题材便自然而然地切入其中了。

　　最早的爱情词应该是出现在《敦煌曲子词》里。《敦煌曲子词》是清光绪年间，大量五代写本被发现于甘肃敦煌莫高窟（又称千佛洞），是现传最早的、也是仅存的唐代民间词，其中也有少数文人的作品，所以这些词在描写爱情方面形式活泼，语言通俗，风格朴素，感情健康，有鲜明的个性特征和浓郁的生活气息，反映了词兴起于民间时的原始形态，具有魏晋南北朝乐府民歌的共同艺术特征。唐代文人写爱情词的也很多，其中不乏一些诗歌大家的作品，如李白的《菩萨蛮》《忆秦娥》、韦应物的《调笑令》、王建的《宫中调笑》、刘禹锡的《潇湘神》、白居易的《长相思》等，他们创作的爱情词形式多样，语言优美，更大程度上表现了词调的特点,具有较高的艺术价值。到了晚唐和五代,出现了一些专门描写儿女情长、闺怨离愁的词人,五代时后蜀赵崇祚选录了温庭筠、皇甫松、韦庄、薛昭蕴、牛峤、张泌、毛文锡、牛希济等十八家的词为《花间集》。这些词人风格大体一致,在塑造女子形象时,工于雕琢,多用艳词和丽句,描摹逼真,刻画细腻,开创了独具一格的"花间派"词风。

词到了宋代应该说是发展到了顶峰,然而,宋词最初是继承晚唐五代婉约绮丽的词风发展起来的,这时的代表词人有柳永、秦观、贺铸等,他们的词多取材于都市生活,表现男女的离情别绪,达到了情景交融的艺术境界,譬如柳永的慢词《雨霖铃》《浪淘沙慢》,秦观的《满庭芳》,贺铸的《青玉案》等,使婉约词更加成熟和丰满。由于北宋封建文化的高涨和文人政治地位的提高,在范仲淹、欧阳修等部分作品中,即景抒怀,气象已自不同,他们的爱情词洗刷了晚唐、五代以来的脂粉气味和婉约情调,使词格向清疏峻洁方面发展,如范仲淹的《苏幕遮》、欧阳修的《踏莎行》《蝶恋花》等,这些词大都色调鲜明,情思深远。到苏轼更矫首高歌,时见奇怀逸气,在婉约词家之外别立豪放一宗;他的言情词也写得挥洒自如,耐人寻味,如《江城子》一篇,沉痛缠绵之中,不乏豪放派的浪漫主义基调。

随着宋代封建文化的高涨,妇女知书能文的渐多,词的传统风格又有利于抒写"闺情",因此宋代还出现了一些女词人。生在南渡前后的李清照,既在词里描写她深闺孤独无依的生活,同时还抒发她南渡以后国破家亡的痛苦心情,在两宋词家中取得了杰出的成就。南宋词以辛弃疾最为著名,他的作品,悲歌慷慨,志气昂扬,足以警顽起懦,激励人心。他一生写词600余首,在数量上超过他先辈和同时的词家,在思想内容和艺术成就上都达到了两宋词家的最高水平。这位爱国的豪放词人也写了许多爱情词,其婉约词,纤丽之中带有悲壮,细腻柔媚、清丽温婉,如《祝英台近》《青玉案》等,都是千古名篇,上乘佳作。南宋许多词人,把离愁别恨、闺怨相思之情,都融入到了南北隔绝、故国难收的爱国之情当中了。也就是说，用离别之恨，来表达中原隔绝之恨；用相思之情，来寄托故国难收之情。创作上也与从先写景色（如花前月下、庭院深深、青山流水、四季冷暖），后抒情怀（如闺怨相思、离愁别恨、相约欢情、哀伤悼亡），情景交融的写法上，过渡到了"情"（离别相思之情、哀伤悼亡之情）"景"（北方中原之景色、偏安一隅之景色）"情"（痛失故土之情，南北阻隔之情）相互交融的写法上来了。如李清照的《临江仙》、张元幹的《兰陵王》、鲁逸仲的《南浦》等，都表现出了忧国和思家两方面的内容。

金元时期的词与当时新兴的戏曲相比，显得光彩不及元曲，但是也有一些描写爱情的佳作，如元好问的《迈陂塘》两篇、李治的《迈陂塘》两篇和管道升的《我侬词》等，语言朴实直白，言情自然悲壮，思想性和艺术价值都很高，是千古传诵的名篇。明代的词比之小说、戏曲等成就来说，大有逊色。明代的文学思想也很复杂，但是它的特点却很明显，主张民主思想，追求婚姻自由，诅咒世态炎凉，反对虚伪庸俗，这些在小说和戏曲中占有很大的比重，而且，词到了明代逐渐被打上了有闲阶级的烙印，成了文人用以绨句绘章和享乐生活的习用的艺术形式，逐步远离了现实生活，日渐衰落，所以爱情方面的词占得比重就小之更小了，艺术性和思想性也略显平平。本书选了几首，如高启的《石州慢》、李东阳的《雨中花》、汤显祖的《好事近》、沈宜修的《蝶恋花》等，他们的词写得清丽蕴蓄，精美流婉，深得花间派之遗风，值得一读。

清朝是我国封建社会最后一个王朝，统治者在大兴文字狱、禁毁书籍的同时，又倡导理学，用八股文取士，借以收买封建文人，所以，词至清代而复兴，词坛上也呈现出非常活跃的局面和一些极富盛名的词人。比较出色的是满洲词人纳兰性德，他是清代少数民族词人中的佼佼者，向有满洲词人第一之誉。他的爱情词真切自然，清丽缠绵，格调高远，情致深婉，如《菩萨蛮》《南乡子》《木兰花令》等，皆为言情词的上乘佳作，风靡当时，流传后世。清代真正转变词风、别开一派的是朱彝尊，其词宗南宋，归于温柔敦厚的诗教，系南宋风雅词派，为浙派词的创始者。其爱情词香艳温婉，缠绵盘旋，如《桂殿秋》《忆少年》等，抒写别样情怀是文情并茂，感人至深。另外，清代还有其他一些词人的作品，如柳如是的《踏莎行》、董元恺的《酷相思》、屈大均的《梦江南》、顾贞观的《南乡子》等，都是可圈可点，令人称颂的绝妙好词。

　　本书和本人 2011 年出版的《中国古典爱情诗歌选注》是姊妹两册，《中国古典爱情诗歌选注》选的基本是历代诗歌，而《中国古典爱情词选注》选的全是词，从唐、五代、北宋、南宋、金、元、明、清等朝代浩若烟海的词作中遴选出了三百零五首词作。所选作品，基本上都是依据作家的原集，很荣幸地参考了先贤和当今多位大师对词的研究成果。艺海拾贝，难免遗珠；库取牒书，恐有坠简，由于本人学疏才浅，水平有限，在选编、说明、注释等方面，一定有很多缺点和错误，希望广大读者批评指正。

作　　者

2020 年 12 月

目 录

第一卷　唐五代词

敦煌曲子词三首 ………………………………………………（1）
　　菩萨蛮 ………………………………………………………（1）
　　鹊踏枝 ………………………………………………………（2）
　　望江南 ………………………………………………………（2）
李白二首 ………………………………………………………（3）
　　菩萨蛮 ………………………………………………………（3）
　　忆秦娥 ………………………………………………………（4）
韦应物一首 ……………………………………………………（5）
　　调笑令 ………………………………………………………（5）
王建二首 ………………………………………………………（6）
　　宫中调笑 ……………………………………………………（6）
　　又 ……………………………………………………………（6）
刘禹锡二首 ……………………………………………………（7）
　　潇湘神 ………………………………………………………（7）
　　又 ……………………………………………………………（8）
白居易二首 ……………………………………………………（8）
　　长相思 ………………………………………………………（9）
　　又 ……………………………………………………………（10）
温庭筠十一首 …………………………………………………（10）
　　菩萨蛮 ………………………………………………………（11）

又	(12)
又	(12)
又	(13)
又	(14)
更漏子	(14)
又	(15)
南歌子	(16)
又	(16)
望江南	(17)
又	(17)
韩偓一首	(18)
生查子	(18)
皇甫松二首	(19)
天仙子	(19)
又	(20)
韦庄十首	(20)
浣溪沙	(21)
又	(21)
又	(22)
菩萨蛮	(23)
应天长	(23)
荷叶杯	(24)
又	(25)
思帝乡	(25)
女冠子	(26)
又	(26)
薛昭蕴二首	(27)
浣溪沙	(27)
小重山	(28)
牛峤二首	(29)
菩萨蛮	(29)
望江怨	(30)

张泌三首 (30)
- 浣溪沙 (31)
- 又 (31)
- 蝴蝶儿 (32)

毛文锡二首 (33)
- 醉花间 (33)
- 应天长 (34)

牛希济一首 (35)
- 生查子 (35)

欧阳炯五首 (36)
- 南乡子 (36)
- 又 (36)
- 献衷心 (37)
- 贺明朝 (38)
- 又 (38)

和凝二首 (39)
- 菩萨蛮 (39)
- 河满子 (40)

顾夐三首 (41)
- 虞美人 (41)
- 河传 (42)
- 诉衷情 (43)

孙光宪五首 (43)
- 思帝乡 (44)
- 酒泉子 (44)
- 生查子 (45)
- 清平乐 (46)
- 谒金门 (46)

魏承班二首 (47)
- 菩萨蛮 (47)
- 玉楼春 (48)

鹿虔扆一首 (49)
- 虞美人 (49)

阎选一首 (50)
  河传 (50)

尹鹗二首 (51)
  杏园芳 (51)
  菩萨蛮 (52)

毛熙震二首 (53)
  浣溪沙 (53)
  临江仙 (54)

李珣五首 (54)
  浣溪沙 (55)
  又 (55)
  酒泉子 (56)
  河传 (57)
  又 (57)

冯延巳十首 (58)
  鹊踏枝 (59)
  又 (59)
  又 (60)
  又 (61)
  采桑子 (62)
  又 (62)
  又 (63)
  清平乐 (63)
  谒金门 (64)
  长命女 (65)

李璟二首 (65)
  浣溪沙 (65)
  又 (66)

李煜九首 (67)
  菩萨蛮 (67)
  又 (68)
  喜迁莺 (69)
  长相思 (69)

又 ………………………………………………………………………… (70)
　捣练子令 ……………………………………………………………… (71)
　清平乐 ………………………………………………………………… (71)
　乌夜啼 ………………………………………………………………… (72)
　又 ……………………………………………………………………… (72)

第二卷　宋词之一

林逋一首 …………………………………………………………… (73)
　长相思 ………………………………………………………………… (73)
范仲淹二首 ………………………………………………………… (74)
　苏幕遮 ………………………………………………………………… (74)
　御街行 ………………………………………………………………… (75)
张先六首 …………………………………………………………… (76)
　菩萨蛮 ………………………………………………………………… (76)
　又 ……………………………………………………………………… (77)
　江南柳 ………………………………………………………………… (77)
　一丛花令 ……………………………………………………………… (78)
　千秋岁 ………………………………………………………………… (79)
　浣溪沙 ………………………………………………………………… (79)
晏殊八首 …………………………………………………………… (80)
　清商怨 ………………………………………………………………… (80)
　诉衷情 ………………………………………………………………… (81)
　清平乐 ………………………………………………………………… (82)
　撼庭秋 ………………………………………………………………… (82)
　玉楼春 ………………………………………………………………… (83)
　又 ……………………………………………………………………… (83)
　踏莎行 ………………………………………………………………… (84)
　蝶恋花 ………………………………………………………………… (85)
李冠一首 …………………………………………………………… (86)
　蝶恋花 ………………………………………………………………… (86)
欧阳修六首 ………………………………………………………… (87)
　踏莎行 ………………………………………………………………… (87)

蝶恋花 ………………………………………………… (88)
  又 ………………………………………………………… (89)
  生查子 ………………………………………………… (90)
  玉楼春 ………………………………………………… (90)
  又 ………………………………………………………… (91)

柳永十首 …………………………………………………… (92)
  昼夜乐 ………………………………………………… (92)
  曲玉管 ………………………………………………… (93)
  雨霖铃 ………………………………………………… (94)
  浪淘沙慢 ……………………………………………… (95)
  婆罗门令 ……………………………………………… (96)
  蝶恋花 ………………………………………………… (97)
  八声甘州 ……………………………………………… (98)
  忆帝京 ………………………………………………… (99)
  采莲令 ………………………………………………… (100)
  定风波 ………………………………………………… (101)

晏几道十三首 ……………………………………………… (102)
  临江仙 ………………………………………………… (102)
  蝶恋花 ………………………………………………… (103)
  又 ……………………………………………………… (103)
  鹧鸪天 ………………………………………………… (104)
  生查子 ………………………………………………… (105)
  南乡子 ………………………………………………… (105)
  清平乐 ………………………………………………… (106)
  木兰花 ………………………………………………… (107)
  阮郎归 ………………………………………………… (108)
  六幺令 ………………………………………………… (108)
  更漏子 ………………………………………………… (109)
  御街行 ………………………………………………… (110)
  虞美人 ………………………………………………… (111)

魏夫人一首 ………………………………………………… (112)
  菩萨蛮 ………………………………………………… (112)

苏轼二首 ……………………………………………… (112)
　　江城子 ………………………………………… (113)
　　蝶恋花 ………………………………………… (114)
李之仪一首 …………………………………………… (114)
　　卜算子 ………………………………………… (115)
舒亶一首 ……………………………………………… (115)
　　菩萨蛮 ………………………………………… (115)
王雱一首 ……………………………………………… (116)
　　倦寻芳慢 ……………………………………… (116)
黄庭坚二首 …………………………………………… (117)
　　少年心 ………………………………………… (118)
　　望江东 ………………………………………… (119)
秦观六首 ……………………………………………… (119)
　　水龙吟 ………………………………………… (120)
　　八六子 ………………………………………… (121)
　　满庭芳 ………………………………………… (121)
　　江城子 ………………………………………… (122)
　　鹊桥仙 ………………………………………… (123)
　　减字木兰诗 …………………………………… (124)
赵令畤一首 …………………………………………… (125)
　　蝶恋花 ………………………………………… (125)
贺铸九首 ……………………………………………… (126)
　　鹧鸪天 ………………………………………… (126)
　　捣练子 ………………………………………… (127)
　　生查子 ………………………………………… (128)
　　青玉案 ………………………………………… (129)
　　感皇恩 ………………………………………… (130)
　　薄幸 …………………………………………… (130)
　　浣溪沙 ………………………………………… (132)
　　石州慢 ………………………………………… (132)
　　忆秦娥 ………………………………………… (133)
张耒一首 ……………………………………………… (134)
　　秋蕊香 ………………………………………… (134)

周邦彦五首 ··· （135）

　　风流子 ··· （135）

　　满江红 ··· （136）

　　蝶恋花 ··· （137）

　　过秦楼 ··· （138）

　　夜游宫 ··· （139）

苏庠一首 ··· （140）

　　鹧鸪天 ··· （140）

毛滂一首 ··· （141）

　　惜分飞 ··· （141）

李鼐一首 ··· （142）

　　虞美人 ··· （142）

第三卷　宋词之二

叶梦得一首 ·· （144）

　　贺新郎 ··· （144）

李清照十二首 ··· （145）

　　醉花阴 ··· （146）

　　小重山 ··· （146）

　　一剪梅 ··· （147）

　　蝶恋花 ··· （148）

　　点绛唇 ··· （149）

　　减字木兰花 ··· （149）

　　浣溪沙 ··· （150）

　　又 ·· （151）

　　凤凰台上忆吹箫 ·· （151）

　　声声慢 ··· （152）

　　念奴娇 ··· （153）

　　临江仙 ··· （154）

赵企一首 ··· （155）

　　感皇恩 ··· （155）

吕本中一首 (156)
采桑子 (156)

窃怀女子一首 (157)
鹧鸪天 (157)

房舜卿一首 (158)
忆秦娥 (158)

蔡伸二首 (158)
苍梧谣 (159)
长相思 (159)

潘汾一首 (160)
丑奴儿慢 (160)

李重元一首 (161)
忆王孙 (161)

李玉一首 (161)
贺新郎 (161)

张元幹二首 (163)
兰陵王 (163)
石州慢 (164)

吕渭老二首 (165)
薄幸 (165)
选冠子 (166)

扬无咎一首 (167)
生查子 (168)

鲁逸仲一首 (168)
南浦 (168)

康与之一首 (169)
长相思 (170)

黄公度一首 (170)
菩萨蛮 (170)

朱淑真三首 (171)
清平乐 (171)
谒金门 (172)
减字木兰花 (172)

袁去华一首 (173)
 安公子 (173)

陆淞一首 (174)
 瑞鹤仙 (174)

陆游一首 (175)
 钗头凤 (176)

唐婉一首 (176)
 钗头凤 (176)

范成大一首 (178)
 忆秦娥 (178)

辛弃疾五首 (179)
 念奴娇 (179)
 祝英台近 (180)
 青玉案 (181)
 清平乐 (182)
 醉太平 (183)

程垓三首 (184)
 摸鱼儿 (184)
 酷相思 (185)
 卜算子 (185)

陈亮一首 (186)
 水龙吟 (186)

姜夔六首 (187)
 鹧鸪天 (188)
 踏莎行 (189)
 解连环 (190)
 长亭怨慢 (190)
 琵琶仙 (192)
 淡黄柳 (193)

戴复古一首 (194)
 木兰花慢 (195)

戴复古妻一首 (195)
 祝英台近 (195)

史达祖六首	(196)
双双燕	(196)
三姝媚	(197)
临江仙	(198)
喜迁莺	(199)
夜合花	(200)
玉蝴蝶	(201)
李从周一首	(202)
清平乐	(202)
韩疁一首	(202)
浪淘沙	(203)
朱藻一首	(203)
采桑子	(203)
陈东甫一首	(204)
长相思	(204)
许棐二首	(205)
喜迁莺	(205)
后庭花	(206)
吴文英三首	(207)
渡江云	(207)
霜叶飞	(208)
齐天乐	(209)

第四卷　金元明清词

蔡松年一首	(211)
尉迟杯	(211)
刘著一首	(212)
鹧鸪天	(213)
王庭筠一首	(213)
谒金门	(214)
刘迎一首	(214)
乌夜啼	(214)

王特起一首 ……………………………………………… (215)
　　喜迁莺 ……………………………………………… (216)
元好问三首 …………………………………………… (217)
　　迈陂塘 ……………………………………………… (217)
　　又 ………………………………………………… (218)
　　清平乐 ……………………………………………… (219)
李治二首 ……………………………………………… (220)
　　迈陂塘 ……………………………………………… (220)
　　又 ………………………………………………… (222)
管道升一首 …………………………………………… (223)
　　我侬词 ……………………………………………… (223)
张翥一首 ……………………………………………… (224)
　　踏莎行 ……………………………………………… (224)
黄子行二首 …………………………………………… (225)
　　西湖月 ……………………………………………… (225)
　　花心动 ……………………………………………… (226)
高启一首 ……………………………………………… (227)
　　石州慢 ……………………………………………… (228)
杨基一首 ……………………………………………… (229)
　　蝶恋花 ……………………………………………… (229)
史鉴一首 ……………………………………………… (230)
　　解连环 ……………………………………………… (230)
李东阳一首 …………………………………………… (231)
　　雨中花 ……………………………………………… (231)
文徵明一首 …………………………………………… (232)
　　满江红 ……………………………………………… (232)
李梦阳一首 …………………………………………… (233)
　　如梦令 ……………………………………………… (233)
杨慎二首 ……………………………………………… (234)
　　转应曲 ……………………………………………… (234)
　　临江仙 ……………………………………………… (234)
汤显祖一首 …………………………………………… (235)
　　好事近 ……………………………………………… (235)

高濂一首 ……………………………………………………… (236)
　　西江月 ……………………………………………………… (236)
王世贞一首 ……………………………………………………… (237)
　　玉蝴蝶 ……………………………………………………… (237)
赵南星一首 ……………………………………………………… (238)
　　水龙吟 ……………………………………………………… (238)
俞彦一首 ………………………………………………………… (239)
　　长相思 ……………………………………………………… (239)
施绍莘一首 ……………………………………………………… (240)
　　浣溪沙 ……………………………………………………… (240)
徐𤊟一首 ………………………………………………………… (240)
　　望江南 ……………………………………………………… (241)
沈宜修一首 ……………………………………………………… (241)
　　蝶恋花 ……………………………………………………… (242)
张倩倩一首 ……………………………………………………… (242)
　　蝶恋花 ……………………………………………………… (242)
王彦泓一首 ……………………………………………………… (243)
　　满江红 ……………………………………………………… (243)
王微一首 ………………………………………………………… (244)
　　捣练子 ……………………………………………………… (244)
陈子龙一首 ……………………………………………………… (245)
　　踏莎行 ……………………………………………………… (245)
叶小鸾一首 ……………………………………………………… (246)
　　踏莎行 ……………………………………………………… (246)
夏完淳二首 ……………………………………………………… (247)
　　卜算子 ……………………………………………………… (247)
　　鱼游春水 …………………………………………………… (247)
吴伟业一首 ……………………………………………………… (248)
　　如梦令 ……………………………………………………… (248)
柳如是一首 ……………………………………………………… (249)
　　踏莎行 ……………………………………………………… (249)
王士禄一首 ……………………………………………………… (250)
　　长相思 ……………………………………………………… (250)

朱彝尊二首 ……………………………………………………………（251）
  桂殿秋 …………………………………………………………（251）
  忆少年 …………………………………………………………（251）
董元恺一首 ……………………………………………………………（252）
  酷相思 …………………………………………………………（252）
屈大均一首 ……………………………………………………………（253）
  梦江南 …………………………………………………………（253）
佟世南一首 ……………………………………………………………（253）
  山花子 …………………………………………………………（254）
陆次云一首 ……………………………………………………………（254）
  卜算子 …………………………………………………………（255）
顾贞观一首 ……………………………………………………………（255）
  南乡子 …………………………………………………………（255）
沈岸登一首 ……………………………………………………………（256）
  卜算子 …………………………………………………………（256）
汪森一首 ………………………………………………………………（257）
  思佳客 …………………………………………………………（257）
纳兰性德十一首 ………………………………………………………（258）
  菩萨蛮 …………………………………………………………（258）
  沁园春 …………………………………………………………（259）
  南乡子 …………………………………………………………（260）
  蝶恋花 …………………………………………………………（261）
  又 ………………………………………………………………（261）
  又 ………………………………………………………………（261）
  又 ………………………………………………………………（262）
  浣溪沙 …………………………………………………………（263）
  又 ………………………………………………………………（263）
  木兰花令 ………………………………………………………（264）
  浪淘沙 …………………………………………………………（265）

第一卷　唐五代词

敦煌曲子词三首

菩萨蛮

枕前发尽千般愿，要休且待青山烂。水面秤锤浮，黄河彻底枯。　　白日参辰现①，北斗回南面。休即未能休，三更见日头。

【说明】

《敦煌曲子词》是清光绪年间，大量五代写本被发现于甘肃敦煌莫高窟（又称千佛洞）。随之而重新问世的唐五代民间词曲，或称为敦煌曲子词。是现传最早的唐代民间词，其中也有少数文人的作品。通过作品所反映的内容来看，可推知它是产生于中晚唐时期。《敦煌曲子词》题材比较广泛，有反映国家政治安定、经济繁荣的，有表现战争频繁、边疆多故和将士爱国思想的，有对妇女卑微处境和不幸命运发泄不满的，有描写真挚爱情和悲欢离合情感的，还有一些是写商人、渔父、书生等各类人物的作品。《敦煌曲子词》想象丰富，比喻贴切，形式活泼，风格繁富，语言通俗生动，有鲜明的个性特征和浓郁的生活气息，反映了词兴起于民间时的原始形态，具有魏晋南北朝乐府民歌的共同艺术特征。

这首《菩萨蛮》便选自《敦煌曲子词》。这首词写爱情的海誓山盟，它用了六种自然界断不可能发生的事作为比喻，来说明主人公对爱情的坚贞不渝。写得热烈直白，新颖泼辣，与汉乐府《上邪》相似。

【注释】

①参(shēn)辰：亦叫"参商"，都是二十八星宿之一，参宿在西方，辰宿在东方，一个升起，另一个就落下，两者不同时在天空中出现。

鹊踏枝

叵耐灵鹊多谩语①，送喜何曾有凭据。几度飞来活捉取。锁上金笼休共语。　比拟好心来送喜②，谁知锁我在金笼里。欲他征夫早归来，腾身却放我向青云里。

【说明】

《鹊踏枝》亦名《蝶恋花》，这首词选自《敦煌曲子词》，由于是早期的民间词，所以句法上与《蝶恋花》略有不同。上片写喜鹊多次报喜，丈夫也未曾归来，少妇忍无可忍，迁怒于喜鹊，将喜鹊捉取锁入笼里；下片是喜鹊的旁白和愿望，旁白表明喜鹊很冤枉，好心不得好报；愿望是"欲他征夫早归来"，你们团聚了，我也自由了。通过描写喜鹊的愿望道出了少妇的希望，妙哉！

【注释】

①叵耐灵鹊多谩语：叵耐，不可忍耐。叵，不可。灵鹊，鹊，鸟名，古人认为鹊能报喜，故称鹊为喜鹊。谩，欺骗。

②比拟：本来，准备的意思。

望江南

天上月，遥望一团银。夜久更阑风渐紧①，为奴吹散月边云，照见负心人。

【说明】

这首《望江南》选自《敦煌曲子词》。短短二十七个字，表现了一个忠贞女子对负心汉的爱恨情仇。

【注释】

①更阑：更深夜尽。

李白二首

【作者介绍】

李白（701—762），唐朝伟大的诗人。祖籍陇西成纪（今甘肃天水附近），诞生于中亚的碎叶（今吉尔吉斯斯坦托克马克），迁于蜀之昌明（今四川江油）的青莲乡。曾经寓居山东，所以也称山东人。李白性情豪放，喜爱纵横家的作风，好剑术，也爱做任侠的事。轻视财货，注重以实物帮助别人，不经营产业。天宝初年到长安，贺知章看了他的文章，叹为"谪仙"，把他推荐给唐玄宗。玄宗召见，让他做翰林供奉。李白喝醉了酒，曾在玄宗面前使高力士给他脱靴。高力士认为这是很大的耻辱，怀恨在心，就摘取李白诗句以激怒杨贵妃。玄宗每次要让李白做官，杨贵妃就加以阻止。李白知道玄宗的左右亲近对他有意见，于是恳求还家。玄宗赐给他财物，放他离京。安史之乱起，李白辗转到宿松（今安徽宿松）、匡庐（今江西九江、星子之间）一带。永王李璘请他为幕僚。后来李璘起兵反抗朝廷，没有成功，李白受牵连，被流放夜郎（今贵州桐梓）。他走到四川，遇赦还浔阳。又转到当涂（今安徽当涂），投奔族人当涂令李阳冰，最后死在当涂。

强烈的浪漫主义色彩，是李白作品的艺术特点，他是继屈原之后我国最伟大的浪漫主义诗人。他驰骋想象，运用神话的离奇境界，把自己热爱的情感注入所描写的对象之中，以惊俗骇世的笔墨，恣意挥洒，描写了壮丽奇谲的世界，借以抒发个人怀抱的抑郁与不平。他鞭挞封建社会的魑魅丑怪，淋漓尽致，犹如杜甫所称赞的："笔落惊风雨，诗成泣鬼神"。他的诗歌中的强烈的爱憎之情和艺术魅力，千百年来鼓舞着人们，激发着人们，是我国人民精神财富中最可贵的瑰宝。李白的诗歌与杜甫齐名，世称"李杜"。著有《李太白集》。

菩萨蛮

平林漠漠烟如织①，寒山一带伤心碧②。暝色入高

楼③，有人楼上愁。　玉阶空伫立，宿鸟归飞急。何处是归程，长亭更短亭④。

【说明】

这是一首怀人词。上片写楼上之景色，林霭如织，空阔苍茫，寒山一带，伤心凄凉，又时值黄昏，楼上思妇无限惆怅。下片写楼下之景色，空阶玉立，征夫未归，只有宿鸟疾飞，最后唯余叹息："何处是归程，长亭更短亭。"清人陈廷焯《白雨斋词话》云："太白《菩萨蛮》《忆秦娥》两阕，神在个中，音流弦外，可以是为词中鼻祖。"俞陛云老先生在《唐五代两宋词选释》中称此词为："以词格论，苍茫高浑，一气回旋。"

【注释】

①平林：平地上的树林。毛诗传："平林，林木之在平地者也。"漠漠：密布、广布貌。

②伤心碧：山色特别青翠。伤心：特别的意思。唐时关中方言，愁苦、欢快至甚时均言伤心。

③暝（míng）：黄昏。

④长亭更短亭：长亭、短亭，指大道上行人休息和停留的地方。庾信《哀江南赋》："十里五里，长亭短亭。"

忆秦娥

箫声咽，秦娥梦断秦楼月①。秦楼月，年年柳色，灞陵伤别②。　乐游原上清秋节③，咸阳古道音尘绝。音尘绝，西风残照，汉家陵阙。

【说明】

此词上片以秦女箫声为喻，描写主人公的悲欢离合，是写思妇闺怨之情。下片则从个人的伤心离愁转为对历史的感旧和怀古：徘徊于古道之中，不见征夫归来，唯见"汉家陵阙"之残垣断壁，都付与苍烟落照之中。写得意境阔大，情感深沉。明人徐士俊《古今词统》称这首词："悲凉跌荡，虽短词中具长篇古风之意气。"王国维《人间词话》评曰："太白纯以气象胜，'西风残照，汉家陵阙'，寥寥八字，遂关千古登临之口。"

【注释】

①箫声咽，秦娥梦断秦楼月：箫：一种竹制的管乐器。咽：呜咽，形容箫管吹出的曲调低沉而悲凉，如泣如诉。据《列仙传》记载："萧史者秦穆公时人，善吹箫，能致孔雀、白鹤于庭。穆公有女字弄玉好之，公遂以女妻焉。日教弄玉作凤鸣。居数年，吹似凤声，凤凰来止其屋。公为作凤台，夫妇止其上，一旦皆随凤凰飞去。"娥，美人通称，此指秦女弄玉。秦楼，指秦台。

②灞陵：古地名，本作霸陵，因汉孝文帝刘恒葬于此，故称。灞，即灞河。因霸陵靠近灞河，因此得名。故址在今西安市东郊白鹿原东北角。当地有一座桥，为通往华北、东北和东南各地必经之处，汉人送客至此桥，折柳送别。唐人延此习俗。

③乐游原：古地名，是汉宣帝乐游苑的故址，在今西安市东南郊青龙寺一带。西汉时曾在此立乐游庙，唐时称乐游原，其地势较高，可俯瞰长安城，在唐代是游览之地。清秋节：指农历九月九日的重阳节，是当时人们重阳登高的节日。

韦应物一首

【作者介绍】

韦应物（737—792），唐代诗人。长安（今陕西西安）人。一说卒于贞元九年（793）。少尚侠，以三卫郎为玄宗近侍，后为洛阳丞，京兆府功曹参军，鄠县令，比部员外郎，滁州、江州和苏州刺史。贞元七年（791）退职。韦应物诗风虽恬淡高远，却常常流露出少年时代的豪放侠气，他写情细腻，赋物工致。受陶渊明和谢灵运影响很深，也继承了王维那种含蓄简远、着墨无多的手法。有《韦苏州集》。

调笑令

河汉①，河汉，晓挂秋城漫漫。愁人起望相思，江南塞北别离。离别，离别，河汉虽同路绝。

【说明】

韦应物这首小令写闺怨，塞北江南两地隔绝，只能共仰河汉，如同牛郎织女隔河相望。《调笑令》始于唐戴叔伦，笔意回环，音调婉转，读起来悠悠爽口。

【注释】

①河汉：指银河。

王建二首

【作者介绍】

王建，字仲初，生卒年月不详，唐朝诗人，颍川（今河南许昌）人。大历时进士，曾任县丞、侍御史等官，后任陕州司马。王建在诗歌上是写"新乐府"的先导，他的乐府诗与张籍相似，简括爽利，不喜欢铺叙和发议论。有《王司马集》。

宫中调笑

团扇，团扇，美人病来遮面。玉颜憔悴三年，谁复商量管弦①。弦管，弦管，春草昭阳路断②。

又

杨柳，杨柳，日暮白沙渡口。船头江水茫茫，商人少妇断肠。肠断，肠断，鹧鸪夜飞失伴。

【说明】

第一首是宫怨词。以班婕妤《怨歌行》之团扇作比喻,直写男子一旦变心,女子也就将被无情抛弃。一个"病"字道出了被弃女子的无限怨恨和百无聊赖,连管弦也懒得去拨弄。清人陈廷焯《白雨斋词话》称此词:"王仲初《调笑令》云:'弦管,弦管,春草昭阳路断。'结语凄怨,胜似《宫词》百首。"注:班婕妤:西汉后期女诗人,汉成帝初即位,她被选入后宫,能文善书,始为少使,俄而大幸,拜为婕妤,后赵飞燕姊妹得宠,班婕妤受飞燕姊妹谮言而失宠,入长信宫供奉皇太后。

第二首是写商妇之怨,丈夫外出经商,少妇独自经管家庭,为了生活她飘零和出没于风浪之中。真乃愁极断肠之作。

【注释】

① 谁复商量管弦:这句是说,无心去拨弄管弦乐器。
② 昭阳:昭阳殿,汉代宫殿名,赵飞燕姊妹曾居住此殿。

刘禹锡二首

【作者介绍】

刘禹锡(772—842),字梦得,洛阳(今河南洛阳市)人。唐朝政治家、文学家和哲学家。贞元九年(793)进士,曾任监察御史。他和柳宗元都热心支持王叔文的政治革新,参与机要,颇受重用,是王叔文政治改革集团的成员。后来王叔文永贞革新失败,刘禹锡受牵连坐罪,被贬为朗州(今湖南常德)司马,后又任连州、夔州、和州等州刺史,官至检校礼部尚书兼太子宾客。刘禹锡的诗歌带有浓烈的政治色彩,特别是那些政治讽刺诗,更显露出斗争锋芒。被贬后,有机会接触下层人民,也写了一些反映人民生活、关心民间疾苦的诗篇。有《刘宾客集》,又称《刘中山集》《刘梦得文集》。

潇湘神

湘水流①,湘水流,九疑云物至今愁②。君问二妃何处

所，零陵香草露中秋。

又

斑竹枝，斑竹枝，泪痕点点寄相思。楚客欲听瑶瑟怨③，潇湘深夜月明时。

【说明】

传说尧见舜德才兼备，为人正直，办事公道，刻苦耐劳，深得人心，便将其首领的位置禅让给舜，并把两个女儿娥皇、女英嫁给舜为妻。后来舜帝巡视南方，娥皇、女英追踪至洞庭湖，闻舜帝死于苍梧之野，二女便在君山泣血而死，从此君山的青竹浸染了斑斑血泪，故称"斑竹"，亦名"湘妃竹"。这两首词便是刘禹锡在九嶷山访英皇遗迹怀古之作。第一首写二妃所之处芳草露寒，以至于"九疑云物至今愁"。第二首以枝枝斑竹、点点泪痕来寄托二妃对舜帝的相思。清人陈廷焯《别调集》云："饶有古意，两宋后此调不复弹矣。"

【注释】

①湘水：水名，又名湘江，湖南省最大的河流。
②九疑：即九疑山，亦称九嶷山，舜帝所葬之处。
③瑶瑟：用玉为饰的瑟。

白居易二首

【作者介绍】

白居易（772—846），字乐天，下邽（今陕西渭南）人。生于河南新郑。少年时期，避乱江南。贞元十六年（800）进士，补校书郎。元和初，对制策，入等，调盩厔尉、集贤校理。寻召为翰林学士，左拾遗，拜赞善大夫。以言事贬江州司马，徙忠州刺史。穆宗初，征为主客郎中、知制诰。复乞外，历杭、苏二州刺史。文宗立，以秘书监召，迁刑部侍郎。俄移病，除太子宾客分司东都，拜河南尹。开成初，起为同州刺史，不拜。改太子少傅。会昌初，以刑部尚书致仕。卒赠尚书右仆射，谥曰文。自号醉吟先生，亦称香山居士。与同年元稹酬咏，号元白。与刘禹锡酬咏，号刘白。有《白氏长庆集》。

白居易诗今存近三千首，数量之多在唐代诗人中首屈一指。他对当时诗歌的发展，起了重要的作用。主要是由于他的理论和实践，使诗歌得以突破大历十才子"流连光景"的窄狭范围，扩大了境界，使诗歌能以社会政治重大问题为内容。他的诗的风格，深入浅出，以平易通俗著称。尤其是古体诗，意到笔随，没有雕琢拼凑的痕迹。元稹《白氏长庆集序》："禁省、观寺、邮候、墙壁之上无不书；王公、妾妇、牛童、马走之口无不道，……自篇章已来，未有如是流传之广者。"看似夸张，但绝非无根据之谈。不愧为我国历史上伟大的现实主义诗人。

长相思

汴水流，泗水流①。流到瓜洲古渡头②，吴山点点愁③。　思悠悠，恨悠悠④。恨到归时方始休，月明人倚楼。

【说明】

这是一首怀人小令。上片从汴水和泗水两河流水开始写起，写到瓜洲古渡，写到吴山，由景生情，进而道出了丈夫外出主人公独守空房的无限愁怨。下片"思悠悠，恨悠悠"两句，表达了作者对丈夫深深的思念和强烈的爱情。词的末两句写作者的愿望：丈夫归来，楼上月圆人欢的情景。这首词可谓是"冰心玉壶，玲珑剔透"。俞陛云在《唐五代两宋词选释》中称："此词若'晴空冰柱'，通体虚明，不着迹象，而含情无际。"

【注释】

①汴水，泗水：汴水，即汴河故道，由河南商丘，改东南流经安徽宿县、泗县入淮河。泗水，一名泗河，因其四源合为一水，故名。源于山东，经江苏徐州后，与汴水合流入淮河。

②瓜洲：在今江苏邗江县南，大运河入长江处。

③吴山：泛指江南群山。

④悠悠：遥远、无尽之意。亦有深思、忧思之意。

又

深画眉，浅画眉。蝉鬓鬅鬙云满衣①，阳台行雨回。
巫山高，巫山低。暮雨萧萧郎不回②，空房独守时。

【说明】

深画，浅画，都是白画，只有忧愁是没有深浅的。山高，山低，都毫无意义，只有思念是长远的。"暮雨萧萧郎不回，空房独守时。"黄昏时分雨潇潇，空房今夜又独守，别是一番悲凉孤寂之意境，所以，"暮雨萧萧"四字，绝妙无比。清人陈廷焯《白雨斋词话》称此词："绝不费力，自然凄响。"

【注释】

①蝉鬓鬅鬙（péng sēng）：蝉鬓，古代妇女发式的一种，蝉身黑而光润，故称。鬅鬙，头发散乱。

②萧萧：小雨。

温庭筠十一首

【作者介绍】

温庭筠（812？—870？），晚唐词人。本名岐，字飞卿，太原祁（今山西祁县）人。他出身于没落贵族的家庭，屡举进士不第，便长期出入歌楼伎馆，"能逐弦吹之音，为侧艳之词"（《旧唐书·本传》），为当时士大夫所不齿，终生困顿，到晚年才任方城尉和国子监助教。温庭筠诗词俱佳，诗和李商隐齐名，但比李诗清浅，也比李诗内容贫乏，风格单调。他的爱情诗词，文采绚烂，却过于雕琢，带有浓厚的唯美主义倾向，深受乐府吴歌、西曲和梁陈宫体的影响。有《温飞卿诗集》。

菩萨蛮

小山重叠金明灭①,鬓云欲度香腮雪②。懒起画蛾眉,弄妆梳洗迟。　　照花前后镜,花面交相映。新帖绣罗襦③,双双金鹧鸪。

【说明】

温庭筠一生写词很多,大多佚失,唯《花间集》中尚存其词六十六首。这首词和以下十首词均选自《花间集》。

《花间集》:词从民间曲子词发展到文人词,是唐代的事。唐初至晚唐,文人主要是以写诗为主,依声填词或创制新词,只是偶尔为之,并无专力于词的作家。到了晚唐五代时期,由于战乱频繁,社会动荡,词多散佚,而西蜀却偏安一隅,比较稳定,当时的统治者苟且于这种安定的环境,沉溺于声色,荒淫无度,世风日下。一些文人墨客,如韦庄、薛昭蕴、牛峤、张泌等为了迎合这样的社会风气,写了许多花前月下,男欢女爱的词,他们在词风上大体一致,后世因称为花间词人。五代时后蜀赵崇祚选录了温庭筠、皇甫松、韦庄、薛昭蕴、牛峤、张泌等十八家的词为《花间集》。其中除温庭筠、皇甫松、孙光宪外,其余都是集中在西蜀的文人,共编选了五百首词作,是中国文学史上时间最早、规模最大的晚唐五代文人词的总集。

这是一首闺怨词,但作者不直写闺怨,而是通过主人公起床后在镜前梳洗打扮的一举一动,包括体态的娇弱、容貌的艳丽、服饰的华贵等,细腻地刻画了闺中思妇孤寂的哀愁和独处的情怀,把美人的风韵写得栩栩如生。清人陈廷焯《白雨斋词话》称此词:"欲露不露,反复缠绵,终不许一语道破,匪独体格之高,亦见性情之厚。"

【注释】

①小山:指画屏。金明灭:指日光辉映的金色画屏。
②度:飞动,有鬓丝缭乱之意。
③帖:通"贴",据下文"双双金鹧鸪"句,应为贴金。襦(rú):短袄。
④金鹧鸪:用金箔贴成的鹧鸪鸟。

又

水精帘里颇黎枕①，暖香惹梦鸳鸯锦②。江上柳如烟，雁飞残月天。　藕丝秋色浅③，人胜参差剪④。双鬓隔香红⑤，玉钗头上风⑥。

【说明】

这是一首写少妇春梦思夫之词。上阕写初春之夜，洁净滢澈，水晶帘里，玻璃枕上，思妇由"暖香"而渐渐入梦，梦见的是江上烟柳，断雁残月，前两句温暖舒适，后两句荒凉寂寞。下阕写晨起梳妆：身穿淡蓝色衣裙，头戴剪彩之花，即便如此，由于丈夫远在"江上""雁飞"之处，思妇心神不宁，头上的玉簪还微微颤抖着。清人吴衡照《莲子居词话》云："飞卿《菩萨蛮》云'江上柳如烟，雁飞残月天。'……，作小令不如此着色，便觉寡味。"

【注释】

①水精帘：即水晶帘。颇黎：即玻璃。

②鸳鸯锦：绸缎做的鸳鸯被。

③藕丝秋色浅：这句是说：衣裙的颜色如同秋日的天空一样蓝。藕丝：指衣裙。

④人胜：即彩胜，花胜，古人以正月初七为人日，这天他们剪彩为人，或镂金箔为人以贴屏风，或戴在头上，这叫"花胜"，因为是人日，亦称"人胜"。

⑤香红：指花。

⑥风：颤动。

又

杏花含露团香雪①，绿杨陌上多离别。灯在月胧明②，觉来闻晓莺。　玉钩褰翠幕③，妆浅旧眉薄。春梦正关情，镜中蝉鬓轻④。

【说明】

　　这是一首闺中怀人之作。上片写主人公梦中之景象，杏花如雪，霜晨含露，杨柳陌上，依依惜别；忽而梦醒，灯昏暗、月朦胧、晓莺啼，愈显空寂和凄凉，透出无限的相思情怨。下片写梦醒之后，虽面对铜镜，却心系梦中，只能淡梳红妆，轻理蝉鬓，哀叹之态油然而出。清人陈廷焯《白雨斋词评》云："末二句凄凉哀怨，真有欲言难言之苦。"

【注释】

　　①团：凝聚。香雪：脂粉，言杏花堆积如脂粉一般。
　　②月胧明：残月微明。
　　③玉钩：玉制的帐钩。褰（qiān）：撩起，揭起。
　　④蝉鬓：古代妇女的一种发式。

又

　　满宫明月梨花白①，故人万里关山隔。金雁一双飞②，泪痕沾绣衣。　　小园芳草绿，家住越溪曲③。杨柳色依依④，燕归君不归。

【说明】

　　这是一首描写少妇思念远方戍边丈夫的词。明月梨花，使人想起关山万里以外的征夫；寄情古筝，又伤心不已，泪湿衣衫，真正是触景生情，睹物思人，此为上片。下片写春草又绿，杨柳依依，人如西施，浣沙溪曲，燕已归来，人犹未归。真可谓亦景亦情，情景交融。明人汤显祖评本《花间集》："兴语似李贺，结语似李白，中间平调而已。"

【注释】

　　①宫：秦以前指普通的住宅和庭院，秦以后专指王者所居。此处指一般的庭院。
　　②金雁：古筝的筝柱。
　　③越溪曲：越溪，春秋时越国美女西施浣纱之处。曲，弯曲深幽。此句以西施自比。

④杨柳色依依:《诗经·小雅·采薇》:"昔我往矣,杨柳依依。"

又

夜来皓月才当午,重帘悄悄无人语。深处麝烟长①,卧时留薄妆。　当年还自惜,往事那堪忆。花落月明残,锦衾知晓寒②。

【说明】

这首词写一个闺中妇女因思念丈夫而彻夜未眠情景。上片首句一个"才"字,表现思妇长夜难熬的心境,第二句"悄悄"二字,写出闺中深夜寂静,第三句渲染环境清冷和凄凉,歇拍写睡时依然留有薄妆,自怜自爱,孤芳自赏。下片写青春逝去,红颜易老,主人公伤心不已,苦苦守候到五更月残,倍觉衾冷晓寒。李冰若《栩庄漫记》云:"《菩萨蛮》十四首中,全首无生硬字句而复饶绮怨者,当推'南园满地''夜来皓月'二阕,余有佳句而无章,非全璧也。"

【注释】

①麝烟:熏炉燃麝香所散的香烟。
②锦衾:锦丝制的被子。

更漏子

柳丝长,春雨细,花外漏声迢递①。惊塞雁,起城乌②,画屏金鹧鸪。　香雾薄,透帘幕,惆怅谢家池阁③。红烛背④,绣帘垂,梦长君不知。

【说明】

这首词写女子春雨之夜的相思惆怅之情,是温庭筠词作中最富特色的一首。上片写景，借景抒情。下片写物，借物写人。一静一动，借静写动，笔法流畅，浑然一体。清人陈廷焯《白雨斋词话》云："'惊塞雁'三句，此言苦者自苦，乐者自乐。"

【注释】

①漏声：指漏壶滴水计时之声，此指雨声，系主人公朦胧之中将雨声误作漏声。迢递，遥远。

②城乌：城上啼鸣的乌鸦。

③谢家池阁：借指女主人公所居之处。典出《唐音癸鉴》：唐代李德裕有美妾谢秋娘，李以华屋贮之，眷之甚隆。后文人多借用之。

④红烛背：蜡烛熄灭。

又

玉炉香，红蜡泪，偏照画堂秋思①。眉翠薄②，鬓云残③，夜长衾枕寒。　　梧桐树，三更雨，不道离情正苦④。一叶叶，一声声，空阶滴到明。

【说明】

这首词写一女子秋夜相思之情。上片写女子头戴残妆，面对香炉和烛泪，加之衾枕寒冷，衬托出女主人公孤独、惆怅、长夜难熬的形象。下片写"梧桐""三更"和"秋雨"，"一叶叶，一声声，空阶滴到明。"愈显凄楚、悲苦。南宋词人蒋捷《虞美人·听雨》："悲欢离合总无情，一任阶前、点滴到天明。"本此而意境作天然之合。李冰若《栩庄漫记》云："飞卿此词，自是集中之冠。寻常事情，写来凄婉动人，全由秋思离情为其骨干。"

【注释】

①秋思：秋天引发的相思，此指相思之人。

②眉翠薄：画浅淡的翠色眉毛。薄，浅淡妆。

③鬓云残：散乱的鬓发。残，散乱。

④不道：不管，不顾。

南歌子

手里金鹦鹉①，胸前绣凤凰。偷眼暗形相②，不如从嫁与，做鸳鸯。

【说明】

这首词描写了一位正在闺中做女红的少女暗恋一位贵族公子时的情景。"偷眼暗形相"一句，惟妙惟肖地将少女炽热的感情和羞涩的心理表现了出来，特别是最后两句"不如从嫁与，做鸳鸯"写的大胆直白，急不可耐，把全词推向高潮。此词风格率真质朴，通俗易懂，酷似乐府民歌。南宋诗人陆游《放翁题跋》云："飞卿《南歌子》诸阕，语意工妙，可追配刘梦得《竹枝》。信一时杰作也。"

【注释】

①金鹦鹉：鹦鹉，目呈金黄色，故称金鹦鹉。
②偷眼：暗中窥视。形相：端详、打量。
③从：随意，任从。

又

懒拂鸳鸯枕①，休缝翡翠裙。罗帐罢炉熏②，近来心更切，为思君。

【说明】

此词前三句写女主人公慵懒、无聊和愁怨，最后两句直述女子思君情切之意。全词结构严谨，环环紧扣，表达了女主人公对男子炽热的思恋之情。清人陈廷焯《闲情集》卷一云："上三句三层，下接'近来'五字甚紧，真是一往情深"。李冰若《栩庄漫记》云："'懒''休''罢'三字，皆为思君之故。用'近来'二字，更进一层。于此可悟用字之法。"

【注释】

①懒拂鸳鸯枕：这句是说无心去整理鸳鸯枕头。

②罗帐罢炉熏：意思是说无心用香炉去熏罗帐了。

望江南

千万恨，恨极在天涯①。山月不知心里事，水风空落眼前花。摇曳碧云斜。

【说明】

这是一首思妇伤别怀远之词作。爱之愈深，恨之愈切，乃至"恨极在天涯"；思念至极，心中愈苦，乃至愁山、愁水、愁风、愁月，眼前落花，天上云斜。明人汤显祖评本《花间集》："风华情致，六朝人之长短。"

【注释】

①天涯：指远方所思念的人。

又

梳洗罢，独倚望江楼。过尽千帆皆不是，斜晖脉脉水悠悠①，肠断白蘋洲②。

【说明】

这首词生动地描写了思妇盼望丈夫早日归来的情景。主人公梳妆完毕，独上高楼，望着江中驶过的千百船只，独不见丈夫归来之舟，只有脉脉斜阳，悠悠江水，怎不让人愁极肠断。词写得情意绵绵，婉转味长。明人徐士俊《古今词统》卷一云："朝朝江口望，错认几人船。"

【注释】

①斜晖：夕阳。脉脉—含情相视。

②白蘋洲：长着白蘋花的小洲。

韩偓一首

【作者介绍】

韩偓（wò）（842—923）。中国唐代诗人。小字冬郎，字致光，一作致尧，晚年自号玉樵山人。京兆万年（今陕西西安）人。自幼聪明好学，10岁能诗。龙纪元年（889），登进士第。历任翰林学士，中书舍人，兵部侍郎等职。唐昭宗时以反对朱温被贬为邓州（今河南邓州市）司马。唐亡，韩偓入闽，依王审知。韩偓一生风流倜傥，生活奢华，作诗多是艳词丽句。有《香奁集》传世。

生查子

侍女动妆奁①，故故惊人睡②。那知本未眠，背面偷垂泪。　懒卸凤凰钗，羞入鸳鸯被。时复见残灯，和烟坠金穗③。

【说明】

这首词选自《全唐五代词》。上阕写殷勤的侍女准备为女主人公梳妆，故意弄出响声，催她起床，岂不知女主人公根本就没有睡，只是背着侍女在偷偷流泪。下阕用"懒""羞""残灯""坠"等词，生动地刻画了一个相思女子孤枕难眠的情景。这首词构思巧妙，描写细腻，耐人品味。清人沈雄《柳塘词话》卷三评此词云："'时复见残灯，和烟坠金穗'，如此结构方为含情无限。"清人陈廷焯《闲情集》卷一云："柔情蜜意。"

【注释】

①奁（lián）：古代妇女梳妆用的镜匣。

②故故：故意。

③金穗：结得很长的蜡烛的灯花。

皇甫松二首

【作者介绍】

皇甫松，字子奇，号檀栾子，晚唐词人，约859年前后在世。唐代散文家皇甫湜之子，睦州新安（今浙江建德）人。工诗善词，其词清新生动，颇具民歌风味。《全唐诗》存其诗十三首，词九首，《唐五代词》辑录其词二十二首。这两首《天仙子》选自《花间集》。

天仙子

晴野鹭鸶飞一只，水蘋花发秋江碧①。刘郎此日别天仙②，登绮席③，泪珠滴，十二晚峰青历历④。

【说明】

据《太平广记》引《幽明录》记载：相传东汉永平年间，浙江剡县刘晨、阮肇二人入天台山采药迷路。遇两仙女，被邀至家，招至成亲。半年后求归甚切，于是离开仙界返回乡里，此时子孙已过七代。后重入天台山访女家，踪迹渺然。这首词便是借刘郎别天仙的故事，抒发女子对意中人的思念之情。词以景说事，便是无中生有；由事化景，又是有中又无，可谓离情悠悠，余味无穷。清人陈廷焯《白雨斋词评》云："'飞一只'，便妙。结笔得远韵，亦是从'曲终人不见，江上数峰青'化出。"

【注释】

①水蘋（hóng）：即水荭，又称荭草，一年生草本植物，茎高可达3米，多生于水边，夏秋开花，花呈粉红色或白色。

②刘郎：即刘晨，此代指恋爱中的男子。天仙：即天台山仙女。

③绮席：饯别的宴席。

④十二峰：指巫山十二峰，即"望霞、翠屏、朝云、松峦、集仙、聚鹤、净坛、上升、起云、飞凤、登龙、圣泉。"（明陈耀文《天中记》）。历历：清清楚楚。

又

踯躅花开红照水①，鹧鸪飞绕青山觜②。行人经岁始归来，千万里，错相倚，懊恼天仙应有以③。

【说明】

前一首是借刘郎别天仙的故事，抒发女子对情郎的离别之情，此首词则是借刘郎归家写情郎归来的情怀。词的前两句用红花照水、飞鸟绕山来渲染情郎即将归家时的欢悦心情，后面几句写情郎归来，但好景不长，情郎不久又要离去，刻画了女子即懊恼又自悔错嫁郎君的复杂心理。该词写的即欢快又沉重，直抒胸臆。清人陈廷焯《白雨斋词评》云："无一字不警快可喜。"

【注释】

①踯躅（zhí zhú）花：花名，即"羊踯躅"，亦名杜鹃花。

②觜（zuǐ）：同"嘴"。

③懊恼天仙应有以：这句是说天仙懊恼应该是有原因的。

韦庄十首

【作者介绍】

韦庄（836—910），字端己，杜陵（今陕西西安）人。是唐代诗人韦应物的四代孙，五代时前蜀词人。唐昭宗乾宁元年（894）进士，为校书郎。昭宗天复元年（901）入蜀，为王建掌书记。王建称帝，官至门下侍郎同平章事。卒谥文靖。韦庄系花间派词人，词风清丽疏淡，著有《浣花集》，收词四十八首。本书所选韦庄十首词，均出自《花间集》。

浣溪沙

清晓妆成寒食天①，柳球斜袅间花钿②，卷帘直出画堂前。 指点牡丹初绽朵③，日高犹自凭朱栏，含嚬不语恨春残④。

【说明】

这是一首女子伤春怀人之作。上片通过对女子在寒食之日梳妆、卷帘等一系列动作的描写，巧妙而含蓄地展现出了女子的内心活动；下片用牡丹初绽、暮春日高等景物和女子的独自凭栏来渲染主人公的无聊和寂寞，特别是最后一句，虽有万般情怀，却只能"含嚬不语"，种种愁怨不能表白，只能是"恨春残"。

【注释】

①寒食：节名，在清明前一天。相传春秋时代，晋国公子重耳逃亡在外，生活艰苦，跟随他的介子推不惜从自己的腿上割下一块肉让他充饥。后来，重耳回到晋国，做了国君（即晋文公），重耳在封臣时忘了介子推。他便带着母亲隐居绵山（今山西介休），不肯出来。晋文公无计可施，只好放火烧山，逼其下山。介子推母子抱树而死。为了纪念介子推，晋文公下令从介子推遇难这天起，即清明前一日，三天之内禁生火点灯，只能吃干粮和冷食，故称"寒食节"。

②柳球：古代妇女头上的饰物。间：相隔。花钿：古代妇女头上的饰物。

③初绽（zhàn）：指花刚刚开放。

④嚬（pín）：同"颦"（pín），皱眉。

又

惆怅梦余山月斜，孤灯照壁背窗纱①，小楼高阁谢娘家②。 暗想玉容何所似，一枝春雪冻梅花，满身香雾簇朝霞③。

【说明】

　　这首词描写一个男子对一位想象中少女的暗念之情。上片写男主人公余梦之时的所见（斜月、孤灯）和所想（"小楼高阁谢娘家"），衬托出男子的孤独、惆怅和对女子的思念。下片"暗想"起句，写出想象中少女"玉容"之美丽和"满身"之标致。这首词上片写实，下片写虚，亦真亦幻，反映了男子对少女朦胧的理想和热烈的追求，全词清新秀丽，寓意深微。明人汤显祖评本《花间集》："以暗想句问起，见下二句形容快绝。"

【注释】

　　①背窗纱：背向窗纱。
　　②谢娘家：借指女主人公所居之处。典出《唐音癸鉴》：唐代李德裕有美妾谢秋娘，李以华屋贮之，眷之甚隆。后文人多借用之。
　　③簇：簇拥。

又

　　夜夜相思更漏残①，伤心明月凭阑干，想君思我锦衾寒。　咫尺画堂深似海②，忆来唯把旧书看③，几时携手入长安。

【说明】

　　这是一首深夜怀人之作。上片前两句写女主人深夜相思难眠，伤心不已，对月凭栏的情景。歇拍从对方着笔，"想君思我锦衾寒"，委婉地表达了她对心上人的爱和怨。下片前两句写自己身处空闺之中，寂寞难耐，唯有翻看旧日书信来打发时光。末一句"几时携手入长安"，写出了主人公心中的热切希望。明人汤显祖评本《花间集》卷一云："'想君''忆来'二句，皆意中意，言外言也。水中着盐，甘苦自知。"

【注释】

　　①更漏残：夜将尽。更漏：古时滴漏计时，夜间以刻漏报时，故称刻漏为更漏。
　　②咫（zhǐ）尺：形容距离很近。

③旧书：指往日对方寄来的书信。

菩萨蛮

红楼别夜堪惆怅，香灯半卷流苏帐①。残月出门时，美人和泪辞。　琵琶金翠羽②，弦上黄莺语③。劝我早归家，绿窗人似花。

【说明】

这是一首回忆当年月夜离别的词。上片写一对情人依依惜别的情景，"残月出门时，美人和泪辞"，直写分别的惆怅和无奈，以及离情的凄楚和痛苦。下片写离别时美人弹琵琶为他送行，琵琶声声，如黄鹂歌唱，催君早日归来，归来时美人如月似花地倚窗而待，可谓是愈写愈欢快，越读越流畅，真是苦中作乐啊。离别之情，久久难忘，往事再现，历历在目。唐圭璋《唐宋词简释》："前事历历，思之惨痛，而欲归之心，亦愈迫切。"

【注释】

①流苏：以五彩羽毛或丝线制成的穗子，常用作车马、帷帐的垂饰。
②金翠羽：金钗，此指琵琶上的彩饰。
③弦上黄莺语：这里是说琵琶声宛如黄莺歌唱。

应天长

别来半岁音书绝，一寸离肠千万结①。难相见，易相别，又是玉楼花似雪②。　暗相思，无处说，惆怅夜来烟月。想得此时情切，泪沾红袖黦。

【说明】

这是一首相思怀人之作。上片写自与情人别后，半年无有音信，肝肠寸断，心里万分纠结,歇拍"又是玉楼花似雪"一句,描写出相思的空寂和凄凉。下片写日夜思念远方的丈夫,思夫情切,夜不能寐,泪满红袖。明人徐士俊《古今词统》卷六云:"以末一字而生一首之色。"

【注释】

①离肠:即离情。结:因离愁而情绪纠结。

②花似雪:形容梨花似雪。

③红袖:妇女红色的衣袖。黦(yuè):黑黄色,此指红衣袖上的斑斑痕。

荷叶杯

绝代佳人难得,倾国①,花下见无期。一双愁黛远山眉②,不忍更思惟③。　　闲掩翠屏金凤,残梦,罗幕画堂空。碧天无路信难通,惆怅旧房栊④。

【说明】

这是一首闺情词。上片从回想自己花容月貌开始,写相见无期、愁眉不展的凄苦心情。下片写残梦醒后,虽身居金凤翠屏、罗幕画堂之中,却依然是人去楼空,通信无路,相思无限,只有"惆怅旧房栊"。清人许昂霄《词综偶评》云:"《荷叶杯》二阕,语淡而悲,不堪多读。"

【注释】

①绝代佳人难得,倾国:出自西汉李延年《北方有佳人》:"北方有佳人,绝世而独立。一顾倾人城,再顾倾人国。宁不知倾城与倾国,佳人难再得。"此指主人公当年姿容之美。

②愁黛(dài):愁眉。黛:青黑色的颜料,古代女子用来画眉,此处指眉毛。

③思惟:相思。

④房栊:房屋的通称。此一句和"罗幕画堂空"一句均是主人公对人去楼空的感叹。

又

记得那年花下,深夜,初识谢娘时①。水堂西面画帘垂②,携手暗相期③。　惆怅晓莺残月,相别,从此隔音尘④。如今俱是异乡人,相见更无因⑤。

【说明】

又是一首闺怨情词。上片是回忆,"初识谢娘时""携手暗相期",当年约会见面时的情景,记忆犹新,历历在目。这一切甜蜜的描写都是为下片苦楚做铺垫。下片笔锋一转,直写离别时的惆怅和人各一方、相见时难的凄苦。明人汤显祖评本《花间集》卷一云:"情景逼真,自与寻常艳语不同。"

【注释】

①谢娘:借指女主人公。典出《唐音癸鉴》:唐代李德裕有美妾谢秋娘,李以华屋贮之,眷之甚隆。后文人多借用之。
②水堂:临近水池的堂屋。
③相期:相约。
④音尘:音信,消息。
⑤因:缘由。

思帝乡

春日游,杏花吹满头。陌上谁家年少①,足风流②。妾拟将身嫁与,一生休③。纵被无情弃,不能羞④。

【说明】

唐五代恋情词大都用比兴手法,隐约含蓄。韦庄这首《思帝乡》却用赋体,直写一个怀春少女对爱情的大胆表白:敢于说出自己的爱,敢于以身相许,甚至不计后果,即使"纵被无情弃"也在所不惜。这是一种不顾一切追求爱情的决心,是在春天、杏花、不相识的风流少年等外界环境的触发下突然迸发出来的爱情火花,如火山岩流,不可阻拦,结句三字尤显得志不可夺。这首词看似悠远舒缓,错落有致,却是字字铿锵,炽热感人。明人徐士俊《古今词统》卷三评:"'妾拟将身嫁与,一生休'句云:死心塌地。"

【注释】

①陌(mò):田间小道。
②风流:指少年英俊潇洒、风流倜傥。
③一生休:终生满足。
④不能羞:指少女无怨无悔。

女冠子

四月十七,正是去年今日,别君时。忍泪佯低面①,含羞半敛眉②。　不知魂已断,空有梦相随。除却天边月,没人知。

又

昨夜夜半,枕上分明梦见,语多时。依旧桃花面,频低柳叶眉。　半羞还半喜,欲去又依依。觉来知是梦,不胜悲。

【说明】

韦庄《女冠子》二首为联章体,分别写男女双方在同一个月夜梦中相思相遇的情景。第一首是写女主人公的。上片开头一句"四月十七"准确地说出了去年离别的时间,可见女主人公的细心和情真意切;"忍泪佯低面,含羞半敛眉"两句,将依依惜别和含情脉脉的心境写的逼真传神。上片写追忆,下片则是写相思。"魂已断""梦相随"表达了女主人公深蕴心头、无人知晓的相思之苦。清人陈廷焯《闲情集》卷一云:"一往情深,不着力而自胜。"

第二首则是从男主人公着笔。上片和下片前两句都是写梦中情景,心爱之人深夜入梦,面似桃花,情意绵绵,美丽依然,多么温馨的梦境,突然"觉来知是梦,不胜悲",梦醒时分,苦不堪言,悲不胜悲。唐圭璋《唐宋词简释》:"着末一句翻腾,将梦点明,凝重而沉痛。"

【注释】

①佯(yáng):假装。

②敛眉:皱眉。

薛昭蕴二首

【作者介绍】

薛昭蕴,字无可考,号澄州,河东(今山西运城一带)人,生卒年均不详,约932年前后在世,任前蜀侍郎。工词,多写思妇的幽怨离愁,词风"雅近韦相,清绮精绝"(李冰若《栩庄漫记》)。词存于《花间集》者凡十九首。

浣溪沙

粉上依稀有泪痕①,郡庭花落欲黄昏②,远情深恨与谁论。　记得去年寒食日③,延秋门外卓金轮④,日斜人散暗销魂。

【说明】

这首词选自《花间集》,是一首写离情别恨的词。上片起句写当年离别时的泪痕还依稀可见,接着两句用"落花""黄昏"为背景,来烘托"远情深恨"的孤独和凄凉。下片是回忆,"记得去年寒食日"、延秋门外与君初识又别离,夕阳西下时我们各奔东西,我悲伤无限,忧愁万分。"黯然销魂者,唯别而已矣。"(江淹《别赋》)。俞陛云《五代词选释》评:"记初别。泪痕界粉,起句更从对面这笔,则日斜人散,销魂者不独一人也。"

【注释】

①粉上:脸上涂抹的胭脂。

②郡庭:郡署之庭。

③寒食:节名,在清明前一天。相传春秋时代,晋国公子重耳逃亡在外,生活艰苦,跟随他的介子推不惜从自己的腿上割下一块肉让他充饥。后来,重耳回到晋国,做了国君(即晋文公),重耳在封臣时忘了介子推。他便带着母亲隐居绵山(今山西介休),不肯出来。晋文公无计可施,只好放火烧山,逼其下山。介子推母子抱树而死。为了纪念介子推,晋文公下令从介子推遇难这天起,即清明前一日,三天之内禁生火点灯,只能吃干粮和冷食,故称"寒食节"。

④延秋门:唐代长安禁苑中宫廷二十四门之一。卓:立。金轮:车轮,此处代指车子。卓金轮,犹言停车。

小重山

春到长门春草青①。玉阶华露滴②,月胧明。东风吹断紫箫声。宫漏促,帘外晓莺啼。　愁极梦难成。红妆流宿泪,不胜情。手挼裙带绕阶行③。思君切,罗幌暗尘生④。

【说明】

这首词选自《花间集》,是一首宫怨词。上片以春到长门、露滴玉阶、紫箫声断、残夜月明、帘外啼莺等一系列景象,映衬出宫女所处的凄凉、空寂的环境,是写景。下片由"愁极梦难成"起句写情,加之"红妆流宿泪",又情"不胜情";下句通过"手挼裙带绕阶行"这一形象动作,描写出了宫女对君王的期盼;"思君切"三字尤为直白,一语道破宫女的心事;"罗幌暗尘生"表现宫女失望的心情和对君王的怨情。明人徐士俊《古今词统》卷九评:"不为诡奇,却是古雅。"

【注释】

①长门：汉宫殿名。汉武帝时，陈皇后失宠后所居之处。后人多以此代之失宠宫女或被弃妇女。

②华露：花上的露水。

③挼（ruó）：揉搓。

④幌（huǎng）：帷幔。

牛峤二首

【作者介绍】

牛峤，字松卿，一字延峰，陇西人。生卒年均不详，约890年前后在世，自称唐宰相牛僧孺之孙。乾符五年（878）进士及第。历官拾遗，补尚书郎。王建镇蜀，辟判官。前蜀建立，为给事中，后人又称"牛给事"。牛峤博学，以词著名，多写闺怨离情，词格绮艳华丽，与温庭筠相近。原有歌诗集三卷，不传，今存词三十二首，见《花间集》。

菩萨蛮

玉楼冰簟鸳鸯锦①，粉融香汗流山枕②。帘外辘轳声③，敛眉含笑惊。　柳阴烟漠漠④，低鬓蝉钗落。须作一生拚⑤，尽君今日欢。

【说明】

这首词选自《花间集》，是一首艳情词。上片前两句写男女欢会时的浓情蜜意；后两句写帘外突如其来的辘轳之声惊破欢爱时的情态。清末况周颐云："牛松卿'敛眉含笑惊'五字三层意，别是一种秘密法眼。"（《餐樱庑词话》）下片写欢爱后别离的情景，首句写烟柳漠漠、道路茫茫的悲凉景色，紧接一句写女主人公与心爱之人分别时低头沉思，愁绪万分的复杂心态；末两句则直写少女沉思后的结果，10个字，坦白率真，缱绻之极，清人彭孙遹《金粟词话》针对末两句评曰："牛峤

'须作一生拚,尽君今日欢',是尽头语。作艳语者,无以复加。"

【注释】

①冰簟:竹凉席。鸳鸯锦:绣有鸳鸯图案的锦被。

②粉融香汗:脂粉被汗水溶解。山枕:枕如山形,故称山枕。

③辘轳:安在井上用于汲水的一种起重工具。

④漠漠:密布、广布貌。

⑤拚(pàn):舍弃不顾。

望江怨

东风急,惜别花时手频执①,罗帏愁独入②。马嘶残雨春芜湿③,倚门立。寄语薄情郎,粉香和泪泣。

【说明】

这首词选自《花间集》,属离别闺怨之词。前三句之"东风急""手频执""愁独入",写女主人公依依惜别、恋恋不舍、独自归来的情景;中间两句描绘了一幅送郎远去、倚门独立、盼郎早归的场景;末两句则是写寄情、痴心、相思和惆怅,而"薄情郎"三字不免暗带失望。俞陛云《五代词选释》评:"三十五字中次第写来,情调凄恻。"

【注释】

①花时:花开时节。

②罗帏愁独入:此是心理描写,意为独自归来。

③春芜:春草。

张泌三首

【作者介绍】

张泌,生卒年不详,里贯待考。一说是晚唐诗人张泌,一说是南唐张泌,但均无可信之资料证明其为二者之一。《花间集》存其词二十七首,词中多写闺怨艳情,其风格"介于温、韦之间,而与韦最近"(李冰若《栩庄漫记》)。本书所录三首(浣溪沙二首,蝴蝶儿一首)均选自《花间集》。

浣溪沙

马上凝情忆旧游①,照花淹竹小溪流②,钿筝罗幕玉搔头③。 早是出门长带月④,可堪分袂又经秋⑤,晚风斜日不胜愁。

【说明】

这是一首忆旧怀人之词。上片首句"马上"写去年畅游时的潇洒景象,第二句"照花"写景色之美,歇拍"钿筝"写佳人之秀丽;好一幅生动美丽、携手郊游的画面。下片前两句写依依惜别、月夜分手的场面,末一句则是写离愁。词上片读起来青春浪漫,下片读起来愁绝凄婉。李冰若《栩庄漫记》云:"以'忆旧游'领起全词,实处皆化空灵,章法极妙。"

【注释】

①凝情:痴情,一往情深。旧游:往日的游侣。
②淹:围拥。
③钿筝:以金为饰的筝。罗幕:帷帐。玉搔头:玉钗。
④早是:已是。长带月:经常披星戴月。
⑤分袂:分手,分离。又经秋:又一年。

又

独立寒阶望月华①,露浓香泛小庭花,绣屏愁背一灯斜。 云雨自从分散后②,人间无路到仙家③,但凭魂梦访天涯。

【说明】

　　这首词是以一个男子的口吻写相思的。上片写月华之夜,花香四溢,主人公独立寒阶,触景生情,愁极难眠,只能背对斜灯的凄凉意境。下片写欢情之后的分别和相思,当初一别,再无相逢之路,只能魂梦任相随。全词写得哀婉清冷,情深意切,使人读之怆然泣下。清人沈雄《古今词话》卷上云:"张词时有幽艳语,'露浓香泛小庭花'是也。"

【注释】

　　①月华:月光。

　　②云雨:指男女欢合。典出宋玉《高唐赋序》:昔者楚襄王与宋玉游于云梦之台,望高唐之观,其上独有云气,崒兮直上,忽兮改容,须臾之间,变化无穷。王问玉曰:"此何气也?"玉对曰:"所谓朝云者也。"王曰:"何谓朝云?"玉曰:"昔者先王尝游高唐,怠而昼寝,梦见一妇人曰:'妾,巫山之女也,为高唐之客。闻君游高唐,愿荐枕席。'王因幸之。去而辞曰:'妾在巫山之阳,高丘之阻,旦为朝云,暮为行雨,朝朝暮暮,阳台之下。'"

　　③人间无路到仙家:据《太平广记》引《幽明录》记载:相传东汉永平年间,浙江剡县刘晨、阮肇二人入天台山采药迷路。遇两仙女,被邀至家,招至成亲。半年后求归甚切,于是离开仙界返回乡里,此时子孙已过七代。后重入天台山访女家,踪迹渺然。此处意为无法与所爱女子相见。

蝴蝶儿

蝴蝶儿,晚春时。阿娇初着淡黄衣①,倚窗学画伊②。
　　还似花间见,双双对对飞。无端和泪拭燕脂③,惹教双翅垂④。

【说明】

　　这首词所咏内容即为调名,唐宋词中用此调者仅此一首。上片写晚春时节,少女由看见蝴蝶、迷恋蝴蝶到倚窗画蝶的情景,少女那娇美玲珑、妩媚可爱的神态跃然纸上。下片前两句写少女对花间蝴蝶的欣赏和对蝴蝶双双对对的羡慕,最后两句则是触景生情,自伤孤独。"无端"二字承喜启悲,把少女由快乐转为伤感的情绪变化过程,写得极为自然,巧妙无比。清人陈廷焯《白雨斋词评》云:"妮妮之态,干卿甚事,如许钟情也。"

【注释】

①阿娇:汉武帝时陈皇后,名曰:阿娇。此代指画蝶之少女。
②伊:此指蝴蝶。
③无端:无缘无故。燕脂:胭脂。
④双翅垂:言蝴蝶垂翅停飞,留连花间。

毛文锡二首

【作者介绍】

毛文锡,字平珪,南阳(今河南南阳)人。生卒年均不详,唐末进士。仕蜀,官翰林学士,累迁礼部尚书,判枢密院事,拜司徒。蜀亡,随王衍降后唐。未几,复事后蜀孟氏,与欧阳炯等五人以小词为孟昶所赏。《花间集》称毛司徒,载其词三十一首,多艳丽语。今有王国维辑《毛司徒词》一卷。这里所录《醉花间》、《应天长》二首均选自《花间集》。

醉花间

休相问,怕相问,相问还添恨。春水满塘生,鸂鶒还相趁①。　昨夜雨霏霏②,临明寒一阵。偏忆戍楼人③,久绝边庭信④。

【说明】

此词写闺中妇人对远在塞外戍边情人的思念与怨恨。"休相问,怕相问,相问还添恨。"越问情越浓,越问恨越深,三句话深刻地描写出了主人公爱恨情愁的复杂心理,"春水满塘生,鸂鶒还相趁"两句是写景:春色宜人,也撩人春心。"昨夜雨霏霏，临明寒一阵"，烘托出了主人公孤寂、凄冷的心境，征夫的思念也隐隐地浸现了出来，末两句则直写思念之人和久无音信。全词质朴纯真，情意缠绵。清末况周颐《餐樱庑词话》评："《花间集》毛文锡三十一首，余只喜其《醉花间》后段'昨夜雨霏霏'数语。情景不奇，写出政复不易，语淡而真，亦轻清，亦沉着。"

【注释】

①鸂鶒（xī chì）：水鸟名，形大于鸳鸯而色多紫，俗称紫鸳鸯。相趁：互相追逐。

②霏霏：（雨、雪、云等）很盛的样子。

③偏忆：最忆。戍楼：边城的敌楼。

④边庭：边塞。

应天长

平江波暖鸳鸯语，两两钓船归极浦①。芦洲一夜风和雨，飞起浅沙翘雪鹭②。　　渔灯明远渚，兰棹今宵何处。罗袂从风轻举③，愁杀采莲女。

【说明】

这是一首送别词。上片"鸳鸯语""两两船"二句，美景之中写送别；"风和雨""翘雪鹭"二句以凄凉景色渲染离愁。下片前两句写主人公担忧之心情：孤灯渔火去远方，不知今宵投宿何处；末两句写采莲女依依惜别的惆怅和感伤。清末况周颐《花间集评注》引云："毛文锡《应天长》云：'渔灯明远渚，兰棹今宵何处？'柳屯田《雨霖铃》云：'今宵酒醒何处，杨柳岸、晓风残月。'毛词简质而情景具足，后人但能歌柳词耳。"

【注释】

①极浦：极远的水边。

②翘雪鹭：长颈翘起的白鹭。

③罗袂：罗袖。从风：随风。

牛希济一首

【作者介绍】

牛希济,五代词人,字不详,陇西(今甘肃陇西)人,词人牛峤之侄。生卒年均不详,约913年前后在世。为前蜀主王建所赏识,任起居郎。前蜀后主王衍时,累官翰林学士、御史中丞。后唐庄宗同光三年(925),随前蜀主降于后唐,明宗时拜雍州节度副使。其词清新自然,无雕琢之气。《唐五代词》存其词十四首。

生查子

春山烟欲收①,天淡稀星小。残月脸边明,别泪临清晓。　语已多,情未了,回首犹重道②。记得绿罗裙,处处怜芳草。

【说明】

此词选自《花间集》,乃是一首写别情之词。上片以景起兴,写一对情人难舍难分、别泪天明的场面。下片纯写情,尤其是后两句"记得绿罗裙,处处怜芳草",写男子因怀念自己心爱的女子,一想起那随风飘逸的绿色罗裙,便更加怜爱他们共同踏过的芳草地。这首词构思巧妙,语言质朴,读起来清新自然,韵味无穷。李冰若《栩庄漫记》云:"'记得绿罗裙,处处怜芳草',词旨悱恻温厚,而造句近乎自然。岂飞卿辈所可企及?'语已多,情未了,回首犹重道',将人人共有之情,和盘托出,是为善于言情。"

【注释】

①烟欲收:烟雾即将消散。
②重道:反复叮嘱。

欧阳炯五首

【作者介绍】

欧阳炯（896—971），五代词人，字号不详，益州华阳（今四川成都）人。少事前蜀，为中书舍人。前蜀亡，归后唐，为秦州从事。后蜀时官至门下侍郎，兼户部尚书，同平章事，兼修国史。宋太祖乾德三年（965）从孟昶降宋，曾任翰林学士等职。欧阳炯工诗文，尤长于词，其词艳丽浮华。所作词四十八首存于《唐五代词》。为赵崇祚所编《花间集》作序。本书所录欧阳炯五首词均选自《花间集》。

南乡子

画舸停桡①，槿花篱外竹横桥②。水上游人沙上女③，回顾，笑指芭蕉林里住。

又

洞口谁家④，木兰船系木兰花⑤。红袖女郎相引去⑥，南浦⑦，笑倚春风相对语。

【说明】

这两首《南乡子》都是描写男女游人情思的词。第一首前两句首先映入眼帘的是江南水乡的秀丽景色，末三句是写情，游人和村女的情思和暧昧关系，都从村女多情、热情、羞涩和"回顾，笑指芭蕉林里住"的情态中反映出来了。真可谓词中有画，画中含情。

第二首是写南国水乡人家少女的欢情。这首词别具一格，以富有江南地方特色的物象，如"洞口""木兰船""木兰花""南浦"等，写出了江南人特有的爱情生活。词写得活泼自然，充满生气。

明人徐士俊《古今词统》卷一云："隐隐闻村落中娇女声"。李冰若《栩庄漫记》云："俨然一副画图。"

【注释】

①画舸（gě）停桡（ráo）：船停了下来。画舸：绘有彩饰的大船。桡：划船用的桨。

②槿（jǐn）花：即木槿花。木槿，落叶灌木或小乔木。花呈钟形，通常有白、红、紫等颜色。南方民间多植木槿以为篱，称之为"槿花篱"。

③水上游人：此指男子。沙上女：沙滩上的村女。

④洞口：本指女道士居所，此指女子居处。

⑤木兰船：船的美称。木兰：落叶乔木，其木可用来造船。

⑥相引：相约，相邀。

⑦南浦：南面的水边。

献衷心

见好花颜色，争笑东风。双脸上，晚妆同。闭小楼深阁①，春景重重。三五夜②，偏有恨，月明中。　　情未已，信曾通，满衣犹自染檀红。恨不如双燕，飞舞帘栊。春欲暮，残絮尽，柳条空。

【说明】

此一首是春怨词。上片写花好月圆，花好如人面，然花在笑东风，人却双脸愁；月圆深阁中，月圆人不圆，偏恨三五夜。下片是睹物伤情，曾经的信件，满身的檀红，想起曾经的缱绻缠绵，今日却孤独难耐，恨不能化作双飞燕，然而人毕竟不是燕子，所以末三句"春欲暮，残絮尽，柳条空"看似写残春景色，却暗喻主人公的幽怨和离愁。全词直白率真，自然质朴地表现了主人公的思绪和痴情。李冰若《栩庄漫记》云："'三五夜'，'月明中'，忽加入'偏有恨'三字，奇绝。"

【注释】

①閤（gé）：同"阁"。

②三五夜：中国农历每月十五夜。

贺明朝

忆昔花间初识面，红袖半遮①，妆脸轻转。石榴裙带，故将纤纤玉指偷捻②，双凤金线③。　碧梧桐锁深深院。谁料得两情，何日教缱绻④。羡春来双燕，飞到玉楼⑤，朝暮相见。

又

忆昔花间相见后，只凭纤手，暗抛红豆。人前不解，巧传心事，别来依旧，辜负春昼。　碧罗衣上蹙金绣⑥。睹对对鸳鸯，空裛泪痕透⑦。想韶颜非久⑧，终是为伊，只恁偷瘦⑨。

【说明】

这两首《贺明朝》应为联章体，写一对男女离别的痛苦和相思的深沉，男子一唱，女子一和，犹如一首男女之间表达离别愁苦和宣读爱情誓言的对歌。第一首是以男子的口吻写对意中人的怀念和相思。上片是追忆两人初次相见时的情景，作者用绮艳的语句，把女子的羞涩、娇态和多情，以及服饰的华美和女子的美丽刻画的细致入微。下片写现实，从"碧梧桐锁深深院。谁料得两情"的孤独到"何日教缱绻""朝暮相见"的愿望，逐步而委婉地展现了出来，表达了男子对爱情的初衷不改和痴心永恒。李冰若《栩庄漫记》评此词云："如《贺明朝》诸词，后启柳屯田，上承温飞卿，艳而近于靡矣。"

第二首是以女主人公的口吻写对意中人的怀念和相思。上片是追忆两人初次相见的情景和分别后的心境，初见时是"只凭纤手，暗抛红豆"的含情，分别时是"人前不解，巧传心事"的传情，离别后则是"别来依旧，辜负春昼"，百无聊赖的愁情。下片前三句是睹物思情，情至深处是空有相思泪，后三句是女子心声的袒露，表达女子对爱情的忠贞和执着，特别是末两句："终是为伊，只恁偷瘦"，相思之苦，折煞人也，宋代词人柳永《蝶恋花》之"衣带渐宽终不悔，为伊消得人憔悴"即本于此。明人汤显祖评本《花间集》卷三云："无甚雕巧，只是铺排妥当，自无村妆羞涩态。"

【注释】

①红袖半遮：以红袖半遮脸。
②捻（niǎn）：用手搓。
③双凤金线：指裙子上用金丝线秀出的双凤图案。
④缱绻（qiǎn quǎn）：情意缠绵。
⑤玉楼：女子所居之处。
⑥蹙金：用金丝银线刺绣成皱纹状的织品。
⑦裛（yì）：通"浥"，沾湿。
⑧韶颜：年轻美貌。
⑨恁（nèn）：这样，如此。

和凝二首

【作者介绍】

和凝（898—955），五代时后晋词人。字成绩。郓州须昌（今山东东平）人。幼时颖敏好学，十七岁举明经，梁贞明二年（916）十九岁登进士第。好文学，长于短歌艳曲。后唐时为翰林学士，知贡举。后晋天福五年（940）拜中书侍郎，同中书门下平章事。入后汉，封鲁国公。后周时，赠侍中。尝取古今史传所讼断狱、辨雪冤枉等事，著为《疑狱集》两卷，所以和凝还是一个法医学家。其词二十四首，收于《全唐诗·附词》。此处《菩萨蛮》《河满子》二首词均选自《花间集》。

菩萨蛮

越梅半拆轻寒里①，冰清澹薄笼蓝水②。暖觉杏梢红，游丝狂惹风③。　闲阶莎径碧④，远梦犹堪惜⑤。离恨又迎春，相思难重陈。

【说明】

这是一首春闺怀人之词。上片写早春之景色，寒梅绽放，冰肌玉骨，暖杏梢头，糁颜红面，游丝袅袅，狂惹春风，这一寒一暖，一阵春风，暗引闺中女子相思无限。下片前两句是写莎径又绿，往日踏莎春游的情景只能梦中再现，表明主人公的孤独，末两句"离恨又迎春，相思难重陈"，乃愁极生恨，直吐相思之衷肠。清末况周颐《花间集评注》引评："《菩萨蛮》及《望梅花》，则近于清言玉屑矣。"

【注释】

①越梅：梅花，因多生长于南方，故称"越梅"。拆：绽裂。
②冰清澹薄：形容梅花冰清玉洁，不与百花争春色的淡薄风骨。蓝水：即蓝溪，源于秦岭，流入蓝田（今陕西蓝田县），系灞河之源。
③游丝：昆虫所吐之丝在风中飘飞。
④莎：莎草。
⑤远梦：与远方丈夫梦中相见。

河满子

正是破瓜年纪①，含情惯得人饶②。桃李精神鹦鹉舌③，可堪虚度良宵。却爱蓝罗裙子，羡他长束纤腰④。

【说明】

这首小令描写的是一个男子对少女的爱慕之情。前三句写少女年轻美貌，纯情可爱，像桃李一样亭亭玉立，风韵卓然。"可堪虚度良宵"一句，转而是对少女青春虚度的叹惜，末两句是男子羡慕少女的"蓝罗裙子"，因为这裙子可以去束少女的纤腰，反衬自己爱情的无望。此词写的自然欢快，韵味无穷。李冰若《栩庄漫记》评此词云："'却爱蓝罗裙子，羡他长束纤腰。'为何词名句。其源盖出于张平子《定情诗》，陶公《闲情赋》，尚在其后。"

【注释】

①破瓜年纪：古时称女子十六岁为"破瓜"，"瓜"字破开即为两个八，二八年华即十六岁也。

②惯：常。饶：怜爱。

③桃李精神鹦鹉舌：言少女的风韵如桃花开放，言语灵巧如鹦鹉之舌。

④却爱蓝罗裙子，羡他长束纤腰：这两句是说，男子羡慕女子的裙子可以长束其纤腰，而自己却不能拥抱她。

顾夐三首

【作者介绍】

顾夐，五代十国时后蜀词人。生卒年不详，字里无考。前蜀王建通正（916）时，以小臣给事内廷，后擢茂州刺史。入后蜀，累官至太尉。顾夐能诗善词，其词多写艳情，风格浓丽。《花间集》收其词五十五首。此处录其词三首，均选自《花间集》。

虞美人

深闺春色劳思想①，恨共春芜长②。黄鹂娇啭说芳妍③，杏枝如画倚轻烟，锁窗前。　凭阑愁立双蛾细④，柳影斜摇砌。玉郎还是不还家⑤，教人魂梦逐杨花，绕天涯。

【说明】

这是一首春闺怀人之词。上片前两句把女主人公的绵绵春恨自然巧妙地融入进深闺、春色等景物中去了；后二句通过耳闻"黄鹂娇啭"和目睹"杏枝如画"，来写出女主人公的浓浓春情；"锁窗前"三字，最为沉重和凄凉。下片则直抒情怀，前两句女主人公凭栏敛双蛾，面对柳影，百般愁情；后二句写情人：玉郎当归不归，女主人公只能梦中相随；"绕天涯"三字，可谓是情恨叠加，愁怨无极。全词文笔流畅绮丽,余味凄婉,不失为爱恨愁苦之佳作。李冰若《栩庄漫记》评此词云:"'恨共春芜长',佳。顾敻《虞美人》六首中,此词较为流丽。"

【注释】

①劳:忧愁。
②芜:草多而乱。
③悗(ní):滞留,此处为萦绕之意。悗芳妍:指在花间萦绕。
④双蛾细:双眉紧锁。
⑤玉郎:古代女子对丈夫的爱称。

河　传

棹举①,舟去。波光渺渺,不知何处。岸花汀草共依依,雨微,鹧鸪相逐飞。　　天涯离恨江声咽,啼猿切,此意向谁说。倚兰桡②,独无聊,魂销,小炉香欲焦。

【说明】

这是一首写离情旅思之词。上片前四句写江上行人登舟远去的情景,扁舟欲去,烟波浩渺,不知今宵夜宿何处,表现了行人的迷茫和失落;后三句写岸上,细雨蒙蒙之中,"岸花汀草"、"鹧鸪相逐飞",送别之人,离情难舍,依依惜别之意清晰可见。下片写行人之离情,前三句之"江声咽""啼猿切""向谁说",一句紧似一句,句句凄惨,声声悲切;后四句写行人独倚兰舟、百无聊赖、黯然销魂的情景,"小炉香欲焦"一句,使人读之肝肠寸断。俞陛云先生《五代词选释》评曰:"此词之用笔,如短兵再接,音节如促柱么弦,须在急拍中以词心一缕萦之。"

【注释】

①棹(zhào):船桨,划船之意。
②兰桡:即兰舟。桡:划船的桨,此处指船。

诉衷情

永夜抛人何处去①,绝来音。香阁掩②,眉敛,月将沉。　争忍不相寻③,怨孤衾。换我心,为你心,始知相忆深。

【说明】

顾夐能诗善词,尤工小词,此一小令,可谓元曲之祖,清人陈廷焯《白雨斋词评》云:"元人小曲,往往脱胎于此"。这首小令是写闺情的,起首两句便是怨语:漫漫长夜,抛我而去,还杳无音信。接下来三句,寥寥八字,少女苦苦相思之态跃然纸上。"争忍不相寻,怨孤衾"两句是写少女孤独难耐,长夜难眠的情景。"换我心,为你心,始知相忆深"三句,是全词之精髓,虽然语气平易,却感情真挚。明人汤显祖评本《花间集》卷三云:"要到换心田地,换与他也未必好。"

【注释】

①永夜:漫漫长夜。
②阁:同"阁"。
③争忍:怎忍。

孙光宪五首

【作者介绍】

孙光宪(900—968),字孟文,自号葆光子。陵州贵平(今四川仁寿)人,唐末为陵州判官,天成初年,避地江陵,仕荆南高从诲为从事,累官至检校秘书少监兼御史大夫。后归宋,为黄州刺史。太祖乾德六年卒。孙光宪出身农家,好读书,性嗜藏书,常手自抄写,凡藏数千卷。其词题材广泛,有写水乡边塞风光的,有写豪健艳情生活的,风格与"花间派"的浮艳、绮靡有所不同,是继温庭筠、韦庄之后一大家。有《北梦琐言》传世。《花间集》存其词六十一首,《全唐五代词》存其词八十四首。

思帝乡

如何，遣情情更多。永日水堂帘下①，敛羞蛾②。六幅罗裙窣地③，微行曳碧波。看尽满池疏雨，打团荷。

【说明】

这首词和以下五首均选自《花间集》。这是一首写闺情的词，"如何，遣情情更多"，两句近似白话，却是愁上加愁，愁怨难排。"永日"二句写屋内，"水堂帘下"，少女独坐，深情难忘，整日愁眉不展，是静态。下面两句写户外，是动态，少女身着华丽的"六幅罗裙"，微步行走在池边，池水随之而摇曳荡漾，细腻地刻画了少女的惆怅心理。末两句，与其说是"看尽满池疏雨，打团荷"，不如说是目光呆滞，是在听雨打团荷，雨打团荷之声，无情地敲击着少女的痴情之心，形象地表现了少女的孤独情态。王闿运先生《湘绮楼词选》评此词云："常语常景，自然风采。"

【注释】

①水堂：临近水池的厅堂或楼阁。
②敛羞蛾：女子愁眉不展。
③窣（sū）地：拂地。窣：拂。

酒泉子

空碛无边①，万里阳关道路②。马萧萧，人去去，陇云愁③。　香貂旧制戎衣窄，胡霜千里白④。绮罗心⑤，魂梦隔，上高楼。

【说明】

　　这首词是写女主人公对征人的怀念，是边塞闺情之作。上片之"空碛无边，万里阳关道路"，景色凄凉，空阔无垠，愁煞人也；"马萧萧，人去去，陇云愁"，匆匆离情，深深思念，愁煞人也。下片前两句，是女主人公的想象和担心，想象塞外霜晨，边关月夜，寒风刺骨，担心丈夫衣衫单薄，难以御寒。字字句句无不透露出主人公对征夫殷殷的关爱和深深的怀恋；末三句从想象回到眼前，直抒胸臆，写主人公的相思之苦，和梦断边关的情景。明人汤显祖评本《花间集》卷三云："再读不禁酸鼻。"

【注释】

①碛（qì）：浅水中的沙石，此指沙漠。
②阳关：关名，在今甘肃敦煌县西南。以居玉门关之南而名。
③陇：地名，泛指今甘肃一带。此指边关。
④胡霜：胡地的寒霜。胡：古代指西北地区的少数民族，此指胡地。
⑤绮罗心：女子的心情。

生查子

寂寞掩朱门，正是天将暮。暗澹小庭中，滴滴梧桐雨。　　绣工夫，牵心绪，配尽鸳鸯缕①。待得没人时，偎倚论私语。

【说明】

　　女主人公的闺情词。上片写景，"滴滴梧桐雨"一句，愈显暮雨时分，朱门小庭内的宁静和凄凉。下片写情，"绣工夫"三句，写女主人公做女红时的情景，一针一线，费尽心绪，把相思全绣在自己的鸳鸯枕上了；末两句写无人独眠时，自己依偎着鸳鸯枕，窃窃私语。一片痴情，幽怨之中透着天真。此词上片写景，下片言情，好似一幅景色清澈宁静、情态天真无邪的画图。李冰若《栩庄漫记》评此词云："上半阕极写寂静，下半阕写幽怨。怨而不怒，足耐回味。"

【注释】

①鸳鸯缕:绣鸳鸯的金线。

清平乐

愁肠欲断,正是青春半①。连理分枝鸾失伴②,又是一场离散。 掩镜无语眉低,思随芳草萋萋③。凭仗东风吹梦,与郎终日东西。

【说明】

这是一首写离别相思的词。上片写离别,虽是四句,却层层递进,自然而然地显现出阳春三月,夫妻离散之场面,如同连理分枝、鸾凤失伴,使人肝肠寸断,悲伤欲绝。下片写相思,"掩镜"二句,写女主人公无心照镜,也不想说话,只有绵绵相思随着萋萋芳草,越长越长,愈生愈远;"凭仗东风吹梦,与郎终日东西"二句,柔情蜜意,诚挚哀婉。清人陈廷焯《闲情集》卷一云:"痴情幻想,说得温厚,便有风骚遗意。"李冰若《栩庄漫记》评此词云:"东风吹梦,与郎东西,语极缠绵沉挚。"

【注释】

①青春半:阳春三月。
②连理分枝鸾失伴:这句话是指夫妻分离。连理:两棵树不同根而枝干结合在一起。鸾:即鸾凤之意,指夫妻。
③萋萋:形容草长得茂盛的样子。

谒金门

留不得,留得也应无益。白纻春衫如雪色①。扬州初去日。 轻别离,甘抛掷,江上满帆风疾。却羡彩鸳三十六②,孤鸾还一只③。

【说明】

　　这是一首写离情的词。上片之"留不得，留得也应无益"二句，劈空而来，直述结果，开篇便掀起送别的高潮；后两句写翩翩公子，潇洒飘逸，风流倜傥，匆匆离去的景象，爱慕之心，凄惋深切。下片前三句，承上阕而来，"轻""甘""疾"三字，形象地描写了青春少年，义无反顾，毅然决然地登舟远去的情景；末二句"却羡彩鸳三十六，孤鸾还一只"，比喻自己只身一人，"却羡"二字，实为主人公孤独愁苦之叹。李冰若《栩庄漫记》评此词云："字字鸣咽，相思之苦，漂泊之感，使人荡气回肠，百读不厌。其清新哀惋处，盖神似端己也。"

【注释】

　　①白纻（zhù）：白而细的麻布。
　　②彩鸳三十六：即鸳鸯三十六对。据《西京杂记》记载，汉霍光园中开大池，"养鸳鸯三十六对，望之灿若披锦"。
　　③孤鸾：比喻自己孤身一人。古代用"鸾凤"来比喻夫妻。

魏承班二首

【作者介绍】

　　魏承班，字里、生卒年均不详，约930年前后在世。前蜀词人，魏宏夫之子。魏宏夫为前蜀王建养子，赐姓名王宗弼，封齐王。承班仕蜀为驸马都尉，官至太尉。承班工词，艳丽似温庭筠，李冰若《栩庄漫记》评其词风曰："浓艳处近飞卿，间有清朗之作，特不多耳。"金人元遗山曰：魏承班词，俱为言情之作。大旨明净，不更苦心刻意以竞胜者。《全唐五代词》存其词二十一首，《花间集》存其词十五首。这首《菩萨蛮》和下面一首《玉楼春》均选自《花间集》。

菩萨蛮

罗裾薄薄秋波染①，眉间画得山两点②。相见绮筵时③，深情暗共知。　　翠翘云鬓动④，敛态弹金凤⑤。

宴罢入兰房⑥，邀人解佩珰⑦。

【说明】

　　这首词写女主人公和情人在绮宴时邂逅相遇、相知、相悦的情景。上片前先写少女华丽的服饰和妖艳的容妆，接下来写少女和男子筵席之间邂逅相遇，脉脉传情。下片前两句描写少女弄姿传秋波，弹琴诉心曲的情态，可谓栩栩如生；末两句写宴罢两人相悦，邀人尽欢时的情景。浪漫多情，大胆放纵。李冰若《栩庄漫记》评曰："艳冶似温尉。"

【注释】

　　①罗裾：丝绸衣服。裾：衣服的前襟，此处代指衣服。秋波：秋日的水波，深蓝色，此指衣服的颜色。

　　②山两点：指画眉如远山两点。

　　③绮筵：华丽的宴席。

　　④翠翘：金钗的一种。

　　⑤金凤：饰有金凤图案的琴。

　　⑥兰房：少女的闺房。

　　⑦佩珰：耳环、首饰等物，此代指妆束。

玉楼春

寂寂画堂梁上燕，高卷翠帘横数扇①。一庭春色恼人来，满地落花红几片。　　愁倚锦屏低雪面②，泪滴绣罗金缕线③。好天凉月尽伤心，为是玉郎长不见④。

【说明】

　　此一首闺中女子春怨词。上片写景，屋内物外，春色如画，但对离别之人来说，却是"一庭春色恼人来"。以景衬情，自然道来。下片写春愁，前二句写女主人公独倚锦屏、雪面愁容、泪滴绣罗的相思神态，栩栩如生，形象生动；末两句则是说：

由于"玉郎长不见",才使人"好天凉月尽伤心",一语破的,感人至深。全词用清朗的语言,塑造了一个痴心女子,写出了她的苦闷、忧愁和企盼。清人陈廷焯《别调集》卷一云:"凄警"。又云:"语意爽朗"。李冰若《栩庄漫记》评曰:"结语说到尽头,了无余味。"

【注释】

①翠帘:窗帘。横数扇:打开了几扇窗子。
②雪面:女子白皙的容颜。
③绣罗金缕线:金丝线所绣的衣衫。
④为是:因为。玉郎:古代女子对丈夫的爱称。

鹿虔扆一首

【作者介绍】

鹿虔扆,五代词人,字里、生卒年均不详。约913年前后在世。仕后蜀孟昶为永泰军节度使、进检校太尉、加太保,人称鹿太保。初读书在古寺,见画壁有周公辅成王图,期以此见志。蜀亡不仕。与欧阳炯、韩琮、阎选、毛文锡等俱以工小词供奉后主孟昶,忌者号之为"五鬼"。蜀亡不仕。其词今存六首,收于《花间集》,其词含思凄惋,秀美疏朗,较少浮艳之习。

虞美人

卷荷香淡浮烟渚①,绿嫩擎新雨。琐窗疏透晓风清,象床珍簟冷光轻②,水纹平③。　九疑黛色屏斜掩④,枕上眉心敛。不堪相望病将成,钿昏檀粉泪纵横⑤,不胜情。

【说明】

此词选自《花间集》,是闺怨相思之作。上片起首二句"卷荷香淡浮烟渚,绿嫩擎新雨"，室外景色，新雨打香荷，凄凉；"琐窗"三句，写室内，小风透窗袭人，象床珍簟独卧，清冷。上片看似写景，但句句言情，且句句凄冷孤寂。下片写相思，"九疑"二句，写女子掩屏而睡，孤枕难眠，整夜愁眉不展。愁极之苦，不言而喻。末三句写一种极度的相思，这种极度相思是沉重的期待，压得女主人公"病将成""泪纵横""不胜情"。全词先景后情，由隐到显，层层浓化。

李冰若《栩庄漫记》评鹿词曰："鹿太保词不多见，其在《花间集》中者约有二种风格：一为沉痛苍凉之词，一为秀美疏朗之词。不惟人品之高，其词格亦高。"

【注释】

①卷荷：含苞待放的荷花。
②象床珍簟：象牙床和珍珠席，比喻床和席的精美。
③水纹：席子上的花纹。
④九疑：山名，在今湖南宁远。此指屏风上的绘画。
⑤钿（diàn）昏：指钗钿很久不用而色泽暗淡。

阎选一首

【作者介绍】

阎选，生卒年、字里及生平事实均不详，约932年前后在世。五代时期后蜀词人。终身布衣。善小词，时人称为阎处士。为"五鬼"之一。《花间集》录其词八首。

河　传

秋雨，秋雨。无昼无夜，滴滴霏霏。暗灯凉簟怨分离。妖姬①，不胜悲。　西风稍急喧窗竹，停又续，腻脸悬双玉②。几回邀约雁来时，违期。雁归人不归。

【说明】

这首词选自《花间集》，是一首闺怨秋思之词。上片前四句"秋雨，秋雨。无昼无夜,滴滴霏霏",十二个字,重重叠叠,极力渲染庭院之内、纷纷秋雨之凄冷;接下三句写室内之昏暗和冰簟之悲凉。上片以雨起句,下片用风开头,风吹竹喧,急急缓缓,停而又续,使人双泪垂玉面;末三句写远征丈夫屡次"违期","雁归人不归",尤其是"几回邀约雁来时"一句,哀婉缠绵,幽怨弥深,痴情可鉴。清人陈廷焯《白雨斋词评》云:"起笔胜,结笔缓。"又《别调集》卷一云:"起疏爽,结凄婉。"

【注释】

①妖姬:美丽妩媚的女子。
②双玉:两行泪水。

尹鹗二首

【作者介绍】

尹鹗,字不详,五代时前蜀词人,成都人。生卒年均不详,约896年前后在世。事前蜀后主王衍,为翰林、校书郎。累官至参卿。鹗善作词,作风与柳永相近。今存词十七首,见《全唐五代词》,《花间集》录其词六首。

杏园芳

严妆嫩脸花明①,教人见了关情。含羞举步越罗轻,称娉婷。　终朝咫尺窥香阁,迢遥似隔层城。何时休遣梦相萦②,入云屏③。

【说明】

这首《杏园芳》和下首《菩萨蛮》均选自《花间集》。这是一首描写男子暗恋一个女子的词。上片主要写少女之美,华丽的服饰,漂亮的容颜,娇媚的情态,轻盈的步履,娉婷的身材,这么一个美丽女子,怎不"教人见了关情"。下片写相思,前两句写少年和少女虽近在咫尺,却只能整日偷偷窥望,好似远隔层城;末两句写少年的相思之苦，整日窥望，求之不得，只能以梦相托"入云屏"。这首词写的明净如画，浅显动人。清人沈雄《柳塘词话》卷四云："尹鹗《杏园芳》第二句：'教人见了关情。'末句：'何时休遣梦相萦。'遂开屯田俳调。"

【注释】

①严妆：妆扮整齐。

②休遣：不让。

③入云屏：与女子相聚于香阁闺房之内。

菩萨蛮

陇云暗合秋天白①，俯窗独坐窥烟陌②。楼际角重吹，黄昏方醉归。　荒唐难共语，明日还应去。上马出门时，金鞭莫与伊③。

【说明】

南宋词人张炎评尹鹗词曰："以明浅动人，以简净成句。"这首词用直白明快的语言描写了闺中少妇对荒唐丈夫的娇嗔爱恨神情。上片写少妇整日俯窗独坐，早也盼、晚也盼，盼得城楼号角吹，盼得丈夫夜醉归，表现了少妇一往情深的爱。下片之"荒唐难共语"，无可奈何，爱恨交加；"明日还应去"，怎么办，还是又爱又恨，末两句"上马出门时，金鞭莫与伊"，少妇既娇嗔又得意之神态活灵活现，跃然纸上。清人陈廷焯《白雨斋词评》云："慧心密意，令人叫绝。"清末况周颐《餐樱庑词话》评曰："尹鹗《菩萨蛮》，由未归说到醉归，由荒唐难共语，想到明日出门时，层层转折，……。'金鞭莫与伊'，尤有不尽之情，痴绝昵绝。《全唐诗》附鹗词十六阕，此阕最为佳胜。"

【注释】

①陇：田野。

②烟陌：烟雾笼罩的街巷。

③伊：指词中男子。

毛熙震二首

【作者介绍】

毛熙震,后蜀词人。字不详,蜀(今四川)人。生卒年均不详,约947年前后在世。曾为后蜀秘书监。善为词,词多秾丽。《全唐五代词》存其词二十九首。

浣溪沙

云薄罗裙绶带长①,满身新裛瑞龙香②,翠钿斜映艳梅妆③。 伴不觑人空婉约④,笑和娇语太猖狂⑤,忍教牵恨暗形相⑥。

【说明】

这首《浣溪沙》和下首《临江仙》均选自《花间集》。这是一首描写男主人公暗恋一位美丽少女的词。上片写少女穿着华丽,香气袭人,一盛装美丽女子呼之欲出。下片前两句,极写女子娇媚的神态,装作不屑一顾,且笑语玲珑,半藏半露,委婉含蓄;最后一句则是写男子的相思,女子如此娇态迷人,让人欲爱不能,欲罢不成,只能暗中将她细细端详。全词用笔秾丽,描写人物神态生动逼真,刻画人物心理细致微妙。明人沈际飞《草堂诗余别集》卷一云:"说风骚,千真万真,可敌光宪。"

【注释】

①绶带:腰带。

②裛(yì):用香熏衣。

③梅妆:即梅花妆,古代妇女面部的一种妆饰。

④觑(qū):窥伺,细看的意思。婉约:柔美。

⑤猖狂:无拘无束。

⑥暗形相:暗中打量,偷偷欣赏。

临江仙

幽闺欲曙闻莺啭,红窗月影微明。好风频谢落花声。隔帏残烛,犹照绮屏筝。　　绣被锦茵眠玉暖①,炷香斜袅烟轻。淡蛾羞敛不胜情②。暗思闲梦,何处逐云行。

【说明】

　　这是一首闺怨怀人之词。上片展现的是闺房内外的环境,天色欲晓,鸟啼莺啭,红窗微明,风吹落花声声,残烛照绮屏,声、光、色诸景一应俱全,看似写景,实则暗含幽怨,寂寞宁静,凄凉黯淡。下片前三句似写梦中欢情,朦朦胧胧、恍恍惚惚,缱绻情深,末两句写梦醒之后的迷离相思和无限惆怅。清人陈廷焯《白雨斋词话》卷五云:"'暗思闲梦,何处逐云行。'似此则婉转缠绵,情深一往,丽而有则,耐人玩味。"

【注释】

　　①玉:喻肌肤,此代指闺中思妇。
　　②淡蛾:指轻描之眉。

李珣五首

【作者介绍】

　　李珣,字德润,五代前蜀词人。祖先为波斯人,居家梓州(四川三台),生卒年均不详,约896年前后在世。其妹舜弦为前蜀主王衍昭仪,他尝以秀才预宾贡。又通医理,兼卖香药,可见他还不脱波斯人本色。前蜀亡,不仕他姓,遂退隐江湖。珣少有诗名,所吟诗句,往往动人。亦工词,其词不仅仅是写男女闺情,兼有抒怀之作,描写江南风物亦很有特色,是五代较有成就的词人。《全唐五代词》存其词五十四首,《花间集》录其词三十七首。本书所录李珣五首词均选自《花间集》。

浣溪沙

晚出闲庭看海棠，风流学得内家妆①，小钗横戴一枝芳②。　镂玉梳斜云鬓腻③，缕金衣透雪肌香，暗思何事立残阳。

【说明】

　　这首词写女主人公在夕阳之下观赏海棠时的情态。前五句浓写旁晚时分，少女胜妆，闲庭散步，观赏海棠时的情景，展现在人面前的是，人如海棠，海棠如画；末一句"暗思何事立残阳"，是怀春？是思念？是等待？还是孤芳自赏？不得而知，读着自忖，真乃画龙点睛之笔，妙不可言。清人陈廷焯《白雨斋词评》云："如画。'暗思何事立残阳'，其妙在说不出。"明人沈际飞《草堂诗余别集》卷一云："清深无际。"

【注释】

　　①内家妆：宫人的妆扮。内家：指皇宫。皇宫古称大内，也称内家。
　　②芳：即花。
　　③镂玉梳：雕花玉梳。

又

红藕花香到槛频，可堪闲忆似花人，旧欢如梦绝音尘①。　翠叠画屏山隐隐，冷铺纹簟水潾潾②，断魂何处一蝉新。

【说明】

　　这是一首描写男主人公思念一位美丽少女的词。上片前两句写窗外荷花开放，香气频频袭人，引起窗内男子对如花女子的思念；歇拍"旧欢如梦绝音尘"一句，一往情深，惆怅无限。下片前两句之"山隐隐""水潾潾"，以极富想象力的笔法，展现了一个冷清、空远的凄凉环境，进而烘托男子的思念之情，末一句"断魂何处一蝉新"，苦不堪言，黯然销魂。俞陛云《唐五代两宋词选释》云："'屏山''纹簟'句，虽眼前景物，如隔山水万重，小桥南畔，不异天涯也。"

【注释】

①音尘：音信也。

②纹簟水潾潾：竹席花纹如水波粼粼。簟（diàn）：竹席。

酒泉子

秋月婵娟①，皎洁碧纱窗外。照花穿竹冷沉沉，印池心。　凝露滴，砌蛩吟②，惊觉谢娘残梦③。夜深斜傍枕前来，影徘徊。

【说明】

这是一首写秋夜闺思的词。上片前两句写女主人公梦醒之后看到秋月时的情景，碧纱窗外，月光皎洁、婵娟娉婷，美丽宁静，娇柔动人；"照花穿竹冷沉沉，印池心"两句，凄清深沉，"照""穿""印"三字，动而愈静，静里含情，相思之情暗暗沁出。下片前三句写梦醒的原因，是露滴和蛩鸣之声"惊觉谢娘残梦"；末两句写月影徘徊于枕前，在写景的同时，抒发了女主人公夜深人静之时辗转反侧、无人相知相伴的感伤心情。明人汤显祖评本《花间集》卷四云："一意空翻到底，而点缀古雅，殊不强人意，似富于才而贫于学者。"

【注释】

①婵娟：形容女子姿态美好。

②蛩（qióng）：蟋蟀。

③谢娘：借指女主人公。典出《唐音癸鉴》：唐代李德裕有美妾谢秋娘，李以华屋贮之，眷之甚隆。后文人多借用之。

河 传

去去,何处。迢迢巴楚①,山水相连。朝云暮雨,依旧十二峰前②,猿声到客船。　愁肠岂异丁香结③,因离别,故国音书绝。想佳人花下,对明月春风,恨应同。

【说明】

这首词写游子思乡怀人的心情。上片写景,但句句含情,尤其是"猿声到客船"一句,乃漂泊之人愁极之叹。下片写离情和思念,前三句直写离别之苦,是全篇主题;接下三句,笔锋一转,从爱人角度来写,表明一种离愁,两处相思。全篇用语轻淡,却情深意切。清人陈廷焯《白雨斋词评》云:"一气舒卷,若断若连,有水流花放之乐,结得温厚。"

【注释】

①迢迢巴楚:巴山楚水,路途遥远。

②十二峰:指巫山十二峰,即:"望霞、翠屏、朝云、松峦、集仙、聚鹤、净坛、上升、起云、飞凤、登龙、圣泉。"(明陈耀文《天中记》)

③丁香结:丁香的花蕾。诗词中常用于比喻思情固而不解。

又

春暮,微雨。送君南浦,愁敛双蛾①。落花深处,啼鸟似逐离歌,粉檀珠泪和②。　临流更把同心结③,情哽咽,后会何时节。不堪回首,相望已隔汀洲,橹声幽④。

【说明】

　　这是一首描写女子送别情郎的词。上片着力刻画送别时伤感凄切的情景，暮色、微雨、落花、啼鸟、都是用来渲染气氛，暗示依依不舍之离情，"愁敛双蛾""粉檀珠泪和"两句，描写女子送别时的悲伤情态，逼真传神，生动感人。下片写离别时的哀愁，前三句写船已离岸，佳人犹自立于岸边，情深之处，泣不成声，何日是归期，何时再重逢，不得而知，凄凄别情，可见一斑；末三句写船已远去，隔洲相望，无限离情，不堪回首。全篇融情于景，情景交融，细腻真挚的感情，楚楚动人的形象，让人掩卷遐想。李冰若《栩庄漫记》评曰："昔阅片玉《兰陵王》词云：'回首迢递便数驿，望人在天北。'爱其能描摹别绪，入木三分，使人诵之，黯然销魂。及阅李润德：'不堪回首，相望已隔汀洲，橹声幽。'正是一般写法，乃知周词本于此。"

【注释】

　　①双蛾：双眉。

　　②粉檀：粉脂。

　　③把：把玩，抚弄。同心结：是一种古老而寓意深长的花结。由于其两结相连的特点，常被用来象征男女间的爱情。

　　④幽：幽咽。

冯延巳十首

【作者介绍】

　　冯延巳（903—960），一名延嗣，字正中，广陵人。生于唐昭宗天复三年，卒于宋太祖建隆元年，年五十八岁。父事南唐。少有胆识，长以文学见称。尝以白衣见南唐主李璟，璟以为秘书郎，命掌书记。璟即位，用为谏议大夫，翰林学士。后迁户部侍郎，中书侍郎。晋开运三年（946）官至宰相。继因弟延鲁等攻福建兵败，为御史所勘，改官太子少傅。后又累迁至左仆射同平章事。刘言叛，周师南侵，因朝臣反对他，极力求去。李璟不许。及江北地尽失，始罢相，但仍为太子少傅。数月后，复为相；曾疾，改太子少傅。卒，谥忠肃。延巳以工词名于当时。有一天，李璟戏以他的词句问他道："'吹皱一池春水'干卿底事？"他答道："未若陛下'小楼吹彻玉笙寒'也。"一时传为佳话。原作多散佚，宋陈世修辑为《阳春集》，得词一百十九首。然除去以他人所著误入者外，仅存九十余首。本书所录冯延巳词十首，均选自《全唐五代词》。

鹊踏枝

谁道闲情抛掷久①，每到春来，惆怅还依旧。旧日花前常病酒②，敢辞镜里朱颜瘦③。　河畔青芜堤上柳，为问新愁，何事年年有。独立小楼风满袖，平林新月人归后。

【说明】

《鹊踏枝》曲牌亦称《蝶恋花》。此为一首闺怨词。开篇紧抓"闲情"反问，可谓是高调起笔，接下四句"春来""依旧""常病酒""朱颜瘦"，由景到情，步步道来，虽不提相思，而相思自现，茧茧之情，可见一斑。下片，前三句似有汉乐府《饮马长城窟》："青青河畔草，绵绵思远道"之意，河畔之草年年绿，何事新愁压旧愁。末两句"独立小楼风满袖，平林新月人归后"，悲惨凄凉，黯然销魂。清人陈廷焯《白雨斋词话》卷一云："正中《蝶恋花》：'谁道闲情抛弃久，每到春来，惆怅还依旧。日日花前常病酒，不辞镜里朱颜瘦。'始终不渝其志，亦可谓自信而不疑，果毅而有守矣。"又云："可谓沉着痛快之极，然却是从沉郁顿挫来，浅人何足知之？"

【注释】

①掷：有本作"弃"。
②旧日：亦作"日日"。
③敢：亦作"不"。

又

几日行云何处去①，忘却归来，不道春将暮。百草千花寒食路②，香车系在谁家树。　泪眼倚楼频独语，双燕飞来，陌上相逢否③。撩乱春愁如柳絮④，悠悠梦里无寻处。

【说明】

　　这是一首春怨词。上片以"行云"喻远行之人踪迹无定，已是暮春，仍是"忘却归来"；"百草千花"一句，喻花花世界，美女如云，虽一语双关，却还算含蓄，接下一句"香车系在谁家树"，可算是直白有过了，写得率真大胆。下片前三句"泪眼倚楼频独语，双燕飞来，陌上相逢否。"含泪独语，不知双燕归来时，可曾在路上遇见他，楚楚可怜，又想得极痴。末两句"撩乱春愁""梦里无寻处"愈显得春愁万绪，无所寄托。清人陈廷焯《白雨斋词话》卷一云："正中《蝶恋花》，情词悱恻，可群可怨。'泪眼倚楼频独语，双燕来时，陌上相逢否？'忠厚恻怛，蔼然动人。"

【注释】

　　①行云：喻出征之人行踪不定。
　　②寒食：节名，在清明前一天。相传春秋时代，晋国公子重耳逃亡在外，生活艰苦，跟随他的介子推不惜从自己的腿上割下一块肉让他充饥。后来，重耳回到晋国，做了国君（即晋文公），重耳在封臣时忘了介子推。他便带着母亲隐居绵山（今山西介休），不肯出来。晋文公无计可施，只好放火烧山，逼其下山。介子推母子抱树而死。为了纪念介子推，晋文公下令从介子推遇难这天起，即清明前一日，三天之内禁生火点灯，只能吃干粮和冷食，故称"寒食节"。寒食路：比喻寒食节仍在外奔波的人。
　　③陌：田间东西方向的道路，泛指田间的道路或街巷小路。
　　④撩乱：即缭乱，纷乱之意。

又

　　粉映墙头寒欲尽①，宫漏长时②，酒醒人犹困。一点春心无限恨，罗衣印满啼妆粉。　柳岸花飞寒食近③，陌上行人，杳不传芳信。楼上重檐山隐隐，东风尽日吹蝉鬓。

【说明】

又一首思妇春怨词。上片写寒尽春来，夜短昼长，残酒梦醒时分，正是春心萌动之时，粉妆啼痕，印出相思无限。下片前三句写寒食节临近，"柳岸花飞""陌上行人"，唯独不见亲爱之人的音信；末两句，"楼上重檐山隐隐，东风尽日吹蝉鬓。"真乃悠悠思念，情深意长之绝句。俞陛云《五代词选释》云："风吹鬓影，含蓄不尽，词家妙诀也。"

【注释】

①寒欲尽：谓冬去春来。
②宫漏：古代计时的器具。宫漏长时：指冬去春来，昼长夜短。
③寒食：节名，在清明前一天。详见上首词注②。

又

六曲阑干偎碧树①。杨柳风轻，展尽黄金缕②。谁把钿筝移玉柱③，穿帘海燕双飞去。　　满眼游丝兼落絮。红杏开时，一霎清明雨。浓睡觉来莺乱语，惊残好梦无寻处。

【说明】

这是一首闺情之作。上片主要营造一意境，由静到动，由景到物，描写感情是含而不露，启而未发，不一语说破，而是层层叠叠，极尽曲折盘旋。下片，"满眼游丝兼落絮"是写感触，"红杏开时，一霎清明雨"是写环境，"浓睡觉来莺乱语"是写人物，"惊残好梦无寻处"是写情感。全词写景，美中带些凄楚，含情；写情，忧愁寄托于景，含景，可谓情景两得。清人陈廷焯《白雨斋词话》卷一云："'浓睡觉来莺乱语，惊残好梦无寻处。'忧谗畏讥，思深意苦。"

【注释】

①阑干：即栏杆，阑：通"栏"。
②黄金缕：金缕衣。这两句是说：轻轻杨柳风，吹动着我的金缕衣。
③钿筝：装饰有用金片做成的花朵的古筝。玉柱：筝瑟之类，其柱或以玉为之。

采桑子

笙歌放散人归去，独宿红楼①，月上云收，一半珠帘挂玉钩。　起来点检经由地②，处处新愁。凭仗东流，将取离心过橘洲③。

【说明】

这首词构思极为巧妙，上片不写舞榭歌台的盛况，亦不写笙箫乐器的喧闹，而是以"笙歌放散人归去"开篇，着重写宴罢人散，红楼独宿，只有一弯明月轻叩帘栊的孤独和寂寞的情景。下片写第二天清晨，乘舟离开舞榭歌台时的心情：一棹一回头，处处添新愁；任凭东流水，带人过橘洲，将取离别之心，愁煞人也。清人陈廷焯《白雨斋词话》卷一云："正中《菩萨蛮》《罗敷艳歌》（即《采桑子》）诸篇，温厚不逮飞卿，然如：'凭仗东流，将取离心过橘洲。'……亦极凄婉之致。"

【注释】

①红楼：多指富家女子的住处。
②起来点检经由地：这句是说：第二天清晨离开歌台时，依依不舍，流连回顾。
③橘洲：江中长满橘树的小洲。

又

小堂深静无人到，满院春风，惆怅墙东，一树樱桃带雨红。　愁心似醉兼如病，欲语还慵①。日暮疏钟，双燕归栖画阁中②。

【说明】

　　这是一首闺怨词。上片"小堂深静无人到",幽;"满院春风",清;"惆怅墙东",怨;"一树樱桃带雨红",润。由静到动,动之清幽,由淡及艳,艳而朴素,笔法自然,毫无雕琢之痕迹。下片写闺中女子借酒浇愁,愁情难诉,日暮时分,燕归人不归,又是一夜愁苦难熬。此词上片写景,景中含不诉之情;下片写情,情里带无望之景。俞陛云《五代词选释》云:"'小堂'一首,羡双燕之归来。"

【注释】

　　①慵:困倦,慵懒。
　　②画阁:指女子豪华的卧房。

又

　　花前失却游春侣,独自寻芳,满目悲凉,纵有笙歌亦断肠。　　林间戏蝶帘间燕,各自双双。忍更思量,绿树青苔半夕阳。

【说明】

　　此一篇,看似写春游失侣,愁肠欲断之词,实是写痛失国土、江山易主的忧国忧民之心,"满目悲凉""绿树青苔半夕阳",用语极为沉重,表现出了思念和爱国两方面的内容。俞陛云《五代词选释》云:"'夕阳'句寄慨良深,不得以绮语目之。"清人陈廷焯《别调集》卷一云:"缠绵沉著。"

清平乐

　　雨晴烟晚,绿水新池满。双燕飞来垂柳院,小阁画帘高卷。　　黄昏独倚朱阑①,西南新月眉弯。砌下落花风起,罗衣特地春寒②。

【说明】

这首词上片写雨晴晚景,清新自然,虽无一春字,则春意自见;下片写眉弯之情,秀丽淡雅,未着一情字,则春情欲露。俞陛云《五代词选释》评此词云:"纯写春晚之景。'花落春寒'句,论词则秀韵珊珊。窥词意,或有忧谗自警之思乎?"

【注释】

①阑:同"栏",即栏杆。

②特地:加重语气。特地春寒,意为"特别觉得春冷"。

谒金门

风乍起,吹皱一池春水。闲引鸳鸯香径里,手挼红杏蕊①。　斗鸭阑杆独倚②,碧玉搔头斜坠③。终日望君君不至,举头闻鹊喜。

【说明】

据马令《南唐书》卷二十一载:有一天,南唐主李璟戏以冯延巳的词句问他道:"'吹皱一池春水'干卿底事?"他答道:"未若陛下'小楼吹彻玉笙寒'也。"一时传为佳话。"风乍起,吹皱一池春水",春风扑面而来,未感凛冽,只觉温柔,池中涟漪,搅动的少女春心荡漾,这一"乍"、一"皱",思维巧妙,神来之笔,此二句堪称全词灵魂之语;"闲引"两句,悠闲自在,婀娜秀丽。下片前两句描写女主人公百无聊赖,心不在焉,慵懒疲倦的情态,很形象,很逼真;末两句则道出了女主人公的心声:"终日望君君不至,举头闻鹊喜"。全词写的清丽细密、委婉含蓄,脍炙人口。俞陛云《五代词选释》云:"'风乍起'二句,破空而来,在有意无意间。如絮浮水,似沾非着,宜后主盛加称赏。"

【注释】

①挼(ruó):揉搓。

②斗鸭阑杆:用栏杆圈养着一些鸭,使他们相斗。

③碧玉搔头:即碧玉簪。

长命女

春日宴,绿酒一杯歌一遍,再拜陈三愿:一愿郎君千岁,二愿妾身常健,三愿如同梁上燕,岁岁长相见。

【说明】

此词如民歌俚语,即通俗易懂,又典雅丰容,一咏三叹,环环相连,朗朗上口,极富古乐府风格。大家手笔中的小家碧玉,清纯质朴,直道心声。

李璟二首

【作者介绍】

李璟(916—961),字伯玉,原名李景通,徐州人,南唐烈祖李昪长子。是我国五代十国时期南唐政权的第二个皇帝,大宝元年(943)于金陵继承帝位。后因受到后周威胁,削去帝号,改称国主,史称南唐中主。即位后开始大规模对外用兵,消灭楚、闽二国。他在位时,南唐疆土最大。不过李璟奢侈无度,导致政治腐败,国力下降。李璟在政治上是个庸才,但对于文学,却有特殊的天才,他和他儿子李煜,都以善作词著名。他还常与宠臣韩熙载、冯延巳等饮宴赋诗。他的词,感情真挚,风格清新,语言不事雕琢。961年逝,庙号元宗,谥明道崇德文宣孝皇帝。其诗词被录入《南唐二主词》中。

浣溪沙

手卷真珠上玉钩①,依前春恨锁重楼②。风里落花谁是主,思悠悠。　青鸟不传云外信③,丁香空结雨中愁④。回首绿波三峡暮⑤,接天流。

【说明】

这两首《浣溪沙》均选自《南唐二主词》,此调名亦称《山花子》《南唐浣溪沙》《摊破浣溪沙》等,即每句七字《浣溪沙》之别体。这首词是写女子伤春怀远的幽愁。上片以落花无主之意,言女主人公独居重楼,寂寞难耐的情怀,阑珊春色,最是恼人,尤其"思悠悠"一句,愈显思绪萧索,悠然神往。下片之"青鸟不传云外信,丁香空结雨中愁",真挚之情,徒然也,枉然也,无望也;末两句"回首绿波三峡暮,接天流",言回首一方之思,绵邈纯情。全词婉丽平淡,清雅可诵。俞陛云《南唐二主词辑述评》云:"其结句加'思悠悠''接天流'三字句,申足上句之意,以荡漾出之,较七字结句,别有神味。"

【注释】

①真珠:即珍珠,此处指珍珠帘。玉钩:对帘钩的美称。
②依前:依旧。
③青鸟:代指信使。古代神话传说,西王母出访汉武帝,命青鸟先飞传递信息(见《汉武故事》)。云外:指遥远的地方。
④丁香:丁香花含蕾不吐。此处诗人用以象征愁心。
⑤三峡:指瞿塘峡、巫峡和西陵峡。

又

菡萏香销翠叶残①,西风愁起绿波间。还与韶光共憔悴②,不堪看。　细雨梦回鸡塞远③,小楼吹彻玉笙寒④。簌簌泪珠无限恨,倚栏干。

【说明】

这是一首秋日思妇闺怨之词。上片前两句写荷花落尽,香气消散,荷叶凋零,深秋的西风从绿波中起来,使人发愁。接下两句写西风冷酷,使荷花凋零;岁月无情,使韶华憔悴。下片"细雨梦回鸡塞远",温梦回边塞,似乎很近,很迷蒙,"小楼吹彻玉笙寒",梦醒玉笙寒,又很远,很凄凉;末两句"簌簌泪珠无限恨,倚栏干",悠悠思念,愁绪万千,可谓伤感至极。此词为名人名篇,历来为评价所推崇,据马令《南唐书》卷二十一载：有一天，南唐主李璟戏以冯延巳的词句问他道："'吹皱一池春水'干卿底事？"他答道："未若陛下'小楼吹彻玉笙寒'也。"一时传为佳话。清人陈廷焯《白雨斋词话》卷一云："南唐中主《山花子》云：'还与韶光共憔悴，不堪看。'沉之至，郁之至，凄然欲绝。后主虽善言情，卒不能出其右也。"近人王国维《人间词话》评此词曰："南唐中主'菡萏香销翠叶残，西风愁起绿波间'，大有众芳芜秽，美人迟暮之感。乃古今独赏其'细雨梦回鸡塞远，小楼吹彻玉笙寒'，故知解人正不易得。"

【注释】

①菡萏（hàn dàn）：荷花的别称。
②韶光：美好的时光。
③梦回：梦醒。鸡塞：即鸡鹿塞，在今陕西横山，为汉代军事要塞，此指边塞。
④吹彻：一套曲子吹完。玉笙：笙的美称。

李煜九首

【作者介绍】

李煜（937—978），字重光，初名从嘉，号钟隐、莲峰居士。徐州人。南唐中主李璟之子，于961年嗣父璟为南唐主，史称"后主"，在位十五年。开宝八年（975），宋军破南唐都城，李煜降宋，被俘至汴京，封陇西郡公。后（978）被宋太宗毒死。李煜虽不通政治，但和其父李璟一样，是个天才词人，并且精书法，善绘画，通音律，诗和文均有一定造诣。所作诗词，今有辑本，流传甚多。此处所录李煜词九首，均选自《南唐二主词》。

菩萨蛮

花明月暗笼轻雾，今宵好向郎边去。刬袜步香阶①，手提金缕鞋②。　画堂南畔见③，一向偎人颤④。奴为出来难，教郎恣意怜⑤。

【说明】

　　这是一首写男女幽会的词。上片以白描的手法,给大家呈现出一幅某少女在花明月暗的夜晚,手提金缕鞋,以袜贴地,急步香阶,偷偷去见情郎时的画面,写得形象逼真,细腻自然。下片写男女幽会欢爱时的情景,"奴为出来难,教郎恣意怜",大胆直白,率真质朴,绮丽动人。明人徐士俊《古今词统》卷五云:"'花明月暗'一语,珠声玉价。"

【注释】

　　①刬(chàn)袜:只穿着袜子贴地(行走)。刬:通"铲",原意为"削平"。
　　②金缕鞋:指鞋面绣以金线的鞋。
　　③画堂:以彩画装饰的厅堂。
　　④一向:即"一晌",一会儿、片刻的意思。向:通"晌"。偎:依偎。颤:身体颤抖。
　　⑤恣意:纵意、尽情。怜:疼爱。

又

　　蓬莱院闭天台女①,画堂昼寝人无语②。抛枕翠云光③,绣衣闻异香。　潜来珠锁动④,惊觉银屏梦。脸慢笑盈盈,相看无限情。

【说明】

　　这是一首幽情蜜意之词。上片以绮丽的语言和极富想象力笔法,勾勒出一个身居于蓬莱仙境,容貌如天台仙女的美女,在雕金镂玉、琳琅满目的厅堂中,午睡时的情景,雍容华贵,神秘静谧;"抛枕翠云光,绣衣闻异香"两句,睡姿柔美,静香生玉。上片写静,下片写动,"潜来珠锁动",动的轻盈,"惊觉银屏梦",动惊春梦,"脸慢笑盈盈,相看无限情",全词之高潮,情意绵绵,柔情似火。

【注释】

　　①蓬莱:神话传说中的仙山。天台女:据《太平广记》引《幽明录》记载:相

传东汉永平年间，浙江剡县刘晨、阮肇二人入天台山采药迷路。遇两仙女，被邀至家，招至成亲。半年后求归甚切，于是离开仙界返回乡里，此时子孙已过七代。后重入天台山访女家，踪迹渺然。此处意为无法与所爱女子相见。

②画堂：以彩画装饰的厅堂，此指美女居住的豪华。

③抛枕翠云光：此句写美人午睡时，发饰覆在枕上的色泽如云彩般的绚丽。

④潜来：暗地里悄悄地进来。珠锁：指门环。

喜迁莺

晓月坠，宿云微①，无语枕频欹②。梦回芳草思依依③，天远雁声稀。　啼莺散，余花乱④，寂寞画堂深院。片红休扫尽从伊⑤，留待舞人归。

【说明】

此词抒写一男子对一女子的怀念之情，作者选用《喜迁莺》这一词牌，长短结合，错落有致，轻声慢语，雅淡幽静。上片写黎明梦醒时分，男子愁绪万千，辗转反侧，再不能寐的情景，"梦回芳草思依依，天远雁声稀"两句，悠悠相思如烟，袅袅不绝万里。下片写莺散花落，人去楼空，自己孤锁深院，不免睹物思人，见景生情，末两句"片红休扫尽从伊，留待舞人归"，凄婉哀忧，真挚动人。

【注释】

①宿云：夜晚残存的云。微：少。首两句是写天将亮时的景象。

②欹（qī）：倾斜。

③芳草：语出《汉乐府》之《饮马长城窟》："青青河畔草，绵绵思远道"，泛指思念之人。

④余花乱：指残花乱落。

⑤尽从伊：意为"任由他去"。

长相思

云一緺①，玉一梭②，淡淡衫儿薄薄罗，轻颦双黛螺③。　秋风多，雨相和，帘外芭蕉三两窠④。夜长人奈何。

【说明】

　　这首词是写相思的。上片写女子的装饰和美貌，窈窕美女，舒雅风姿，万般柔情，依稀可见。下片写秋风秋雨之夜，雨打芭蕉，夜长天凉，让人相思愁极，无可奈何。明人沈际飞《草堂诗余续集》卷上云："'多'字、'和'字妙；'三两窠'，亦嫌其多也。"明人徐士俊《古今词统》卷三评曰："'云一緺，玉一梭'，缘饰先佳。"清人陈廷焯《闲情集》卷一云："情词凄婉。"

【注释】

　①緺（wō）：女子头发一束为緺。
　②玉一梭：指束发用的玉簪之类的首饰。
　③轻颦：微微皱眉。黛螺：出于波斯国，一种青绿色画眉用的颜料，这里借指女子的画眉。
　④窠：棵、丛。

又

　　一重山，两重山，山远天高烟水寒，相思枫叶丹①。
　　菊花开，菊花残，塞雁高飞人未还，一帘风月闲②。

【说明】

　　这是一首秋怨词。上片写远景，重山叠嶂，犹如主人公的相思层层叠叠、连绵不绝，心中的愁绪也如同"山远天高烟水寒"，无涯无际，望不到边，使人心寒，"相思枫叶丹"，痴情如枫叶，染遍群山，真乃情天恨海之句。下片写眼前，花开花落，塞外之人至今未还，鸿雁高飞，门庭冷落，只有一帘风月（美好的回忆）闲相伴。明人沈际飞《草堂诗余正集》卷一云："冷艳"。俞陛云《南唐二主词辑述评》评曰："此词以轻淡之笔，写深秋风物，而兼葭怀远之思，低回不尽，节短而格高，五代词之本色也。"

【注释】

①枫：枫树，落叶乔木，其叶经秋变红，故称"丹叶"。

②一帘风月闲：指相思之人未还，空有一帘美好的回忆。风月：风花雪夜，指男女情事。

捣练子令

深院静，小庭空，断续寒砧断续风①。无奈夜长人不寐，数声和月到帘栊②。

【说明】

这是一首写离别相思的小令。短短二十七个字，形象生动地描写出了深院空庭之外，寒砧捣衣之声，随风阵阵入耳，唤起帘栊之内主人公的无限思情，相思之人，夜不能寐，唯有明月相伴，垂泪到天明。此词语短情长，雅淡自然。俞陛云《南唐二主词辑述评》评曰："通首赋捣练，而独夜怀人情味，摇漾于寒砧断续之中，可谓极此题能事。"

【注释】

①砧（zhēn）：捣衣石，此处指捣衣（帛）的声音。古代捣帛制衣为家庭主要活动之一，而砧声往往引起人们离别伤怀的感情。

②栊（lóng）：窗子。

清平乐

别来春半①，触目柔肠断。砌下落梅如雪乱②，拂了一身还满。　雁来音信无凭③，路遥归梦难成。离恨恰如春草，更行更远还生。

【说明】

　　这是一首离别相思之词。上片以凝练的语句写离愁，仲春时节，主人公触景伤情，肝肠寸断，愁绪如梅花落雪，拂满全身，压得人难以承受。下片以极富想象力的笔法写相思，鸿雁归来，却未传情书，山高路远，而归梦难成，思念恰如春草，连绵不断，表达了主人公心中真挚的爱情。此词通篇融情于景，婉转缠绵，愁思悠远，营造了浓烈的情感氛围。明人徐士俊《古今词统》卷五云："末二句从杜诗'江草唤愁生'句来。"

【注释】

　　①春半：春天已过去一大半，即"仲春"时节。
　　②砌（qì）：台阶。
　　③雁来音信无凭：此句写盼信不来。古代有鸿雁传书信的说法。

乌夜啼

林花谢了春红，太匆匆。无奈朝来寒雨晚来风。胭脂泪，留人醉，几时重。自是人生长恨水长东。

又

无言独上西楼，月如钩。寂寞梧桐深院锁清秋。剪不断，理还乱，是离愁。别是一般滋味在心头。

【说明】

　　这两首小令应是后主降宋之后所作，字数不多，情味深长，既表达了亡国之恨，又写出了离别之情，两者天然合一，在感情上产生了极大的共鸣。虽无惊心动魄之句，却有摇漾灵魂之语，确是两篇艺术性极高的精美之作。俞陛云《南唐二主词辑述评》评后一首词曰："后阕仅十八字，而肠回心倒，一片凄异之音，伤心人固别有怀抱。"明人徐士俊《古今词统》卷三云："七情所至，浅尝者说破，深尝者说不破。'别是'句甚深。"

第二卷　宋词之一

林逋一首

【作者介绍】

林逋（967—1028），字君复，浙江大里（今浙江奉化）人，一说杭州钱塘人。幼时刻苦好学，通晓经史百家。恬淡好古，不慕虚荣，终身不仕不娶，长期隐居于杭州西湖，结庐孤山，种梅养鹤，人称"梅妻鹤子"。1028年（天圣六年）卒，宋仁宗赐谥"和靖先生"。林逋善行书，工诗词，其作品多描写隐居生活，能以疏淡之笔墨，勾勒出生动形象的画面。词流传很少，仅存三首。

长相思

吴山青，越山青，两岸青山相送迎。谁知离别情。
　　君泪盈，妾泪盈①，罗带同心结未成②。江头潮已平③。

【说明】

林逋这首小令，采用民歌形式描写送别场面。上片主要写景，但景中含情：两岸青山，巍巍高耸，似乎也来送行，然而，满山送别情，谁解情人意。下片主要写情，却融情于景：一对恋人，泪流满面，还没有互赠信物就要分手，江头潮水涨平，催促行舟早发，一江离恨水，流不尽这对青年男女的生死恋情。全词一咏三叹，回环往复，益转益悲，缱绻悱恻。

【注释】

①君：指情郎。妾：指少女。

②罗带：软丝绸织成的锦带。同心结：用锦带制成的菱形连环回文结，表示恩爱之意。

③江头潮已平：这句是说，江上潮水已涨。是催促行船赶快出发的意思。

范仲淹二首

【作者介绍】

范仲淹（989—1052），字希文，其先邠（今陕西彬州市）人，后徙苏州吴县（今江苏苏州市）。真宗大中祥符八年进士。北宋著名的政治家、思想家、军事家和文学家，世称"范文正公"。官至枢密副使，参知政事。以资政殿学士为陕西四路宣抚使，知邠州。羌人亲爱，呼为"龙图老子"。他为政清廉，体恤民情，刚直不阿，力主改革，屡遭奸佞诬谤，数度被贬。卒于1052年，谥文正。词流传甚少，兼有婉约、豪放两种风格。有《范文正公诗余》辑本。

苏幕遮

碧云天，黄叶地。秋色连波，波上寒烟翠。山映斜阳天接水，芳草无情①，更在斜阳外。　黯乡魂②，追旅思③，夜夜除非，好梦留人睡。明月楼高休独倚，酒入愁肠，化作相思泪。

【说明】

这是一首羁旅相思之作，既是思乡，又是怀人。上片写秋景，"碧云天，黄叶地"，空远、萧瑟；"秋色连波，波上寒烟翠"，冷艳、凄凉；"山映斜阳天接水，芳草无情，更在斜阳外"，清华、遥渺。寥寥数笔，勾勒出了一幅秋高气爽、五彩缤纷的自然景象。下片紧接前两句抒发离情，"黯然销魂者，唯别而已矣"，此种离别，忧愁万般，无以排遣，唯有寄托于好梦，好梦不成，只好借酒浇愁，而"酒入愁肠",又"化作相思泪",既有柔情,又显悲壮,婉约之中略带豪放,使人耳目一新,眼界大开。

【注释】

①芳草:芬芳的青草,此处借指故乡和亲人。

②黯:忧郁悲伤。乡魂:思念家乡的情怀。

③旅思:旅途愁思。

御街行

纷纷坠叶飘香砌①。夜寂静、寒声碎。真珠帘卷玉楼空②,天淡银河垂地。年年今夜,月华如练③,长是人千里。　愁肠已断无由醉。酒未到,先成泪。残灯明灭枕头欹④,谙尽孤眠滋味⑤。都来此事⑥,眉间心上,无计相回避。

【说明】

这是一首秋思之作,典型的婉约词。上片写秋景,凄凉空寂,朦胧悠远,使人触景生情,"寒声碎",巧妙地反映了主人公所处的环境和当时的心境。下片直抒心臆,横空一个"愁"字,步步紧逼,层层翻出,写的率真直白,悲切凄凉,淋漓尽致地写出了相思离别的万般无奈。全词由景入情,又寓情于景,景愈疏阔,则情愈惆怅,紧抓愁思之神韵,真乃大家手笔。

【注释】

①香砌(qì):台阶的美称,因台阶上有落花,故称。砌:台阶。

②真珠:即珍珠。玉楼:华美的楼阁。

③练:素绢。

④欹(qī):倾斜。

⑤谙:熟知。

⑥都来:算来。

张先六首

【作者介绍】

张先(990—1078),字子野,乌程(今浙江湖州)人。北宋时期著名的词人,天圣八年进士,曾任安陆县的知县,因此人称张安陆。累官县丞、通判等,官至都官郎中。晚年退居湖杭之间。曾与梅尧臣、欧阳修、苏轼等游。其词先以小令名家,后善作慢词。与柳永齐名,造语工巧,曾因三处善用"影"字,世称张三影。有《张子野词》传世。

菩萨蛮

忆郎还上层楼曲①,楼前芳草年年绿。绿似去时袍,回头风袖飘。　郎袍应已旧,颜色非长久。惜恐镜中春,不如花草新。

【说明】

这是一首闺怨词。登楼望远,感春怀人,是古诗词中常用的一种写法,此词首两句便是这种写法,少妇登楼远望,不见归人,只见芳草年年伤心绿,接下两句,紧扣前句的"绿"字,联想到郎君离别时衣袍的颜色,和郎君回头时飘逸的姿势,情深意长,自然洒脱。下片亦是紧接上片来写,郎君很久未归,衣袍颜色也应该退色了,犹如镜中主人公的容颜,在离别中慢慢老去。全词句句相承,环环紧扣,联想丰富,构思巧妙。

【注释】

①曲:指楼上的栏杆。南朝乐府《西洲曲》有:"栏杆十二曲,垂手明如玉。"

又

牡丹含露真珠颗①,美人折向帘前过。含笑问檀郎②:花强妾貌强。　檀郎故相恼,刚道花枝好。花若胜如奴,花还解语无。

【说明】

　　这是一首情侣之间的调笑之词。"牡丹含露真珠颗,美人折向帘前过",香艳;"含笑问檀郎:花强妾貌强",嬉戏。"檀郎故相恼,刚道花枝好",逗趣;"花若胜如奴,花还解语无",娇嗔。这首词以白描的手法,刻画了一对恩爱小夫妻嬉戏玩闹的画面,生动传神,率真清纯。亲昵之情,耀然眼前。

【注释】

①真珠:珍珠。
②檀郎:晋潘安,小字檀奴,姿仪秀美。后以檀郎为美男子的代称。此处代指丈夫。

江南柳

隋堤远①,波急路尘轻。今古柳桥多送别,见人分袂亦愁生②,何况自关情。　斜照后,新月上西城。城上楼高重倚望,愿身能似月亭亭,千里伴君行。

【说明】

　　这是一首送别词。上阕以古老的手法写离别的情景:堤长水远,古桥垂柳,一对恋人,分袂相送,愁上心来,唯有离别总关情。下阕写夕阳西下,月上城楼,女主人公登楼而望,唯见明月不见人,继而产生遐想:"愿身能似月亭亭,千里伴君行",美好天真,情意绵绵。此词通篇语言质朴,清新明快,虽是古调,读似新曲,别具一格。

【注释】

①隋堤:隋炀帝大业元年,开通济渠,渠广四十步,旁筑御道,并植杨柳,后人谓之"隋堤"。

②分袂(mèi):离别。袂:衣袖,袖子。

一丛花令

伤高怀远几时穷,无物似情浓。离愁正引千丝乱,更东陌飞絮濛濛。嘶骑渐遥①,征尘不断,何处认郎踪。

双鸳池沼水溶溶,南北小桡通②。梯横画阁黄昏后,又还是斜月帘栊③。沉恨细思,不如桃杏,犹解嫁东风。

【说明】

这是一首写闺怨的名作。上片写情人离去,女子独处闺阁,愁情难解,只好登楼远望,更见到柳丝迷乱、飞絮蒙蒙、马踏征尘,无处辨认情郎离去的踪迹;"离愁正引千丝乱",是离愁引起柳丝乱?还是柳丝惹得离愁生?朦胧,迷离;"丝"也?"思"也?此谐音,谐得巧,谐得妙。上片是由情及景,下片则是触景生情,首两句以池中鸳鸯、南北船行的温馨热闹景象,反衬女子的孤独和寂寞;接下两句写闺阁黄昏之后,月照帘栊,女主人公孤枕难眠的愁烦心理;末三句"沉恨细思,不如桃杏,犹解嫁东风",愁极妙想,看似无理,却很合情。哎!东风年年到,情郎犹未归。早知风有信,嫁为东风妻。

【注释】

①骑(jì):备有鞍辔(pèi)的马。

②桡(ráo):划船的桨。此处指船。

③帘栊（lóng）：带帘子的窗户。

千秋岁

数声鶗鴂①，又报芳菲歇。惜春更把残红折②。雨轻风色暴，梅子青时节。永丰柳③，无人尽日花飞雪。　　莫把幺弦拨④，怨极弦能说。天不老，情难绝⑤。心似双丝网，中有千千结。夜过也，东方未白凝残月⑥。

【说明】

　　这首词的主旨是：伤春、怀人。上片写景，而景中含情，写的哀怨清冷：梅青时节，雨轻风暴，杜鹃哀鸣，群芳摇落，暮春残红，柳絮飞雪，终日无人，满目伤春之景色，为下片怀人做了浓厚的铺垫。下片写男女恋情，情天爱海，忠贞缠绵，"心似双丝网，中有千千结"，愁极之言，尤为沉重，把主人公真挚的情感推向了高潮。此词写的起伏跌宕，哀婉隽永，余味悠长。

【注释】

①鶗鴂（tí jué）：鸟名，即杜鹃，也叫子规。

②惜春更把残红折：亦作"惜春更选残红折"。

③永丰柳：泛指杨柳。永丰：坊名，在洛阳，语出白居易《杨柳词》："永丰西角花园里，尽日无人属阿谁"。

④幺弦：细音之弦，小弦。

⑤天不老，情难绝：反用李贺《金铜仙人辞汉歌》："天若有情天亦老"。

⑥东方未白凝残月：亦作"东窗未白孤灯灭"。

浣溪沙

楼倚春江百尺高，烟中还未见归桡①。几时期信似江潮。　　花片片飞风弄蝶，柳阴阴下水平桥。日长才

过又今宵。

【说明】

　　这是一首闺怨词。上片写少妇独倚高楼，望尽春江，只见茫茫烟波，不见情郎归来之兰舟，便触景生情，怨声叹曰："几时期信似江潮"，表达了女主人公的爱恨幽怨、无望期待的复杂情感。下片还是借景直抒情怀，风吹花动，蝴蝶双双飞，杨柳阴阴，桥水静静流，如此美景，又恰逢黄昏，今宵又是孤枕独卧，长夜难眠，思念之人，真是度日如年啊。这首词上下两阕均是先写景，后写情，写景，美丽如画，写情，含蓄深沉，借景传情，情景俱佳。

【注释】

　　①桡（ráo）：划船的桨，此处指船。
　　②几时期信似江潮：语出李益《江南曲》："嫁得瞿塘贾，朝朝误妾期。早知潮有信，嫁与弄潮儿。"

晏殊八首

【作者介绍】

　　晏殊（991—1055），字同叔，北宋前期婉约派词人之一。抚州临川（今属江西）人。七岁能属文，以神童荐。十四岁召试，赐同进士出身。官至集贤殿学士，同平章事兼枢密使，是宋代词坛唯一堪称词人的宰相。为相时，能荐拔人才，如范仲淹、富弼、欧阳修皆进用。性刚简，自奉清俭。卒，谥元献。有《珠玉词》。其词风雍容华贵，娴雅幽静。

清商怨

　　关河愁思望处满①，渐素秋向晚②。雁过南云，行人回泪眼。　　双鸾衾裯悔展③，夜又永、枕孤人远。梦未成归，梅花闻塞管。

【说明】

这是首思念之词。上片写边关之景,起句先点出一个"愁"字,加之"关河""素秋""向晚""雁过"等景色衬托,愈加荒凉、悲戚,"行人回泪眼"一句,思亲心切,催人泪下。下片写闺中之情,前三句写冷帐凉衾,长夜漫漫,心里挂念着远行之人,今夜又是孤枕难眠;末两句"梦未成归,梅花闻塞管",看似轻巧之言,实则沉重之语,悠远杳渺,情深意长,相思相望之情,尽在不言之中。这首词清丽明快、风流蕴藉。

【注释】

①关河:指边关。
②素秋:即秋季。向晚:天色将晚。
③双鸾衾裯:绣有鸾凤的被子和床帐。衾(qīn)裯(chóu):泛指被褥床帐等卧具。

诉衷情

芙蓉金菊斗馨香①,天气欲重阳。远村秋色如画,红树间疏黄。　　流水淡,碧天长,路茫茫。凭高目断②,鸿雁来时,无限思量。

【说明】

这是一首佳节怀人之词。上片以芙蓉斗金菊、"红树间疏黄"等如画秋景,点明重阳节即将到来。下片写主人公登高望远,触景生情,无限惆怅的思亲心理。此词以写景为主,但却句句含情,把深秋那美丽如画、清凉空阔的景色,与主人公的"无限思量"巧妙地融合在一起,含蓄自然,水到渠成。

【注释】

①斗:争斗,比赛。
②目断:即望断,极目远望。

清平乐

红笺小字①,说尽平生意。鸿雁在云鱼在水②,惆怅此情难寄。　斜阳独倚西楼,遥山恰对帘钩。人面不知何处③,绿波依旧东流。

【说明】

这是一首怀人之作。上片写情,千般思念,万般离愁,平生情意,岂能是一封写满密密麻麻小字的情书所能道尽的,即便是情书写就,然而鸿雁在云,鲤鱼在水,也无从送达,无限惆怅之心,不禁油然而生。下片写景,景中含情,写景淡雅而幽远,写情浓丽而娴静,寓浓情于淡景之中,情景双佳,隽永含蓄,余味无穷。

【注释】

①红笺:供题诗、写信用的带有红格的精美纸张,一般代指情书。
②鸿雁在云鱼在水:古人有"鸿雁传书"和"鱼传尺素"之说。
③人面不知何处:此句本于唐人崔护《题都城南庄》:"人面不知何处去,桃花依旧笑春风。"

撼庭秋

别来音信千里,恨此情难寄。碧纱秋月①,梧桐夜雨,几回无寐。　楼高目断②,天遥云黯③,只堪憔悴。念兰堂红烛④,心长焰短,向人垂泪。

【说明】

这是一首相思之词。上片先写情,后写景,歇拍又结于情:自分别以后,便杳无音信,思念之情无所寄托,在这明月照纱窗之时,秋雨打梧桐之夜,主人公辗转反侧，孤枕难眠。下片写主人公登高远望，依然是愁情难解，忧思难排，只好面对孤灯，与蜡烛相对垂泪，缠绵悱恻之情，令人低回沉吟。

【注释】

①碧纱：青绿色窗纱，此指纱窗。
②目断：即望断，极目远望。
③黯：阴暗。
④兰堂：芳洁的厅堂。此指女子的居室。

玉楼春

绿杨芳草长亭路①，年少抛人容易去。楼头残梦五更钟，花底离愁三月雨。　　无情不似多情苦，一寸还成千万缕②。天涯地角有穷时，只有相思无尽处。

【说明】

这是一首写离愁相思的词。上片前两句写长亭送别，接下两句写城楼钟声惊醒五更残梦，春风春雨和春花，惹起了主人公无限惆怅的心情。下片前两句道出了多情自古多痛苦的爱情哲理，末两句，山盟海誓、缠绵悠远、忠贞不渝的情感，更增添了这首词的艺术感染力。通篇语意柔婉，真切动人，自然直白，毫无雕饰之感，用白描的手法，细腻地揭示了主人公的内心世界。

【注释】

①长亭：古时大道边供行人歇息的亭舍，常用作饯别之所。
②一寸：指愁肠。

又

玉楼朱阁横金锁，寒食清明春欲破①。窗间斜月两眉愁,帘外落花双泪堕。　朝云聚散真无那②,百岁相看能几个。别来将为不牵情,万转千回思想过。

【说明】

这是一首写离愁别恨的词。上片首二句先勾勒出一个豪华、优美的环境,而后交代了时间是寒食清明时节,春意正浓,一切都是为后两句做铺垫。"窗间斜月两眉愁,帘外落花双泪堕",春景与愁情相结合,自然完美,浑然天成。下片以写情为主,主人公直抒心臆,是对真情和离别的哀叹、无奈、思考和议论。这首词雍容闲雅,温润秀洁,使人联想,给人启迪。

【注释】

①寒食:节名,在清明前一天。相传春秋时代,晋国公子重耳逃亡在外,生活艰苦,跟随他的介子推不惜从自己的腿上割下一块肉让他充饥。后来,重耳回到晋国,做了国君(即晋文公),重耳在封臣时忘了介子推。他便带着母亲隐居绵山(今山西介休),不肯出来。晋文公无计可施,只好放火烧山,逼其下山。介子推母子抱树而死。为了纪念介子推,晋文公下令从介子推遇难这天起,即清明前一日,三天之内禁生火点灯,只能吃干粮和冷食,故称"寒食节"。

②朝云:典出宋玉《高唐赋序》:昔者楚襄王与宋玉游于云梦之台,望高唐之观,其上独有云气,崪兮直上,忽兮改容,须臾之间,变化无穷。王问玉曰:"此何气也?"玉对曰:"所谓朝云者也。"王曰:"何谓朝云?"玉曰:"昔者先王尝游高唐,怠而昼寝,梦见一妇人曰:'妾,巫山之女也,为高唐之客。闻君游高唐,愿荐枕席。'王因幸之。去而辞曰:'妾在巫山之阳,高丘之阻,旦为朝云,暮为行雨,朝朝暮暮,阳台之下。'"常指男女欢会。无那:无奈。

踏莎行

祖席离歌①,长亭别宴,香尘已隔犹回面②。居人匹马映林嘶③,行人去棹依波转④。　画阁魂消⑤,高楼目断⑥,斜阳只送平波远。无穷无尽是离愁,天涯地角寻思遍。

【说明】

　　这首词写别情。上片写送别,长亭摆酒设宴,江边依依惜别,悱恻缠绵,缱绻情深,好一幅春江送别的美丽画卷。下片写离情,独居画阁,愁情难排,便登高望远,却愈加触目伤情,"无穷无尽是离愁,天涯地角寻思遍"两句,离别之情,使人黯然,真挚之情,催人泪下。

【注释】

　　①祖席:饯行的酒席。离歌:离别之歌。
　　②香尘:带有花香的尘土,多指女子的行踪。
　　③居人:家居的人。此指居留原地的送行者,相对于后面的"行人"。
　　④棹(zhào):船桨,此处指船。
　　⑤画阁:华丽的楼阁,此指女子所居之处。魂消:由于相思而极度哀伤,失魂落魄。
　　⑥目断:即望断,极目远望。

蝶恋花

槛菊愁烟兰泣露①。罗幕轻寒,燕子双飞去。明月不谙离恨苦②,斜光到晓穿朱户。　昨夜西风凋碧树。独上高楼,望尽天涯路。欲寄彩笺兼尺素③,山长水阔知何处。

【说明】

　　婉约派词人有许多伤离怀远之作,晏殊这首《蝶恋花》颇负盛名。上片主要写景,以"菊愁""兰泣"和"罗幕轻寒"写出了秋天的冷艳和凄凉;接下两句又寓情于景,描写了主人公不可排解的苦闷和无限的忧愁。下片又是登高怀远,"望尽天涯路"较前几首之"目断"便更进一步写高楼远眺,更深更重地表现了满目荒凉、触景伤情的忧愁心境。全词平淡明丽，含蓄蕴藉。王国维先生在《人间词话》中把此词之"独上高楼，望尽天涯路"和柳永《蝶恋花》之"衣带渐宽终不悔，为伊消得人憔悴"、辛弃疾《青玉案》之"众里寻他千百度。蓦然回首，那人却在，灯火阑珊处"一起比作治学的三种境界，可见这首词的价值所在。

【注释】

①槛菊愁烟兰泣露：这句是说花草凋零。

②谙：熟悉，了解。

③彩笺兼尺素："彩笺"和"尺素"都是书简、家书之意。此指情书。

李冠一首

【作者介绍】

李冠，字世英，齐州历城（今山东济南）人。生卒年均不详，约宋真宗天禧中（1019）前后在世。与王樵、贾同齐名；又与刘潜同时以文学称京东。举进士不第，得同三礼出身，调乾宁主簿。著有《东皋集》二十卷，（宋史本传）传于世。

蝶恋花

遥夜亭皋闲信步①，才过清明②，渐觉伤春暮。数点雨声风约住，朦胧淡月云来去。　桃杏依稀香暗度，谁在秋千，笑里轻轻语。一寸相思千万绪，人间没个安排处。

【说明】

这是一首写春愁的词。上片写主人公信步漫游于亭外水边，时间是清明时节的一个夜晚，微风细雨之后，云来雾去，朦胧的月色，映照出自己孤独而淡淡的影子，不免"渐觉伤春暮"，隐忧之情，随景化出。下片则是把隐忧之情进一步揭开来写，桃杏暗送花香，谁家秋千笑语，无端惹起主人公的烦恼和千思万绪，这种忧郁孤独之感和信步漫游于亭外水边的主人公一样，"人间没个安排处"，末句看似通俗俚语，却是使全词升华之句。这首词写景自然鲜明，抒情含蓄真挚，读来清新明快，委婉动人。

【注释】

①遥夜：天黑以后。亭皋：城郊水边有宅舍亭台的地方。皋：水边的高地。信步：随意走动，散步。

②清明：二十四节气之一，在四月五日前后。

欧阳修六首

【作者介绍】

欧阳修（1007—1072），字永叔，号醉翁，晚号六一居士。庐陵（今江西吉安）人。北宋卓越的文学家、史学家，是北宋诗文革新运动的领袖，"唐宋八大家"之一。欧阳修四岁而孤，母郑氏亲教之，他敏悟过人，读书辄成诵。仁宗天圣八年（1030）进士。累官至枢密副使、参知政事。神宗朝，以太子太师致仕。卒谥文忠，世称欧阳文忠公。有《六一词》《醉翁琴趣外编》传世。其词风婉丽清隽，间有豪放疏宕之气。

踏莎行

候馆梅残①，溪桥柳细，草薰风暖摇征辔②。离愁渐远渐无穷，迢迢不断如春水③。　　寸寸柔肠，盈盈粉泪，楼高莫近危栏倚。平芜尽处是春山④，行人更在春山外。

【说明】

这是一首伤别的词作。上片写梅残柳细、草薰风暖之时，征人驻马回头，离愁愈行愈远，如迢迢春水，却望长亭，已隔万重云树。下片为征人设想闺人之惆怅，思妇登高望远,倚栏凝睇,春山已在平芜外,征人还在春山外,无际无涯,一望何在?不禁使人肝肠寸断,泪流满面。这首词在抒发游子思家之情的同时,联想到闺中人的登高怀远,并致其劝慰之意,流露了词人对思妇心情的体贴。又通过离愁不断如春水的妙喻和行人更在春山外的设想,构成了清丽而芊绵的意境。

【注释】

①候馆:迎候宾客的馆舍。此指旅店。
②草薰(xūn):草香。征辔(pèi):缰绳,借指征人坐骑。
③迢迢:路途遥远。
④平芜:平旷的草地。

蝶恋花

庭院深深深几许①,杨柳堆烟,帘幕无重数②。玉勒雕鞍游冶处③,楼高不见章台路④。 雨横风狂三月暮⑤,门掩黄昏,无计留春住。泪眼问花花不语,乱红飞过秋千去⑥。

【说明】

这首词是写闺怨的名作。上片写闺中思妇所处的环境和晨起伤春时的情景,"庭院深深深几许",深邃幽静;"杨柳堆烟,帘幕无重数",朦胧虚幻;"玉勒雕鞍游冶处",对丈夫寻欢作乐的无可奈何;"楼高不见章台路",杳渺而悠远。下片借景抒情,是人与景的对话,心语和花语的交流,"泪眼问花花不语",以有情问无情,愁极之语,构思巧妙;末句"乱红飞过秋千去",人愈伤心,花愈恼人,愈加无情,这末两句十分生动地刻画出了女主人公怅然若失的心理过程。此词色调鲜明,情思深远。另:此词首句叠用三个"深"字,最是新奇,极为罕见,后人有仿此种写法的,如清初词人纳兰性德《蝶恋花·出塞》末两句:"一往情深深几许,深山夕照深秋雨。"

【注释】

①深几许：究竟有多深。

②无重数：数不清。

③玉勒雕鞍：镶玉的马龙头和雕花的马鞍。游冶处：寻欢作乐的地方，指歌楼妓馆。

④章台路：秦宫名，其下为章台街，汉时犹存，街上多妓馆，后成为妓女聚居处的代称。

⑤横（hèng）：狂暴。

⑥乱红：零乱的落花。

又

几日行云何处去①，忘了归来，不道春将暮②。百草千花寒食路③，香车系在谁家树④。　泪眼倚楼频独语。双燕来时，陌上相逢否。撩乱春愁如柳絮⑤，依依梦里无寻处。

【说明】

这是一首闺中怀人之词，描写少妇苦苦思念远游不归的丈夫时的复杂心情。上片首句先发问："何处去"？歇拍一句又发问"在谁家"？可见丈夫离家久而不归，不是去求取功名，亦不是去经商做生意，而是寻花问柳、寻欢作乐去了，频频发问之中，表达的是思妇对丈夫产生的联想和幽怨。下片写情，则是寓情于景，亲昵的双燕，陌上的红尘，撩乱的柳絮，此等纷纷扰扰的画面烘托出了女主人公惆怅与思念、猜疑与希冀、缠绵与怨懑的矛盾心理；最后只好寄情于梦，可在悠悠的梦境中也没能找到他的踪影，迷离渺茫，情深意长。

【注释】

①行云：流动的云，这里比喻游子，即女主人公的丈夫。

②不道：不知不觉。

③百草千花：明示春色，隐喻烟花柳巷的妓女。寒食：节名，在清明前一天。

相传春秋时代，晋国公子重耳逃亡在外，生活艰苦，跟随他的介子推不惜从自己的腿上割下一块肉让他充饥。后来，重耳回到晋国，做了国君（即晋文公），重耳在封臣时忘了介子推。他便带着母亲隐居绵山（今山西介休），不肯出来。晋文公无计可施，只好放火烧山，逼其下山。介子推母子抱树而死。为了纪念介子推，晋文公下令从介子推遇难这天起，即清明前一日，三天之内禁生火点灯，只能吃干粮和冷食，故称"寒食节"。寒食路：比喻寒食节仍在外奔波的人。

④香车：马车的美称。

⑤撩乱：纷乱。

生查子

去年元夜时①，花市灯如昼②，月上柳梢头，人约黄昏后。　今年元夜时，月与灯依旧，不见去年人，泪湿春衫袖。

【说明】

这是一首怀人之作。上片是主人公追忆去年元宵之夜，十五月圆之时，在灯火如昼的花市，与情人约会时的情景，诗情画意，优美动人。下片则是写物是人非，虽然依旧花好月圆，却不见情人出现，怎不令人惆怅悲伤，潸然泪下。这首词运用了今昔对比、闹静结合、悲喜交加写作手法，对比鲜明，自然有力。艺术上的突出特点是：语言平淡，风味隽永，颇具民歌气息，体现了真实、朴素与美的统一。

【注释】

①元夜：即元宵节。阴历正月十五为上元节，是晚叫元宵，也叫元夜。

②花市：元宵节豪华繁盛的街市。

玉楼春

别后不知君远近，触目凄凉多少闷。渐行渐远渐无书,水阔鱼沉何处问①。 夜深风竹敲秋韵②,万叶千声皆是恨。故欹单枕梦中寻,梦又不成灯又烬③。

【说明】

　　此调亦作《木兰花》。这首词写闺中思妇的离愁别恨。上片首句写自别后,思妇不知丈夫的行踪,此系恨别也,第二句写思妇触目伤心,苦闷无聊,接下一句,重复叠用三个"渐"字,把主人公的思念和希冀愈推逾远,杳无音信,歇拍一句,"水阔鱼沉何处问",极写思妇无可奈何、不可名状的愁苦。上片是写白天,下片写夜晚,"夜深风竹敲秋韵"句中的"敲"字,用的巧妙。重重地敲在了思妇那颗哀怨的心上,敲出的是:"万叶千声皆是恨",黯然销魂,凄迷深沉。末两句写思妇寄情于梦,而梦又成空,灯烬天明,难寻之恨,何时休也。此词层层深入,句句沉着,细腻地刻画了思妇的内心思想和真挚情感。

【注释】

　　①鱼沉:古人有"鸿雁传书"和"鱼传尺素"之说,鱼沉则书不能传。
　　②秋韵:秋声。
　　③烬:灯芯烧成灰烬。

又

　　樽前拟把归期说①,欲语春容先惨咽。人生自是有情痴,此恨不关风与月②。 离歌且莫翻新阕③,一曲能教肠寸结。直须看尽洛城花,始共春风容易别。

【说明】

　　这是一首送别之词,送行的人是一个同作者很有感情的女子。上片前两句写在送别的宴席上,作者拟说归期,欲说未说之时,女子先已动容,泣不成声,如生离死别,惨不忍睹。接下两句"人生自是有情痴,此恨不关风与月",慨然而叹,豪放而深沉,富有哲理,使人启迪。下片前两句写席间虽然翻奏新曲,还是不能消解离愁，反而增加了离别的痛苦，使人肝肠寸断。末两句"直须看尽洛城花，始共春风容易别"，劝慰之语，乐观豁达，把儿女柔情、悲欢离合的内容从另一面表现了出来。全词仅写宴席送别之场面，却变化万千，语句超然，发人深思，余味无穷。

【注释】

①樽（zūn）：古代的盛酒器具。拟：打算，想要。
②风与月：春风秋月，指风物的变化。
③翻新阕：新谱的歌曲，此指新谱的离别之歌。

柳永十首

【作者介绍】

柳永（约1045年前后在世），初名三变，字耆卿，因排行第七，人称柳七。北宋著名词人，婉约派最具代表性的人物。福建崇安（今福建武夷山）人，是工部侍郎柳宜的少子。宋仁宗朝进士，官至屯田员外郎，故世称柳屯田。他以毕生精力作词，即是大量作慢词的第一位词人，也是宋代第一个专业写词的人，对于词的内容的拓展和慢词的兴盛，做出了重要贡献。其词多描绘城市风光和歌妓生活，尤长于抒写羁旅行役之情。铺叙刻画，情景交融，语言通俗，音律谐婉，在当时流传极其广泛，对宋词的发展有重大影响。有《乐章集》。

昼夜乐

洞房记得初相遇①。便只合、长相聚。何期小会幽欢②，变作离情别绪。况值阑珊春色暮③。对满目、乱花狂絮。直恐好风光，尽随伊归去。　　一场寂寞凭谁诉。算前言，总轻负。早知恁地难拼④，悔不当时留住。其奈风流端正外⑤，更别有、系人心处。一日不思量，也攒眉千度⑥。

【说明】

　　这是一首回忆往昔欢聚和抒写别后相思的词，全词叙述了一个有血有肉、形象丰满的女子的离愁和恋情。上片写别情，开头便破空而来，把女子记忆中的"长相聚"和"小会幽欢"直白而大胆地全盘托出，可惜这种昔日的欢乐，如今却"变作离情别绪"；"况值"三句是触景伤情，春意阑珊，天色将晚，满目"乱花狂絮"，此等景象，着实令人伤感；"直恐好风光，尽随伊归去"，双关之语，大好风光随伊归去，少女的青春和爱情也随伊归去，哎！离别总把春光误。下片是抒情，由寂寞到自责，由痴情到后悔，由爱怜到无奈，由相思到愁苦，环环紧扣，一咏三叹，细腻而形象地刻画出了女子失魂落魄的神色和缠绵悱恻的心情。这首词采用长调的形式，辗转铺叙，层层递进，愈写愈悲，益悲益悔，引人入境。

【注释】

①洞房：新婚夫妇的卧室，此指女子的居所。
②小会：短暂的聚会。
③阑珊：衰残，将尽。
④恁（nèn）地：这么，那么。
⑤风流端正：风流潇洒，仪表不凡。
⑥攒（cuán）眉：皱眉。攒：聚在一起。

曲玉管

陇首云飞①，江边日晚，烟波满目凭阑久。立望关河萧索②，千里清秋，忍凝眸。　杳杳神京③，盈盈仙子，别来锦字终难偶④。断雁无凭⑤，冉冉飞下汀洲，思悠悠。　暗想当初，有多少、幽欢佳会，岂知聚散难期，翻成雨恨云愁，阻追游⑥。每登山临水，惹起平生心事，一场消黯⑦，永日无言⑧，却下层楼。

【说明】

　　这是一首写离别之恨与羁旅之愁的词，全词分三片。第一片先写景，后写情，作者登高远望，只见江阔云飞，斜阳晚照，凭栏良久，望尽千里关河，萧瑟清秋，由近及远，由实而虚，由景到情，遂引出"忍凝眸"三字，愁极之语，甚为沉重。第二片则倒过来，先写情，后写景，叙述作者心仪之人远在繁华的京城，自别之后，杳无音信，看着冉冉飞向汀洲的断雁，不禁触动其忧伤之情，"思悠悠"三字，表达了作者无穷无尽、难以诉说的哀戚和惆怅，与"忍凝眸"遥相对应，却是更进一步去写，绝妙之笔。第三片是追忆往事，当初多少欢乐事，只因离别而生愁，每每登山临水，都使人黯然销魂，于是乎便"永日无言，却下层楼"，将作者多少欲说还休的无可奈何，尽付其中。这首词构思缜密，语言朴实，亦情亦景，情景双佳。

【注释】

①陇首：指山头。

②关河：关山河川，泛指山河。萧索：萧瑟、凄凉，缺乏生机。

③神京：京都，这里指东京汴梁（今河南开封）。

④锦字：亦称锦书，泛指书信。前秦窦滔曾为秦州刺史，窦滔徙沙漠，临行，与其妻苏蕙别，誓不更娶。至沙漠，更娶妇，苏蕙织锦作回文诗寄给窦滔。后以"锦字""锦书"代称情人间的书信。难偶：难以相遇。

⑤断雁：孤雁。古人有"鸿雁传书"和"鱼传尺素"之说。

⑥阻：阻隔。追：追随。

⑦消黯：黯然销魂。

⑧永日：整天，终日。

雨霖铃

寒蝉凄切，对长亭晚，骤雨初歇。都门帐饮无绪①，留恋处、兰舟催发②。执手相看泪眼，竟无语凝噎③。念去去④、千里烟波，暮霭沉沉楚天阔⑤。　　多情自古伤离别，更那堪⑥、冷落清秋节。今宵酒醒何处，杨柳岸、晓风残月。此去经年⑦，应是良辰好景虚设。便纵有千种风情⑧，更与何人说。

【说明】

　　名人名篇，是柳永写别情的词。上片开头描述秋日晚景之中一对情人依依惜别的情景，寒蝉悲鸣，郊外长亭，暴雨初停，都门帐内，饯别有心，饮酒无意，铺叙简单，层层深入，把离别的场景刻画得凄凉肃穆，缜密而自然；"留恋处、兰舟催发。执手相看泪眼，竟无语凝噎"，千愁万绪，顷刻间涌上心头，执手相看，已是泣不成声，哽咽无言，顿时把离别之情推向高潮；末两句是送行之人推想行人别后所历之境，空阔千里，一片苍茫，主人公的黯淡心情给天容水色涂上了阴影。下片写别后的情景，写得朦胧虚无，遐想传神，"多情"两句，冷清孤寂，"今宵"两句，淡雅幽静，"此去"以下，离情难诉，愁苦难说。全词起伏跌宕，神行并茂，疏密相间，错落有致，写离情别绪，达到了情景交融的艺术境界，不愧为婉约词名作。据俞文豹《吹剑录》记载：东坡在玉堂日，有幕士善歌，因问："我词何如柳七？"对曰："柳郎中词，只合十七八女郎，执红牙板，歌'杨柳岸、晓风残月'。学士词，须关西大汉、铜琵琶、铁绰板，唱'大江东去'。"东坡为之绝倒。

【注释】

　　①都门帐饮：在京城门外设帐饯行。都门：京城之门。
　　②兰舟：船的美称。
　　③凝噎（yē）：气塞声阻，因悲伤过度而说不出话来。
　　④去去：去而又去，越去越远。
　　⑤暮霭沉沉：形容傍晚时云气浓厚低沉。楚天：泛指南方。
　　⑥更那堪：更加上，更兼之。
　　⑦经年：年复一年。
　　⑧风情：原意是流露出来的男女相爱的感情，此指爱情。

浪淘沙慢

　　梦觉透窗风一线①，寒灯吹息。那堪酒醒，又闻空阶，夜雨频滴。嗟因循②、久作天涯客。负佳人、几许盟言，便忍把、从前欢会，陡顿翻成忧戚③。　　愁极，再三追思，洞房深处，几度饮散歌阑④，香暖鸳鸯被。

岂暂时疏散，费伊心力。殢云尤雨⑤，有万般千种，相怜相惜。　恰到如今，天长漏永⑥，无端自家疏隔。知何时、却拥秦云态⑦，愿低帏昵枕⑧，轻轻细说与，江乡夜夜，数寒更思忆⑨。

【说明】

　　这是一首写别后相思的词，唐五代所传之《浪淘沙》词或二十八字体，或五十四字体，柳永把它衍之为一百三十五字的长篇巨制，以充分表现主人公的全部情思状态和心理过程，同时它还是柳永创制长词慢调的一个范例。全词共三篇，第一片写主人公旅途夜半酒醒时的忧戚情思，"负佳人、几许盟言，便忍把、从前欢会，陡顿翻成忧戚"，昔日之盟言欢会，翻作今日之忧戚，悲伤万分。第二片由"忧戚"转入"愁极"，"殢云尤雨，有万般千种，相怜相惜"，欢情幽会，历历在目，才子佳人，相怜相惜，佳期如梦，飞逝不再。第三片从往昔回到如今，从如今的孤独，设想到将来的相会，"愿低帏昵枕，轻轻细说与"，天真浪漫，真挚缠绵，多么美好的愿望啊！

【注释】

①梦觉：梦醒。
②嗟（jiē）：感叹。因循：拖延，此指漂泊。
③陡顿：突然。翻成：变成。
④歌阑：歌舞将尽。阑：将尽。
⑤殢（tì）云尤雨：恋昵不离。形容男女相爱、欢合。
⑥漏永：漏壶不停地摇摆，形容时间漫长难熬。漏：漏壶，古代的计时器。
⑦秦云：即秦楼云雨，形容男女欢爱。
⑧昵：亲昵。
⑨寒更：寒夜更声。

婆罗门令

　　昨宵里恁和衣睡①，今宵里又恁和衣睡。小饮归来，初更过②,醺醺醉③。中夜后、何事还惊起。霜天冷,风细细,触疏窗、闪闪灯摇曳。　　空床展转重追想,云雨梦、任敧枕难继④。寸心万绪,咫尺千里。好景良天,彼此空有相怜意,未有相怜计。

【说明】

又是一首羁旅者借酒消愁、抒发离情别绪的相思之词。上片"昨宵""今宵"两句,连续两夜都是和衣而卧,一样的情景,单调腻味的生活,道出了天涯游子辛苦漂泊和孤枕难眠的滋味;醺醺初更后,惊醒半夜时,正是"霜天冷,风细细,触疏窗、闪闪灯摇曳",霜冷风清,窗映孤灯,长夜难眠,忧伤凄凉。下片继上片惊梦而写寂寞的心情,主人公此时辗转反侧,夜不能寐,便回想刚才醉归后一觉,梦中与情人同床共枕、幽会欢合的情景;然而,好景不长,梦醒时分便是:"寸心万绪,咫尺千里",表现的是无限的惆怅;末三句,良辰辜负,美景虚设,空有相思,无可奈何,孤独至极,情何以堪。此词写的淡雅清新,秀丽动人,层次分明,隽永深沉。

【注释】

①恁(nèn):这么,这样。和衣睡:不脱衣服睡觉。
②初更(gēng):即第一更。旧时一夜分成五更,每更大约两小时。
③醺(xūn)醺:酒醉。
④敧(qī):倾斜,歪。

蝶恋花

伫倚危楼风细细①。望极春愁,黯黯生天际②。草色烟光残照里,无言谁会凭阑意。　　拟把疏狂图一醉③,对酒当歌,强乐还无味④。衣带渐宽终不悔,为伊消得人憔悴⑤。

【说明】

伤高怀远之词。上片写主人公独倚高楼,微风细细,凭栏无语,"望极春愁"一句,乃上片之主题,由"春愁"产生的沮丧心理,使得天空灰蒙、草色荒凉、烟光冷落、夕阳黯淡,无限惆怅的心情,与谁诉说。下片开头便是"对酒当歌",却"强乐还无味",愁极之时,不失豪放;末两句"衣带渐宽终不悔,为伊消得人憔悴",全词灵魂之语,斩钉截铁,无怨无悔,感情真挚,荡气回肠。这首词既写出了游子漂泊他乡的落魄感受,又表达了主人公对恋人的缠绵情思,二者水乳交融,浑然天成。王国维先生在《人间词话》中把晏殊《蝶恋花》之"独上高楼,望尽天涯路"和柳永这首《蝶恋花》之"衣带渐宽终不悔,为伊消得人憔悴"、辛弃疾《青玉案》之"众里寻他千百度。蓦然回首,那人却在,灯火阑珊处"一起比作治学的三种境界。

【注释】

①伫:站立。危楼:高楼。
②黯黯:心情郁闷。
③拟把:打算将。疏狂:放纵不羁。
④强(qiǎng):勉强。
⑤伊:第三人称代词,此指意中人。消得:值得。

八声甘州

对潇潇暮雨洒江天,一番洗清秋①。渐霜风凄紧,关河冷落②,残照当楼。是处红衰翠减③,苒苒物华休④。惟有长江水,无语东流。　不忍登高临远,望故乡渺邈⑤,归思难收⑥。叹年来踪迹,何事苦淹留。想佳人、妆楼颙望,误几回、天际识归舟⑦。争知我⑧、倚阑干处,正恁凝愁。

【说明】

这是一首暮秋雨后、思乡怀人之作,它一扫柳永那种缠绵悱恻之态而显得气象辽阔、声律雄浑。上片写景，高远悲壮，凄清苍凉，尤其"渐霜风凄紧，关河冷落，残照当楼"三句，极富唐诗边塞风韵。下片抒情，吞吐曲折，回环往复，相惜相怜，情意绵绵；"想佳人、妆楼颙望，误几回、天际识归舟"，游子替闺中人着想，写出了"佳人"多少次的希望和失望。沈祖棻前辈评此词云："通篇结构严密，而又动荡开合，呼应灵活，首尾照应，如前人谈兵所云：'常山之蛇'。"

【注释】

①清秋：清冷的残秋。
②关河：关山和河流。
③是处：处处。红衰翠减：花凋叶落。
④苒（rǎn）苒：慢慢地，渐渐地。物华休：美好的景物减少和失去。
⑤渺邈（miǎo）：遥远。
⑥归思：归家的心情。
⑦天际识归舟：出自谢朓《之宣城郡出新林浦向板桥》诗："天际识归舟，云中辨江树。"意思是在天边辨认归航的船。
⑧争：怎。

忆帝京

薄衾小枕凉天气①，乍觉别离滋味。展转数寒更，起了还重睡。毕竟不成眠，一夜长如岁。　也拟待却回征辔②，又争奈已成行计。万种思量，多方开解，只恁寂寞厌厌地③。系我一生心，负你千行泪。

【说明】

这首词是抒写离别相思的。上片写秋意清冷，薄衾枕凉，"乍觉别离滋味"，便空床展转，躺下又起来，起来还躺下，整宿未睡，只觉"一夜长如岁"。下片写游子思归，回家不成，又要远行，万般愁绪，无以排解，寂寞孤独，百无聊赖；"系我一生心，负你千行泪"两句，真挚之情，忧愁之语，沉重难堪。这首词流畅自然，委婉曲折，质朴无华的词句里，蕴含着炽热的情感，新颖别致，回味无穷。

【注释】

①衾（qīn）：被子。

②辔（pèi）：驾驭牲口的缰绳，此指马的缰绳。

③厌厌：精神不振的样子。

采莲令

月华收，云淡霜天曙。西征客、此时情苦。翠娥执手送临歧①，轧轧开朱户。千娇面、盈盈伫立，无言有泪，断肠争忍回顾②。　一叶兰舟，便恁急桨凌波去③。贪行色、岂知离绪。万般方寸④，但饮恨，脉脉同谁语。更回首、重城不见⑤，寒江天外，隐隐两三烟树。

【说明】

这是一首写别情的词。上片集写景、抒情、叙事为一体，"月华收，云淡霜天曙"，本是良辰美景；"西征客、此时情苦。翠娥执手送临歧，轧轧开朱户"，却在执手相送；"千娇面、盈盈伫立，无言有泪，断肠争忍回顾"，使人回首断肠。下片继上片而深写别情，兰舟已发，千愁万绪，肝肠寸断，脉脉无语，回首处，已在天外，唯有"隐隐两三烟树"，愁恨重叠，缠绵无尽。这首词和《雨霖铃》堪称柳永情词的双璧，但风格各有千秋。《雨霖铃》先写景，后抒情，妙语连珠，一气呵成。《采莲令》是亦景亦情、亦情亦景，情景交融，回味无穷。

【注释】

①翠娥：美人的眉毛，此指美人。临歧：到岔路口。

②争忍：怎忍。

③恁（nèn）：这么，这样。

④方寸：指心。

⑤重城：城郭，此处代指送别之人。

定风波

自春来、惨绿愁红,芳心是事可可①。日上花梢,莺穿柳带,犹压香衾卧。暖酥消②、腻云亸③,终日厌厌倦梳裹。无那④。恨薄情一去,音书无个。　早知恁么⑤,悔当初、不把雕鞍锁⑥。向鸡窗⑦,只与蛮笺象管⑧,拘束教吟课⑨。镇相随⑩、莫抛躲,针线闲拈伴伊坐。和我,免使年少光阴虚过。

【说明】

　　这是一首闺怨词。上片写思妇伤春怨别的愁苦情状,春来春去,花开花落,芳心未已,痴情依旧,薄情一去,杳无音信,忧思绵绵,憔悴不堪。下片写思妇的心理活动,早知今日,何必当初,求取功名富贵,是要付出代价的,包括青春在内。全词细腻地描写了一位独守空房的少妇百般无聊和思念怨恨的矛盾心情,用俚语公然道出了市民阶层的妇女漠视功名利禄,而去追求欢乐青春的美好愿望。大胆直白,淋漓酣畅,朴素真诚,雅俗双佳。

【注释】

①芳心:指女子的思想或情意。可可:不在意。

②暖酥:搽脸的油。一说是女子酥软丰润的肌肤。

③腻云亸(duǒ):头发下垂。此指头发散乱。亸:下垂。

④无那:无奈。

⑤恁(nèn):这么,这样。

⑥雕鞍:华丽的马鞍。

⑦鸡窗:书窗,书房。

⑧蛮笺:蜀地产的彩色信笺。象管:象牙做的笔管。

⑨吟课:吟诗诵文。

⑩镇相随:整日相随。镇:常,久。

晏几道十三首

【作者介绍】

晏几道（约1038—约1112），字叔原，号小山，著名词人，抚州临川（今属江西）人，晏殊之幼子。能文章，善持论，其词哀感缠绵、清壮顿挫。曾监颍昌许田镇。家道式微，仕途不利，然性格孤傲，不肯依附权贵。著有《小山词》一卷，黄庭坚为之作序，传于世。

临江仙

梦后楼台高锁，酒醒帘幕低垂。去年春恨却来时①。落花人独立，微雨燕双飞。　记得小蘋初见②，两重心字罗衣③，琵琶弦上说相思。当时明月在，曾照彩云归④。

【说明】

这是一首怀念情人的词，怀念之人应是词中所写的小蘋。上片写作者酒醒梦回之后，眼前所呈现凄楚悲凉、空濛清冷的画面，暗示去年此时正是亭台楼阁、轻歌曼舞的场面。下片前三句是描写作者记忆中动人的一幕："记得小蘋初见"，她穿着"两重心字罗衣"，煞是美丽，她轻抚琵琶，诉说心中的爱慕之情；末两句是望月思人，抒发人去楼空的惆怅和孤寂之情。这首词格调含蓄，场景动人，情意深厚，回味无穷。

【注释】

①却来：又来，重来。

②小蘋：歌女名，作者旧时的情人。

③心字罗衣：绣有"心"字图案的丝绸衣服。

④彩云：喻美人。此处指小蘋。

蝶恋花

醉别西楼醒不记。春梦秋云①，聚散真容易。斜月半窗还少睡，画屏闲展吴山翠②。　衣上酒痕诗里字，点点行行，总是凄凉意。红烛自怜无好计，夜寒空替人垂泪③。

【说明】

　　这是一首感伤离别之作。上片写醉别西楼，醒来不曾记否，旧时情景，犹如春梦，聚散两依依，叹欢情易逝也；歇拍两句写明月照纱窗，吴山展画屏，夜深人不寐，实寂静空阔也。下片前三句接上片进一步写，衣上酒痕，诗里信里，字里行间，"总是凄凉意"，人生之悲欢离合，尽现其中；末两句用拟人手法，写红烛留人"无好计"，只有因惜别而替人流泪到天明。全词结构新颖，语淡情深，凄婉动人。

【注释】

①春梦秋云：形容好景不长，美梦短暂。其父晏殊《玉楼春》："长于春梦几多时，散似秋云无觅处。"
②吴山：指画屏上的江南山水。
③末两句借用唐代诗人杜牧的《赠别》诗句："蜡烛有心还惜别，替人垂泪到天明。"

又

梦入江南烟水路。行尽江南，不与离人遇。睡里消魂无说处①，觉来惆怅消魂误。　欲尽此情书尺素②。浮雁沉鱼③，终了无凭据。却倚缓弦歌别绪④，断肠移破秦筝柱。

【说明】

　　这是一篇描写恋情的词。上片破空而来，直入梦境，梦里寻遍江南，难觅情人踪迹；歇拍两句，表达了梦中无处说，醒来更惆怅的不幸，黯然销魂之语，魂魄消灭，多以名悲伤愁苦之状。上片借梦抒情，情真意切。下片写主人公欲将梦境尽书尺素，然而，书信写好了，却无处可寄；转而又寄情于"缓弦"，来排遣愁绪，但是即便"移破秦筝柱"，终不免"断肠"之音，愈显得悲凉和孤寂。全词语言清新疏朗，感情哀婉沉挚。

【注释】

　　①消魂：即销魂，极度悲伤之意。江淹《别赋》有"黯然销魂者，惟别而已矣"。

　　②尺素：书信。素：丝绢，古人书信多写在绢上，故称书信为尺素。

　　③浮雁沉鱼：古人有"鸿雁传书"和"鱼传尺素"之说。

　　④缓弦：筝有十三弦，弦急则音高，弦缓则音低。缓弦可抒发悲伤之情。

　　⑤移破：移遍。秦筝柱：即筝柱。秦筝：类似瑟的一种乐器，相传为秦将蒙恬所造。

鹧鸪天

　　彩袖殷勤捧玉钟①，当年拚却醉颜红②。舞低杨柳楼心月，歌尽桃花扇影风。　　从别后，忆相逢，几回魂梦与君同③。今宵剩把银釭照④，犹恐相逢是梦中。

【说明】

　　这首词写情人久别重逢。上片写当年在某家秦楼楚馆，两人一见钟情，一个是轻歌曼舞，一个是醉态红颜，一对情人心心相印，缱绻缠绵，通宵达旦，好不快活。下片写别后相思，和意外重逢时的兴奋心情，不期重逢，似信非信，举烛端详，犹疑在梦中。此词写得玲珑剔透，清丽委婉，犹如一幅美丽的画面。

【注释】

①彩袖：彩色衣袖，此代指歌女。玉钟：酒杯的美称。

②拚（pàn）却：甘愿。

③与君同：与你相逢。

④剩把：尽量，最大限度。银釭（gōng）：银灯。

生查子

关山魂梦长，鱼雁音尘少。两鬓可怜青，只为相思老。　归梦碧纱窗，说与人人道①：真个别离难②，不似相逢好。

【说明】

这是一首写别后相思之词。上片写一个漂泊他乡的游子的心理活动，思乡的魂梦是山高水长，家中的书信是少之又少，怨也；对镜而照，两鬓青青，为何显得如此苍老，相思也。下片写梦中归乡，与妻诉说分别之苦，相思之难和重逢的美好。此词语浅情深，纯朴真挚，清丽明白，朴实无华。

【注释】

①人人：对女性的昵称，宋时口语。

②真个：真正。

南乡子

新月又如眉①，长笛谁教月下吹②。楼倚暮云初见雁，南飞，漫道行人雁后归③。　意欲梦佳期④，梦里关山路不知。却待短书来破恨⑤，应迟，还是凉生玉枕时⑥。

【说明】

此词系怀人之作。上片由景到情,作者挑出几个典型的凄楚悲凉的景物:黄昏、新月、长笛、暮云、大雁南飞等,勾起了主人公的思念,抒写了清秋时节的怅惘之情。下片先写相思无望,唯有梦里相寻,但梦里却是关山难越,无路可寻,转而又寄情于"短书来破恨",可是书信又迟迟不至,相思无以排遣;从无望到希望,从希望到失望,再由希望到失望,惆怅之情愈转愈深,最后"还是凉生玉枕时",枕凉心更凉,长夜难眠啊。这首词格调含蓄,清丽沉着,语颇隽永。

【注释】

①新月又如眉:指弯月,即每月的开头,此处隐喻女子风姿。
②谁教:谁令、谁使。
③漫道:别说。
④佳期:相逢之时。
⑤破恨:慰藉离愁。
⑥玉枕:枕头的美称。

清平乐

留人不住,醉解兰舟去①。一棹碧涛春水路,过尽晓莺啼处。　渡头杨柳青青,枝枝叶叶离情。此后锦书休寄②,画楼云雨无凭③。

【说明】

送别之词。一个真心挽留,一个执意离去,一个含情脉脉于岸上,一个无情无意于舟中,杨柳青青却无情,枝枝叶叶皆离愁,末两句系决绝之语,怨对方无情,叹自己痴情。这首词在技巧上运用了对比的写作方法,一个有情,一个无意,因为爱的执着,才会如此烦恼,二者相反相成,更能反衬出作者的一片真情。

【注释】

①兰舟:木兰舟。相传鲁班曾刻木兰为舟,后用作船的美称。

②锦书：书信、情书。前秦窦韬曾为秦州刺史，窦韬徙沙漠，临行，与其妻苏蕙别，誓不更娶。至沙漠，更娶妇，苏蕙织锦作回文诗寄给窦韬。后以"锦字""锦书"代称情人间的书信。

③画楼：华丽的楼房，此指青楼。云雨：典出宋玉《高唐赋序》：昔者楚襄王与宋玉游于云梦之台，望高唐之观，其上独有云气，崒兮直上，忽兮改容，须臾之间，变化无穷。王问玉曰："此何气也？"玉对曰："所谓朝云者也。"王曰："何谓朝云？"玉曰："昔者先王尝游高唐，怠而昼寝，梦见一妇人曰：'妾，巫山之女也，为高唐之客。闻君游高唐，愿荐枕席。'王因幸之。去而辞曰：'妾在巫山之阳，高丘之阻，旦为朝云，暮为行雨，朝朝暮暮，阳台之下。'"常指男女欢会。

木兰花

秋千院落重帘暮，彩笔闲来题绣户①。墙头丹杏雨余花，门外绿杨风后絮。　　朝云信断知何处，应作襄王春梦去②。紫骝认得旧游踪③，嘶过画桥东畔路。

【说明】

这首词用沉婉含蓄的笔法，描写了一个美丽动人的爱情故事，是一首言情词。上片是回忆，前两句写的是当年她荡过秋千，院落里笑语盈盈，作者欣然动彩笔题诗的欢乐景象；"墙头"两句，写墙内的她如雨后落花，墙外之自己如风中飞絮，漂泊不定。下片是抒情，写别后相思，前两句写梦境，虽是人去楼空，然昨夜忽梦往事，犹历历在目，不由地想起楚襄王与美人梦中相见的传说；末两句写现实，虽是"紫骝认得旧游踪"，但却无处寻觅，表达了作者对佳人一往情深的真挚情感。幽梦和遐想，虚幻和现实，懵懵懂懂，恍恍惚惚，沉郁顿挫，浪漫缠绵。

【注释】

①彩笔：传说南朝梁人江淹有五彩笔，因而文思敏捷。绣户：华美的门户，指女子居所。

②此两句典出宋玉《高唐赋序》：昔者楚襄王与宋玉游于云梦之台，望高唐之观，其上独有云气，崒兮直上，忽兮改容，须臾之间，变化无穷。王问玉曰："此

何气也?"玉对曰:"所谓朝云者也。"王曰:"何谓朝云?"玉曰:"昔者先王尝游高唐,怠而昼寝,梦见一妇人曰:'妾,巫山之女也,为高唐之客。闻君游高唐,愿荐枕席。'王因幸之。去而辞曰:'妾在巫山之阳,高丘之阻,旦为朝云,暮为行雨,朝朝暮暮,阳台之下。'"常指男女欢会。

③紫骝:骏马名。

阮郎归

旧香残粉似当初,人情恨不如。一春犹有数行书,秋来书更疏。　衾凤冷①,枕鸳孤②,愁肠待酒舒。梦魂纵有也成虚,那堪和梦无③。

【说明】

这是一篇写思忆的怨情词。上片前两句写香粉依旧,但人已离去,人情也不如当初,物与人对比,愁绪由此慢慢展开,接下两句写盼啊盼啊,盼到冬去春来,终于盼来一封信,虽是寥寥数语,却也是一种安慰,然而,到"秋来书更疏",愈来愈冷淡,愈来愈疏远。下片前三句写自己冷衾孤枕难眠,愁绪无法排遣,只有借酒浇愁,麻木自己;末两句写即使梦中相会,也是虚幻朦胧的,何况梦也难成,魂归何处,情何以堪。愁极之语,愁绪由此被推向高潮。此词写的缠绵悱恻,婉丽沉重,虚实相映,一往情深。

【注释】

①衾凤:绣有凤凰的被子。
②枕鸳:绣有鸳鸯的枕头。
③那堪:怎能忍受。和梦无:梦中无有。

六幺令

绿阴春尽,飞絮绕香阁。晚来翠眉宫样①,巧把远山学②。一寸狂心未说，已向横波觉③。画帘遮匝④，新翻曲妙⑤，暗许闲人带偷掐⑥。　前度书多隐语⑦，意浅愁难答。昨夜诗有回文⑧，韵险还慵押⑨。都待笙歌散了，记取留时霎⑩。不消红蜡，闲云归后，月在庭花旧阑角。

【说明】

　　这首词描写了一个歌女与情人约会前的复杂情感。上片写暮春时分，在香阁闺房，歌女为情人精心描眉梳妆时的情景和她盼望见到情人时的兴奋心情，"新翻曲妙"，则进一步表达了歌女要为情人翻唱新曲、展示才艺、以求悦己的难以抑制的激情。下片前四句写情人传递书信和回文诗给歌女，表示了他们交往密切；以下几句交代了约会的时间和地点：笙歌散尽之时，明月照耀之下，在旧阑干角处相会。此词写的婉转含蓄，细腻自然，好似一副柔情蜜意、美丽动人的爱情画面。

【注释】

①宫样：皇宫内的化妆式样。
②远山：远山眉，一种描眉的款式。
③横波觉：从眼神中察觉。
④遮匝：遮掩。
⑤翻：谱写。
⑥带偷掐：偷记乐谱。
⑦隐语：很含蓄的语句。
⑧回文：即回文诗，一种诗体，诗句中的字词，回旋往复读之都能成义可诵。相传前秦窦韬曾为秦州刺史，窦韬徙沙漠，临行，与其妻苏蕙别，誓不更娶。至沙漠，更娶妇，苏蕙织锦作回文诗寄给窦韬。
⑨韵险：用孤僻之字做韵脚。慵押：懒得搜字索句去押韵。
⑩留时霎：暂留片刻。

更漏子

柳丝长，桃叶小，深院断无人到。红日淡，绿烟轻，

流莺三两声。　　雪香浓①，檀晕少②，枕上卧枝花好。春思重，晓妆迟，寻思残梦时。

【说明】

　　这首词抒写了春日闺思的情怀。上片写室外，主要写春景：桃红柳绿，春意盎然，深院却空寂无人，一个"断"字，便生出寂寞无聊的百般怨意，接下三句还是写景，院内烟轻日淡，绿荫笼罩，忽有"流莺三两声"，愈显得宁静寂寞。下片写室内，清晨闺中美人初醒，肌肤雪白香浓，残妆娇嫩浅红，艳丽美好，"枕上卧枝花好"，暗示少妇孤枕独眠，几乎整夜未睡；末三句写相思，"寻思残梦时"一句，含蓄而不露，悠悠思念，一往情深之意，尽在其中。此词委婉缠绵，秀丽淡雅，意境异常纯美。俞陛云《唐五代两宋词选释》评此词曰"景丽而情深"。

【注释】

　　①雪：指女子洁白的肌肤。
　　②檀晕：浅红色。以与妇女脸上光色相似而称。

御街行

　　街南绿树春饶絮①，雪满游春路②。树头花艳杂娇云③，树底人家朱户。北楼闲上④，疏帘高卷，直见街南树。　　阑干倚尽犹慵去⑤，几度黄昏雨。晚春盘马踏青苔⑥，曾傍绿阴深驻⑦。落花犹在，香屏空掩⑧，人面知何处⑨。

【说明】

　　此词表现了作者一段单相思的恋情。上片是写景，作者故地重游，倚楼遥看，一幅幅画面映入眼帘，街南即楼南是杨柳飞絮，如同香雪满路，花艳云娇，映照朱楼绣户；街北即楼北是"疏帘高卷，直见街南树"，作者似乎在寻找什么。下片是触景生情，由画面进入回忆，作者望尽楼南楼北之景，几度风雨、几度黄昏，久久不肯离去，凝神深思，曾几何时，也是这晚春时节，他骑马徘徊于南街，驻足在绿荫深处，望见朱楼之上，隐约出现一女子的倩影，这正是自己心仪之人，而如今却是落红满地，"香屏空掩，人面知何处"。暗恋心仪之人而不被所知，真是感慨万分。

【注释】

①饶絮：柳絮纷飞。饶：多。
②雪：碧玉柳絮洁白如雪。
③娇云：彩云。
④闲上：漫步而上。
⑤慵去：懒得离去，不愿离去。
⑥盘马：骑马兜圈子，徘徊。
⑦深驻：长时间停留。
⑧香屏：屏风的美称。
⑨人面知何处：典出唐崔护《题都城南庄》诗："人面不知何处去，桃花依旧笑春风。"表达抚今思昔之感慨。

虞美人

曲阑干外天如水，昨夜还曾倚。初将明月比佳期①，长向月圆时候、望人归。　　罗衣著破前香在，旧意谁教改。一春离恨懒调弦，犹有两行闲泪、宝筝前。

【说明】

这是一首怀人之词。上片写相思之态，"昨夜还曾倚"，分明是今夜还在倚栏，却不说今夜而说昨夜，看来倚栏远非一夜；歇拍两句表达一种愿望：明月尚有阴晴圆缺，情人离去却久久不归，但愿月圆之夜，便是人归之时。下片"罗衣著破前香在，旧意谁教改"，一往情深，痴心不改；末两句是爱恨交加之语，表达了女主人公对旧情的眷恋和对旧情人的爱怨之情，爱之愈深，恨之愈切，爱恨交织，情何以堪。此词虽没有华丽的词藻，却语浅意深，虽没有奇特的构想，却哀婉含蓄。

【注释】

①初将：本将，原将。

魏夫人一首

【作者介绍】

魏夫人,名玩,字玉汝,北宋女词人。乃曾布之妻,魏泰之姊,封鲁国夫人。襄阳(今湖北襄阳)人。生卒不详,生平亦无可考。曾布参与王安石变法,后知枢密院事,为右仆射,魏氏以此封鲁国夫人。弟魏泰,著有《临汉隐居诗话》《东轩笔录》。

菩萨蛮

溪山掩映斜阳里,楼台影动鸳鸯起。隔岸两三家,出墙红杏花。 绿杨堤下路,早晚溪边去。三见柳绵飞,离人犹未归。

【说明】

这首词抒写离人相思之情。上片作者用秀雅的文笔描绘出美丽宁静的景象,"溪山"一句,交待出居住地点,"出墙红杏花",说明时间是初春,"鸳鸯起",隐隐点出相思之情;一个"起"字,一个"出"字,使静景动感化,精妙也。下片写怀人情愫,"绿杨堤下路",乃折柳送别之地,"早晚溪边去",乃望夫归来之处;末两句点明离人三年未归,语句凝重,情思殷殷。此词轻倩妍秀,清新自然。

苏轼二首

【作者介绍】

苏轼(1036—1101),字子瞻,又字和仲,自号东坡居士,世称苏东坡。眉州眉山(今四川眉山)人。父洵,游学四方,母程氏,亲授以书。闻古今成败,辄能语其要。宋仁宗嘉祐二年(1057)试礼部,欧阳修擢置第二,道:"吾当避此人出一头地。"闻者始哗不厌,久乃信服。累官至端明殿学士、礼部尚书。曾通判杭州,知密州、徐州、湖州、颍州等。又曾先后被贬黄州、惠州、儋州。徽宗立，召还，提举玉局观。卒于常州。苏轼在诗文书画领域皆有成就，且自成一家，独具特色。其文汪洋恣肆，明白畅达，与欧阳修并称欧苏，为唐宋八大家之一；诗清新豪健，善用夸张比喻，在艺术表现方面独具风格，与黄庭坚并称苏黄；词开豪放一派，对后代很有影响，与辛弃疾并称苏辛；书法擅长行书、楷书，能自创新意，用笔丰腴跌宕，有天真烂漫之趣，与黄庭坚、米芾、蔡襄并称宋四家；画学文同，喜作枯木怪石，论画主张神似。词集有《东坡乐府》。

江城子

乙卯正月二十日夜记梦①

十年生死两茫茫②，不思量，自难忘。千里孤坟③，无处话凄凉。纵使相逢应不识，尘满面，鬓如霜。　夜来幽梦忽还乡，小轩窗④，正梳妆。相顾无言，惟有泪千行。料得年年断肠处，明月夜，短松冈⑤。

【说明】

这是苏轼悼念亡妻之作。宋仁宗至和元年（1054）苏轼十九岁，与进士王方之女、十六岁的王弗结婚。王弗知书懂诗，聪颖娴静，与苏轼恩爱情深，但不幸王弗二十七岁时（1065）染病早逝。十年后苏轼写下了这首著名的悼亡词。十年中苏轼蹭蹬宦海，多次被贬，但他从没有忘却亡妻。词的上片写相思，感慨悲痛，痴情痴语，哀婉凄凉，积蓄于心中十年的情感，犹如火山喷出，一发而不可收。下片写梦境，先是梦中回乡，假想虚设的相逢；接下是梦中相见，悲喜交加，虚实相生；末尾是梦后感想，缠绵悱恻，催人泪下。

【注释】

①乙卯：宋神宗熙宁八年，公元1075年。
②十年：苏轼原配夫人王弗卒于宋英宗治平二年（1065），至此整十年。

③千里孤坟：王弗故世后葬于四川彭山苏轼故里，距作者当时所在的密州相距数千里。

④轩窗：窗户。轩：有窗的廊子或小屋子。

⑤短松冈：栽种有松树的坟地。此指王弗墓地。

蝶恋花

花褪残红青杏小，燕子飞时，绿水人家绕。枝上柳绵吹又少①，天涯何处无芳草。　墙里秋千墙外道，墙外行人，墙里佳人笑。笑渐不闻声渐悄，多情却被无情恼②。

【说明】

这是一首惜春怀春之作。上片是写景抒怀，首句点出时间为暮春时节，接下两句描绘了一幅秀丽的水乡景色，歇拍两句则表明了作者的惜春情怀，寄托了作者的无限感慨。下片是写人，前三句写墙内秋千上的佳人，和墙外旅途劳顿的行人，佳人天真悦耳的嬉笑声，搅动了行人抑郁的情怀，末两句写笑声离去，行人枉自多情，一个"恼"字，更增加了旅途的惆怅。苏轼词开豪放一派，且又发展了婉约词的艺术，这首《蝶恋花》则是他婉约词的代表，说明坡公在文学创作上具有多方面的才能。

【注释】

①柳绵：柳絮。

②多情：墙外行人。无情：墙内佳人。恼：烦恼，恼怒。

李之仪一首

【作者介绍】

李之仪（1038—1117）北宋词人。字端叔，自号姑溪居士、姑溪老农。沧州无棣（今属山东庆云）人，神宗熙宁三年（1070）进士。曾从苏轼定州幕府，朝夕唱酬，后历官枢密院编修官。徽宗初年，以文章得罪权贵蔡京，除名编管太平州（今安徽当涂）。后遇赦复官，晚年卜居当涂。卒年八十，有《姑溪词》。

卜算子

我住长江头，君住长江尾。日日思君不见君，共饮长江水。　此水几时休①，此恨何时已②。只愿君心似我心，定不负相思意。

【说明】

这是首相思词。作者以长江水流之不休，写无尽的相思和怨恨，寓情于景，情景双佳。全词回环往复，蝉联而下，既具民歌韵味，又显质朴自然，语浅情深，纸短意长，构思新奇，美妙淡雅，历来被广为传诵。

【注释】

①休：停止。
②已：终结。

舒亶一首

【作者介绍】

舒亶（1041—1103），字信道，号懒堂，明州慈溪（今属浙江）人。宋英宗治平二年（1065）进士。宋神宗时，曾任御史中丞等职。宋徽宗朝，由直龙图阁进待制。《宋史》《东都事略》有传。今存辑本《舒学士词》，《全宋词》存其词五十首。

菩萨蛮

画船捶鼓催君去①，高楼把酒留君住。去住若为情，江头潮欲平②。 江潮容易得，只是人南北。今日此樽空③，知君何日同。

【说明】

这是一首惜别词。上片写送别时的情景，高楼把酒为君饯行，推杯换盏欲留君住，可是起航的鼓声频频紧催，江头潮水已平，去留两难决定。下片是送行者的感慨，江潮有信时时来，你我却要天各一方，今日饮尽此杯酒，不知何日再相逢。全词围绕着"去"和"留"来书写主人公依依不舍的离愁别恨，借江潮写别情，空阔杳渺，绵长深厚。

【注释】

①画船捶鼓：起航的鼓声。
②潮欲平：江水涨潮。
③樽（zūn）：古代盛酒的器具。

王雱一首

【作者介绍】

王雱（1044—1076），字元泽，北宋抚州临川人（今江西东乡），文学家，道学、佛学学者。北宋著名政治家、思想家、文学家王安石之子。幼聪慧，未冠，已著书甚多，举进士。官龙图阁学士。世称王安礼、王安国、王雱为"临川三王"。

倦寻芳慢

露晞向晓①，帘幕风轻，小院闲昼。翠径莺来，惊下乱红铺绣②。倚危栏，登高榭，海棠着雨胭脂透③。算韶华④，又因循过了，清明时候⑤。 倦游燕⑥、风光满目，好景良辰，谁共携手。恨被榆钱，买断两眉长皱⑦。忆得高阳人散后⑧，落花流水还依旧。这情怀，对东风、尽成消瘦。

【说明】

　　这是一首春愁之词。上片以写景为主，首三句说明时间和地点，清晨时分，雨霁风轻，深深小院，清幽沉寂；接下两句是写环境，暮春时分，绿树翠径，黄莺飞来，枝上花瓣缤纷飘落，乱红铺得满地锦绣，一个"惊"字，描写鸟飞来，花飘落之景物，栩栩如生，独具匠心；"倚危栏"三句，是触景伤情，见落花而生伤春之意，便独登高楼，凭栏远眺，只见海棠经雨之后，分外妩媚，妖艳动人；"算韶华"三句，乃感慨之言，也是双关之语，感叹美好春光已悄然逝去，青春年华也蹉跎而过。下片从写景转到了描写主人公的内心情感，"倦游燕"四句，写春光明媚，良辰美景，与何人携手共赏，表现了主人公空虚寂寞和百无聊赖之情；"恨被榆钱"两句写主人公愁眉不展，怨情难托；"忆得高阳"两句是写借酒浇愁愁更愁的沉重心情；"这情怀，对东风、尽成消瘦"三句，使人读之黯然泪下，写尽了春愁和幽怨。此词上片写景，景中含情，下片写情，情中带景，缠绵悱恻，含蓄婉丽。

【注释】

　　①露晞（xī）：露水才干。晞：干，晒干。
　　②铺绣：指绿径点缀上落红，色彩斑斓，犹如织锦盖地。
　　③胭脂透：指雨后海棠开放的鲜艳、红润。
　　④韶华：美丽的春光。
　　⑤清明：二十四节气之一，在农历四月五日前后。
　　⑥燕：通"宴"。
　　⑦恨被榆钱，买断两眉长皱：这两句是说因愁苦而双眉不展。语出唐代皮日休《皮子文薮·桃花赋》："近榆钱兮妆翠靥，映杨柳兮颦愁眉。"
　　⑧高阳：即高阳酒徒，汉刘邦兵过高阳，郦食其入谒，自称高阳酒徒。此指沽酒痛饮。

黄庭坚二首

【作者介绍】

　　黄庭坚（1045—1105），字鲁直，号山谷道人、涪翁，分宁（今江西修水）人。

北宋书法家、文学家。宋英宗治平四年（1067）进士。宋哲宗时为校书郎，宋神宗实录检讨管。后以元祐党人，屡遭贬谪，卒于宜州（今属广西）。与秦观、张耒、晁补之并称为"苏门四学士"，后与苏轼齐名，世称"苏黄"。黄庭坚能诗善文，是"江西诗社宗派的开创人"；他又工书法，其书法与苏轼、米芾、蔡襄等被称为宋四家。有《山谷词》。

少年心

对景惹起愁闷。染相思、病成方寸①。是阿谁先有意②，阿谁薄幸③。斗顿恁④、少喜多嗔⑤。　合下休传音问⑥。你有我、我无你分。似合欢桃核⑦，真堪人恨。心儿里、有两个人人。

【说明】

这是一首怨情词，它细腻而生动地刻画了一个女子得知情人变心后，又恼又恨的心理。上片写相思成病，由对景、愁闷，到相思、病成，又到斥问、愤怒，层层深入，吐露心曲，展示了一个憔悴难堪、触景伤怀的形象。下片写对负情者的决绝态度，无情地斥责了负心人的移情别恋和对爱的不专一，表现了女子敢爱敢恨的痛苦心情。这首词清新自然，朴实无华，多用市井俚语，颇具民歌风采。

【注释】

①方寸：心。病成方寸：指她害的心病，即相思病。

②阿：发音词。

③薄幸：薄情，变心。

④斗顿恁：突然间，是宋时俚语。

⑤嗔（chēn）：怒，生气。

⑥合下：宋时俚语，本来、原来的意思。

⑦合欢桃核：此系双关语：合欢桃核内有两个仁仁（人人）。

望江东

江水西头隔烟树,望不见、江东路。思量只有梦来去,更不怕、江阑住①。　　灯前写了书无数,算没个、人传与。直饶寻得雁分付②,又还是、秋将暮。

【说明】

此词以纯真朴实的笔调抒写相思之情。全词以一种相思者的口气说来,一个在江水西头,一个在江水东头,自然不能相会,只能遥望、梦忆,对灯秉笔,终至传书无由。通过一段连贯的类似独白的叙述,用"隔""望""梦""写书"等几个发人想象的细节,把一个陷入情网者的复杂心理和痴顽情态,表现得曲折尽致。词的上片,写相思者想见对方而又不得见,望不见,只好梦中相会的情景。而下片承上片而写,梦中相会终是空虚的,她要谋求实的交流与联系,通过灯前写信的细节,进一步细腻精微地表达主人公感情的发展。清人陈廷焯《白雨斋词话》评此词云:"笔力奇横无匹,中有一片深情,往复不置,故佳。"

【注释】

①阑(lán):同"拦",阻挡。
②直饶:宋人口语,即使;尽管。

秦观六首

【作者介绍】

秦观(1049—1100),字少游、太虚,号淮海居士,扬州高邮(今属江苏)人。北宋文学家。宋神宗元丰八年(1085)进士。宋哲宗元祐初,以苏轼之荐,除太学博士兼国史编修官。绍圣时,坐元祐党籍,连遭贬斥。后召还,道卒于藤州(今属广西)。他与黄庭坚、晁补之、张耒号称为"苏门四学士",颇得苏轼赏识。秦观的词善于通过凄迷的景色、婉转的语调表达伤感的情绪,是婉约派的代表作家,对后来词家,从周邦彦、李清照直到清代的纳兰性德等，都有显著的影响。有《淮海词》。

水龙吟

小楼连远横空①，下窥绣毂雕鞍骤②。朱帘半卷，单衣初试，清明时候。破暖轻风，弄晴微雨，欲无还有。卖花声过尽，斜阳院落，红成阵，飞鸳甃③。　玉佩丁东别后，怅佳期、参差难又。名缰利锁④，天还知道，和天也瘦。花下重门，柳边深巷，不堪回首。念多情、但有当时皓月，向人依旧。

【说明】

这是一首登高怀远之词，写一个妇女怀念远去的男人。上片写景，时间是清明时节，从清晨登高望远，看见人们游春欢乐的热闹情景，到轻风微雨，乍暖还寒之时，居室内的寂寞和凄凉；从街巷的卖花声声，到斜阳庭院的冷落幽静，写出思妇在小楼上由朝至暮的所见所闻。下片是抒情，前三句写分别，分别时易，相见时难；接下三句写分别的原因是和离情之苦，分别是为了名利，相思让人刻骨铭心；"花下重门"三句看似写景，实是忆情，回忆从前两人花下柳边相聚时的情景；末三句是感叹，皓月依旧，物是人非。从上片的白昼，步步深入，层层渲染，写到了皓月当空的深夜。

【注释】

①连远：远望。一作"连苑"。

②下窥（kuī）：向下看。窥：暗中察看。绣毂（gǔ）雕鞍：装饰华丽的车子和马。毂：车轮的中心部分。

③甃（zhòu）：用砖砌（井、池子等），这里指飞花双双坠落，如同砌在井台上的鸳鸯。

④名缰利锁：为名利所困。

八六子

倚危亭，恨如芳草，萋萋刬尽还生①。念柳外青骢别后②，水边红袂分时③，怆然暗惊。　无端天与娉婷④，夜月一帘幽梦，春风十里柔情⑤。怎奈向⑥、欢娱渐随流水，素弦声断⑦，翠绡香减⑧，那堪片片飞花弄晚，濛濛残雨笼晴。正销凝⑨，黄鹂又啼数声。

【说明】

　　这首词写离别相思之情。上片写离别之恨和离别时难分难舍的场面，作者用一个"恨"字将离愁与芳草相联系，后人倍加赞赏，评为"神来之笔"。下片先是回忆分别以前的美好相聚，柔情蜜意，缱绻缠绵；紧接着是回到现实，落花流水，弦断香消，濛濛细雨，日暮相思；末两句是主人公把无尽的相思都付与黄鹂的啼声之中，是黄鹂不知趣，还是啼声添新愁，不得而知，读者自己去想象。全词含蓄婉丽，清纯自然，空灵隽永，饶有余味。

【注释】

①刬（chǎn）：即"铲"。
②青骢（cōng）：青白色相杂的马。此处代指骑马的人。
③红袂（mèi）：红袖子。此处代指女子。
④娉婷：形容女子的姿态美。
⑤春风十里：唐人杜牧《赠别》："春风十里扬州路，卷上珠帘总不如。"
⑥怎奈向：怎奈，奈何。宋人口语。
⑦素弦：琴弦。
⑧翠绡：绿色的丝巾。
⑨销凝：因伤感而凝神。

满庭芳

山抹微云①，天连衰草，画角声断谯门②。暂停征棹，聊共引离尊③。多少蓬莱旧事④,空回首、烟霭纷纷。斜阳外,寒鸦万点,流水绕孤村。　销魂,当此际,香囊暗解⑤,罗带轻分⑥。谩赢得青楼,薄幸名存⑦。此去何时见也,襟袖上、空惹啼痕。伤情处,高城望断,灯火已黄昏。

【说明】

　　这是一首写离别的词,据传作者在一次会稽太守的宴会上,结识了一位歌女,两人热恋很久,最后却还是不得不挥手告别,后来,秦观就写下了这首充满了低回哀婉的感伤情调的词,也是他婉约风格的代表作。词的上片是写别时的景色,作者把他离别时的感伤情绪和寒鸦流水、灯火黄昏等凄清景象融成一片,黯淡心情与萧条秋景巧妙关联,更显得情之深沉;"山抹微云"三句和"斜阳外"三句,首尾相映,诗画境界,"画"笔生辉,苏东坡曾因此戏称他为"山抹微云秦学士",后人传为美谈。下片是写离别时的留恋和惆怅之情,黯然销魂,难舍难分,在平铺直叙中愈显得情意绵长。全词文笔优雅,情景双佳,是脍炙人口的名篇。

【注释】

　　①山抹微云:云彩像是画在山际一样。抹:涂抹。

　　②谯(qiáo)门:建有望楼的城门。谯:谯楼,城门上得了望楼。

　　③引:举杯。尊:同"樽",酒杯。

　　④蓬莱:会稽(今浙江绍兴)有蓬莱阁。

　　⑤香囊暗解:暗自解下香囊作临别纪念。香囊:古人身上的一种佩饰物。

　　⑥罗带轻分:轻轻解下罗带表示赠别。罗带:丝带,古人用结带表示爱情。

　　⑦谩赢得青楼,薄幸名存:语出唐杜牧《遣怀》:"十年一觉扬州梦,赢得青楼薄幸名。"谩:徒然。青楼:妓院。薄幸:薄情。

江城子

西城杨柳弄春柔①。动离忧,泪难收。犹记多情曾为系归舟。碧野朱桥当日事②,人不见,水空流。　韶华不为少年留③。恨悠悠,几时休,飞絮落花时候一登楼。便做春江都是泪,流不尽,许多愁。

【说明】

这是一首暮春怀人伤别之词,是写离愁的佳作。上片写景,触景伤情,前三句劈空而来,直切主题:杨柳惹愁,热泪难收;接下一句是回忆,分别时的情景,历历在目;"碧野朱桥"三句,缠绵悱恻,一往情深。下片是抒情,一咏三叹,情何以堪;"便做春江都是泪,流不尽,许多愁。"千古绝句,哀婉凄楚,动人魂魄。全词清丽淡雅,委婉沉重,给人言已尽而意无穷之感觉。

【注释】

①杨柳弄春柔:杨柳依依,摆弄着春天的柔情。
②朱桥:红色的板桥。
③韶华:比喻美好的青年时代。

鹊桥仙

纤云弄巧①,飞星传恨②,银汉迢迢暗度③。金风玉露一相逢④,便胜却人间无数。　柔情似水,佳期如梦,忍顾鹊桥归路⑤。两情若是久长时,又岂在朝朝暮暮。

【说明】

这是一首写七夕节牛郎、织女鹊桥相会的词。牛郎、织女两星的故事,在汉代已开始流传。传说他俩受天帝的限制,分居银河两侧,一年只有七月七日晚上(七夕)鸟鹊为之搭桥引渡,才得相会。这首词以委婉含蓄的手法,描写了牛郎和织女纯洁诚挚、忠贞不渝的爱情,讴歌了他们追求自由、反对压迫的爱情观念,带有一定的理想色彩。词的上片是写景中兼有议论,下片是抒情中兼有议论,全词融写景、抒情、议论为一体,以高度洗练的语言和脍炙人口的绝句,展现出一个极尽优雅的意境。秦观是北宋婉约词人的代表,这首《鹊桥仙》又是秦观词中的代表作,可谓是名人名篇,尤其是"两情若是久长时,又岂在朝朝暮暮"两句,总领全词,千古传诵。

【注释】

①弄巧:展示技巧。

②飞星:流星。一说指牵牛、织女二星。

③暗度:暗自度过,悄悄度过。

④金风玉露:指秋天景物。语出唐李商隐《辛未七夕》:"由来碧落银河畔,可要金风玉露时。"

⑤忍顾:不忍回顾。

减字木兰诗

天涯旧恨,独自凄凉人不问。欲见回肠,断尽金炉小篆香①。　黛蛾长敛②,任是春风吹不展。困倚危楼,过尽飞鸿字字愁③。

【说明】

这首词描写了一个女子对离家在外丈夫的深切思念。上片首两句便是恨极天涯,不尽凄凉,直道孤独之苦和相思难寄之情,一个"旧"字,写出分别之久和离恨之长;接下两句写相思之痛,痛断肝肠,但此种相思又如金炉香烟,缕缕不绝。下片前两句写愁眉紧锁,任春风吹过,还是长敛不展,愁极之语,沉重不堪;末两句含蕴有情,飘渺空灵。此词全篇抒情,拢共八句,却句句含恨,字数不多,而字字带愁。

【注释】

①篆香:盘香。

②黛蛾:指女子漂亮的眉毛。

③飞鸿:古人有"鸿雁传书"和"鱼传尺素"之说。

赵令畤一首

【作者介绍】

赵令畤,字德麟,自号聊复翁,涿郡(今河北蓟县)人,宋太祖次子燕王德昭元孙。生卒年均不详,约宋徽宗大观末前后在世。宋哲宗元祐中,签书颍州公事,时苏轼为知州,荐其才于朝。后坐元祐党籍,被废十年。绍兴初,袭封安定郡王。有辑本《聊复集》。《全宋词》存其词三十六首。

蝶恋花

欲减罗衣寒未去,不卷珠帘,人在深深处。红杏枝头花几许,啼痕止恨清明雨①。　尽日沉烟香一缕②,宿酒醒迟③,恼破春情绪④。飞燕又将归信误,小屏风上西江路⑤。

【说明】

这是一首闺中怀人之词。上片写伤春,"欲减罗衣""不卷珠帘"两句朦朦胧胧,不见人影,但是隐约可以看见"人在深深处",春日愁思的少妇惆怅自怜之态,不言自显,异常动人;歇拍两句写闺中之人怨恨愁极的心情:落花又逢清明雨,无可奈何春归去,与其说是残花怨雨,不如说是思妇伤春。下片写闺愁,仍是心理刻画,前三句写思妇昼夜燃香,饮酒醉卧,只因春色恼人,愁情难遣;"飞燕又将归信误",构思巧妙,一个"又"字,点出了怅然失望之久,"小屏风上西江路",虚处着笔,空远杳渺,一往情深。此词含蓄深沉,韵味隽永,清新俊秀,别具一格。

【注释】

①啼痕:泪痕。此指杏花上沾的雨迹。止恨:只恨。

②沉烟香:沉香,植物名,又名沉水香,木材可做熏香料。

③宿酒:隔夜的酒。

④恼破:极度烦恼。

⑤西江路:指离人所去之路。

贺铸九首

【作者介绍】

贺铸(1052—1125),字方回,在其诗集中自序称越人,又号庆湖遗老。卫州共城(今河南辉县)人。长身耸目,面色铁青,人称贺鬼头。宋太祖贺皇后族孙。授右班殿直,元祐中曾任泗州、太平州通判。晚年退居苏、常二州,杜门校书。贺铸不附权贵,喜论天下事。能诗善文,尤长于词。其词格较多样,题材丰富,兼有豪放、婉约二派之长;用韵特严,富有节奏感和音乐美。有《东山词》传世。《全宋词》存其词二百八十余首。

鹧鸪天

重过阊门万事非①,同来何事不同归。梧桐半死清霜后②,头白鸳鸯失伴飞。　原上草,露初晞③,旧栖新垄两依依④。空床卧听南窗雨,谁复挑灯夜补衣。

【说明】

这是一首悼亡词,是为悼念亡妻赵氏所作。贺铸妻赵氏,为宋宗室济国公赵克彰之女,勤劳贤惠,与贺铸感情很深。贺铸虽为宋太祖贺皇后族孙,但一生沉沦下僚,抑郁不得志,晚年定居苏州。这首词是宋徽宗建中靖国元年(1101)作者从北方回到苏州时所作。上片前两句写作者重回故地,由于爱妻的故去:同来未同归,使人感到万事皆非,惆怅不已;接下两句写孤独的苦状和寂寞的无奈,生离死别,悲痛。下片前两句是哀叹:人如草露,生命短暂,面对故居新坟,不禁感慨万千;末两句写冷雨空床,辗转难眠,只有昔日妻子挑灯补衣的情景,还历历在目,与人相伴,哀婉凄楚,缠绵悱恻。俞陛云《唐五代两宋词选释》评此词云:"此在悼亡词中,情文相生,等于孙楚。"注:晋人孙楚有《除妇服诗》:"时迈不停。日月电流。神爽登遐。忽已一周。礼制有叙。告除灵丘。临祠感痛。中心若抽。"被时贤人王济评曰:"文生于情,情生于文。"

【注释】

①阊门:苏州城西门,此处代指苏州。

②梧桐半死:比喻丧偶。典出西汉枚乘《七发》:"龙门之桐,高百尺而无枝,其根半生半死"。清霜后:秋天,此指年老。

③原上草,露初晞(xī):这两句是形容人生短促。晞:干。

④旧栖:旧居。新垄:新坟。

捣练子

砧面莹①,杵声齐②,捣就征衣泪墨题。寄到玉关应万里③,戍人犹在玉关西④。

【说明】

这是一首闺怨词,它以捣衣为中心,刻画了闺中思妇思念戍边丈夫的心理活动。"砧面莹,杵声齐"两句,睹物思人,应声生情;"捣就征衣泪墨题",用万种情思捣就征衣,以千行泪水题写家书,辛酸痛苦;"寄到玉关应万里,戍人犹在玉关西",写我家已在玉门西,伊在玉门西更西,凄凉遥远,感慨无奈,但更多的却是关怀和惦念。这首词采取了由近及远,层层递进的写作手法,以精练的语言和含蓄的口吻,表现了思妇对戍边丈夫无限的思念和不尽的担忧。李白《子夜吴歌·秋歌》:"长安一片月,万户捣衣声。秋风吹不尽,总是玉关情。何日平胡虏,良人罢远征。"与此词有异曲同工之妙。

【注释】

①砧(zhēn):捣衣时垫在底下的器具。莹:光洁象玉的石头。形容砧面被磨得晶莹光洁。

②杵声:捣衣的声音。杵:木棒,捣衣用具。古代妇女将准备缝制衣服的布帛或已缝制好的衣物,平铺在砧石上捶平,这就叫捣衣。

③玉关:即玉门关。

④戍人：驻守边防的人。

生查子

西津海鹘舟①，径度沧江雨。双橹本无情②，鸦轧如人语③。 挥金陌上郎④，化石山头妇⑤。何物系君心，三岁扶床女。

【说明】

这是一首写弃妇的词。上片写绝情丈夫离去时的情景，首两句写丈夫乘舟急速而去，径直而走，弃妇在"沧江雨"中送无情郎君，甚是凄凉；接下两句写舟中之人如船橹一样是无情之物，而鸦轧之声则如岸上弃妇的送别之语，绵绵之情，依稀可见，作者在有情和无情之间是愈写愈悲。下片是写弃妇的悲苦之情，"挥金陌上郎"借秋胡戏妻的典故，写丈夫对爱情的不忠贞，"化石山头妇"以望夫石的故事，表达弃妇对丈夫一往情深的爱，两相对比，善恶昭然；末两句"何物系君心，三岁扶床女"，空落、幻想、悲戚、可怜，使人读之潸然泪下。这首词用叙述的方式，揭露了一个负心汉忘恩负义、移情别恋的丑恶面孔，同时又刻画了一个善良贤惠，对爱情忠贞不渝的弃妇的悲剧形象。

【注释】

①西津：指渡口。鹘（hú）：老鹰一类的猛禽，飞得很快，且能长距离飞行。海鹘舟：是指一种快船。

②橹（lǔ）：船橹，多安放于船尾的划水工具。

③鸦轧：象声词。形容器物碰撞发出的声音。

④挥金陌上郎：指秋胡戏妻的故事。典出汉刘歆《西京杂记》六："鲁人秋胡，娶妻三月而游宦，三年休，还家。其妇采桑于郊，胡至郊而不识其妻也，见而悦之，乃遗黄金一镒。妻曰：'妾有夫游宦不返，幽闺独处，三年于兹，未有被辱于今日也。'采不顾，胡惭而退，至家，问家人妻何在？曰：'行采桑于郊，未返。'既还，乃向所挑之妇也。夫妻并惭，妻赴沂水而死。"

⑤化石：即望夫石。相传古代男子久出不归，其妻登山眺望，因而有"望夫

山""望夫石""望夫台"等名。典出南朝宋刘义庆《幽明录》:"武昌阳新县北山上有望夫石,状若人立。相传:昔有贞妇,其夫从役,远赴国难。妇携弱子,饯送此山,立望夫而化为立石,因以为名焉。"

青玉案

凌波不过横塘路①,但目送、芳尘去②。锦瑟华年谁与度③,月桥花院④,琐窗朱户⑤,只有春知处。　飞云冉冉蘅皋暮⑥,彩笔新题断肠句⑦。试问闲愁都几许⑧,一川烟草⑨,满城风絮,梅子黄时雨。

【说明】

　　这是一首写相思的词,这首词在当时影响很大,因首句"凌波不过横塘路",故词牌亦称《横塘路》。词的上片写美人远去,词人只能目送其背影消逝在路尘之中,并暗自思忖"锦瑟华年谁与度"? 天晓得,应是"月桥花院,琐窗朱户"这样的人家吧,单相思之人,抑郁不已。下片进一步写相思,前两句写词人期待与美人重逢,伫立良久却不得相见,只能"彩笔新题断肠句",情愫难通,断人肝肠;"试问"一句,写的巧妙,万千愁绪尽在其中;末三句,空阔绵延,风清雨冷,写出了词人失落的心情,凄苦而迷茫。作者也因"梅子黄时雨"这一佳句,而得"贺梅子"之称号。

【注释】

　　①凌波:形容美人步履轻盈。语出魏曹植《洛神赋》:"凌波微步,罗袜生尘。"横塘:地名,在苏州城西南,词人晚年退隐横塘。

　　②芳尘:美人经过时扬起的尘土。此指美人的倩影。

　　③锦瑟华年:美好的青春年华。唐李商隐《锦瑟》诗:"锦瑟无端五十弦,一弦一柱思年华。"

　　④月桥花院:月色溶溶的小桥,繁花似锦的庭院。

　　⑤琐窗:雕刻连琐纹的窗子。

　　⑥冉冉:缓缓流动的样子。蘅皋(gāo):长满香草的水边高地。

⑦彩笔：指有文采的笔。
⑧闲愁：指男女之愁情。都几许：共有多少。
⑨一川：满地。

感皇恩

兰芷满汀洲①，游丝横路②。罗袜尘生步③，迎顾④，整鬟颦黛⑤，脉脉两情难语。细风吹柳絮，人南渡。

回首旧游，山无重数。花底深朱户。何处，半黄梅子，向晚一帘疏雨。断魂分付与⑥，春将去⑦。

【说明】

这是一首咏别情的词。上片写送别恋人时难舍难分的场面，脉脉含情，衷肠难诉的神态，形象逼真。下片写别后故地重游，万重山外寄相思，以空寂凄凉的景物，衬托出作者黯然销魂的离情。此词朴素自然，清疏淡雅，但细细品味，却觉语浅情深，意蕴隽永。

【注释】

①兰芷：兰草和白芷。泛指香草。汀洲：水边平地。
②游丝：柳丝。
③罗袜尘生步：指美人的脚步。语出魏曹植《洛神赋》："凌波微步，罗袜生尘。"罗袜：丝绸织的袜子。
④迎顾：一边迎走而来，一边回头顾盼。
⑤鬟：头饰。颦黛：皱眉。
⑥分付与：交给，付与。
⑦将去：带去。

薄　幸

艳妆多态，更的的①、频回眄睐②。便认得琴心先许③，与绾合欢双带④。记画堂、风月逢迎，轻颦浅笑娇无奈。向睡鸭炉边⑤，翔鸳屏里⑥，羞把香罗暗解⑦。　自过了烧灯后⑧，都不见踏青挑菜⑨。几回凭双燕，丁宁深意⑩，往来却恨重帘碍。约何时再，正春浓酒困，人闲昼永无聊赖。厌厌睡起⑪，犹有花梢日在。

【说明】

"薄幸"一词，本是"薄情""负心"的意思，多指那些见异思迁、少清寡义的负心男子，而贺铸这首词虽名为"薄幸"，却描写了一对男女相识、相爱以及别后相思的刻骨铭心的恋爱过程。上片写和女子相识相爱的经过，两情缱绻，热烈奔放。下片写别后相思之苦，缠绵悱恻，焦灼无奈。此词上下片对比鲜明，叙事、抒情、写景三位一体，精炼含蓄，无一不佳，受历代词家和词评家所推崇，所以，"薄幸"作为词牌名，贺铸这首词便是此词牌之正格。

【注释】

①的的：明媚的样子。

②眄（miǎn）睐（lái）：斜着眼看。

③琴心：借用卓文君和司马相如的故事。据《史记·司马相如列传》，文君新寡，司马相如以琴心挑之，文君当夜私奔相如。

④绾（wǎn）：系、结。合欢双带：打成双结的绣带，象征爱情。

⑤睡鸭炉：形状如睡鸭的香炉。

⑥翔鸳屏：画有双飞鸳鸯的屏风。

⑦香罗：古代女子的饰物，一种含有香气的丝带。

⑧烧灯：即点灯，此指元宵节。

⑨踏青挑菜：古代风俗，农历二月二为挑菜节，三月三为踏青节。

⑩丁宁：叮咛，嘱咐。

⑪厌厌：同"恹恹"，形容患病而精神疲乏。

浣溪沙

楼角初销一缕霞,淡黄杨柳暗栖鸦①,玉人和月摘梅花。　笑捻粉香归洞户②,更垂帘幕护窗纱,东风寒似夜来些③。

【说明】

　　这是一首写独处深闺少女的词。上片写室外之景,以晚霞、杨柳、栖鸦等景物,衬托出"玉人和月摘梅花"的神态和风韵,百般妩媚,令人玩味。下片写室内景色,笑捻花香,折梅归户,放下帘栊,最后是"东风寒似夜来些",空闺香阁,形单影只,好不凄凉寂寞。此词全篇写景,通过写景赞美一位纯洁如玉、孤芳自赏的少女,清幽淡雅,超凡脱尘。

【注释】

①杨柳暗栖鸦:幽暗的杨柳深处,栖息着归林的乌鸦。
②洞户:深邃而互相通达的门户。
③些(suō):句末语气词。

石州慢

薄雨收寒①,斜照弄晴,春意空阔。长亭柳色才黄,倚马何人先折。烟横水漫,映带几点归鸿,平沙销尽龙荒雪②。犹记出关来,恰如今时节。　将发,画楼芳酒,红泪清歌③,便成轻别。回首经年,杳杳音尘都绝。欲知方寸④,共有几许新愁,芭蕉不展丁香结⑤。憔悴一天涯,两厌厌风月。

【说明】

据南宋吴曾《能改斋漫录》记载，贺铸曾与一女子相爱，久别之后，那女子因思念贺铸，便寄来一首诗："独倚危阑泪满襟，小园春色懒追寻。深恩纵似丁香结，难展芭蕉一寸心。"贺铸见诗有感，因赋此词。上片写关外景色，即客中所见之景，空阔荒凉，悲戚孤独，微露伤春怀人之情绪。下片是追忆和抒情，"芭蕉不展丁香结"一句，与情人诗中"难展芭蕉一寸心"相对应，既答疑又关情，巧妙之极。此词用情良苦，感人至深，铺陈有致，一气呵成。

【注释】

①薄雨：小雨。
②龙荒：即龙沙，塞外。
③红泪：血泪。此指女子悲伤的眼睛。
④方寸：指心。
⑤芭蕉不展丁香结：形容人忧愁难解。唐李商隐《代赠》："芭蕉不展丁香结，同向春风各自愁。"
⑥厌厌：同"恹恹"，形容患病而精神疲乏。

忆秦娥

三更月，中庭恰照梨花雪①。梨花雪，不胜凄断，杜鹃啼血②。　王孙何许音尘绝③，柔桑陌上吞声别。吞声别，陇头流水，替人呜咽。

【说明】

这是一首闺怨词，表达了一个闺中少妇与恋人别后，饱受相思熬煎的极度忧伤痛苦之情。上片写三更人不寐，月照梨花，杜鹃啼血的凄惨景象。下片是叙事，追忆分别时的情景，失落悲伤，又无可奈何，连"陇头流水"也"替人呜咽"。此词语言精练朴实，感情真挚热烈，场面凄凉动人，通篇都笼罩在哀伤之中，使人读之潸然泪下。

【注释】

①梨花雪：梨花落满地，如同白雪。

②杜鹃啼血：杜鹃啼血是一个典故，传说古蜀国有国君名杜宇，又称望帝，被臣子逼位，逃于山中，死后忧愤，化而为鸟，名为杜鹃鸟，终日悲啼，以至嘴角流血，血流到花上，就是杜鹃花。杜鹃：杜鹃鸟，又名子规。啼声凄苦。

③王孙：代指远游之人。典出《楚辞·招隐士》："王孙游兮不归，春草生兮萋萋。"

张耒一首

【作者介绍】

张耒（1054—1114），字文潜，号柯山。祖籍亳州谯县（今安徽亳州），生长于楚州（今属江苏）。宋神宗熙宁六年（1073）进士，历任临淮主簿、著作郎、史馆检讨等职。后被指为元祐党人，数遭贬谪，晚居陈州。张耒是北宋文学家，擅长诗词，与秦观、黄庭坚、晁补之并称为"苏门四学士"。词流传甚少，《全宋词》仅收其词六首。著作有今人李逸安等人编辑的《张耒集》。

秋蕊香

帘幕疏疏风透①，一线香飘金兽②。朱栏倚遍黄昏后，廊上月华如昼③。　别离滋味浓如酒，著人瘦④。此情不及墙东柳，春色年年依旧。

【说明】

据南宋吴曾《能改斋漫录》记载："右史张文潜，初官许州，喜官妓刘淑奴。张作《少年游令》云云。其后去任，又为《秋蕊香》寓意云：'帘幕疏疏风透……'"可见，这首小令是作者离迁许州任时为留恋官妓刘淑奴而作。上片写景，前两句写闺房之景，幽雅、美华、凄清；接下两句写室外，朱栏独倚，伫立良久，只见廊上月光，不见伊人倩影，对景伤情，孤独之感油然而生。下片紧承上片写离愁，"别离滋味浓如酒，著人瘦"，是作者抒发因离别而使人憔悴的不堪之情，浓烈而醇厚；末两句是感叹，感叹春风一吹，柳色依旧，而有情之人却天各一方，缠绵悱恻，情真意切。此词共八句，句句押韵，一韵到底，柔情深婉，耐人寻味。

【注释】

①疏疏：稀疏。
②金兽：兽形的铜香炉。
③月华：月光。
④著：使。

周邦彦五首

【作者介绍】

周邦彦（1056—1121），字美成，号清真居士，钱塘（今浙江杭州）人。宋神宗元丰中，因献《汴都赋》，为神宗所赏。历官太学正、庐州教授、知溧水县等。徽宗朝仕至徽猷阁待制，提举大晟府。他是中国北宋末期著名的词人，并长于诗文，又精通音律，善创新词调。作品多写闺情、羁旅，也有咏物之作，对后世颇有影响。其词风以沉郁顿挫为主，被王国维称为"词中老杜"。有《清真集》传世。

风流子

新绿小池塘，风帘动，碎影舞斜阳。羡金屋去来①，旧时巢燕；土花缭绕②，前度莓墙③。绣阁里，凤帏深几许，听得理丝簧④。欲说又休，虑乖芳信⑤；未歌先噎，愁转清觞⑥。　遥知新妆了，开朱户，应自待月西厢⑦。最苦梦魂，今宵不到伊行⑧。问甚时说与，佳音密耗⑨，寄将秦镜⑩，偷换韩香⑪。天便教人，霎时厮见何妨。

【说明】

这首词的主题是抒写一个男子对所爱女子的相思之情。除起首三句写景以外，其他全是通过回忆、想象和联想等手法,来刻画作者的心理活动,写法十分别致。全词叙述感情发展层层深入,灵活多变,渐渐高涨,逐步加强。末两句一改含蓄婉转之语气,直呼上天,坦白率真,极富感染力。周邦彦的词大都内容单薄,但艺术技巧却很高超,甚值后人欣赏与借鉴。

【注释】

①金屋:据《汉武故事》记载:"若得阿娇做妇,当做金屋贮之也。"阿娇,即后来的陈皇后。

②土花:苔藓。

③莓墙:长满莓苔的墙。

④丝簧:管弦乐器。

⑤乖:违背。芳信:好消息。

⑥清觞(shāng):干净的杯子。

⑦待月西厢:唐人元稹《莺莺传》记莺莺赠张生诗:"待月西厢下,迎风户半开。拂墙花影动,疑是玉人来。"

⑧伊行(háng):她那里,她身边。行:这里、那里的意思。

⑨佳音密耗:秘密的好消息。耗:音信,消息。

⑩秦镜:东汉秦嘉出为吏,其妻徐淑因病不能送行,乃赠秦嘉一面明镜。

⑪韩香:据《晋书·贾充传》载:西晋贾充的女儿贾午爱上韩寿,窃御赐西域奇香赠给韩寿。贾充闻到韩寿身上的香味,知道是女儿所赠,便把贾午许配给韩寿。

满江红

昼日移阴,揽衣起,春帷睡足①。临宝鉴②,绿云撩乱③,未忺妆束④。蝶粉蜂黄都褪了,枕痕一线红生肉⑤。背画栏、脉脉悄无言,寻棋局。　　重会面,犹未卜。无限事,萦心曲⑥。想秦筝依旧⑦,尚鸣金屋⑧。芳草连天迷远望,宝香薰被成孤宿。最苦是、蝴蝶满园飞,无心扑。

【说明】

此词写一个闺中女子伤春怀人的愁绪,哀怨宛转、凄苦缠绵。词的上片,先写这个女子春日睡起的无聊情态。通过上片的一系列精致深刻的描写,女主人公的生活环境与特殊情态已给人以鲜明的印象,形容睡起之妙,十分动人。于是下片则放笔直言,代这个女子倾诉出了满肚子不可遏抑的想思之苦,"最苦是、蝴蝶满园飞,无心扑",灵动之笔,思路奇绝。全词用代言体写成,辞藻富艳,色彩秾丽,刻画精细,并多处化用前人诗、词、文成句,却又毫无板滞堆砌之感,而是脉络清晰,跌宕多姿,叙事言情极有层次。

【注释】

①帷:布帐,帐子。
②鉴:铜镜。
③绿云:形容古代女子的发髻。
④未忺(xiān):不喜欢,不愿意。忺:适意,高兴。
⑤枕痕一线红生肉:指枕印在她脸上留下的痕迹,深深不褪,好像红线一根生在肉里。
⑥萦(yíng):缠绕,牵挂。
⑦秦筝:是一种形似瑟的弦乐器,相传为秦时大将蒙恬所造,故曰"秦筝"。
⑧金屋:据《汉武故事》记载:"若得阿娇做妇,当做金屋贮之也。"阿娇,即后来的陈皇后。

蝶恋花

月皎惊乌栖不定。更漏将阑①,辘轳牵金井②。唤起两眸清炯炯③,泪花落枕红绵冷④。　执手霜风吹鬓影。去意徘徊,别语愁难听。楼上阑干横斗柄⑤,露寒人远鸡相应。

【说明】

这首词写恋人惜别。上片写离别前的情景,从室外到室内,从乌啼、更漏、辘辘之声,到炯炯双眸、红枕落泪之态,凄清寒冷,脉脉含情。下片写离别和别后之情态,由室内写到室外,霜晨风中,执手相送,行者踟蹰,送着哽咽,情真意切,哀婉动人。这首词层次分明,手法细腻,借景抒情,情景双佳,是周邦彦小令中之精品。

【注释】

①更漏将阑:五更将过,天将放亮。更漏:古代的计时器。古时以滴漏计时,凭漏刻传更,故名。阑:残尽。
②鞿辘(lì lú):辘轳,井上汲水装置。
③眸:眼珠。炯炯:明亮的样子。亦释为:内心有事,也不成眠的样子。
④红绵:填在枕头里的木棉。
⑤阑干:同"栏杆"。斗柄:北斗七星中第五至第七颗星,以形似斗柄,故称。

过秦楼

水浴清蟾①,叶喧凉吹,巷陌马声初断。闲依露井②,笑扑流萤③,惹破画罗轻扇。人静夜久凭阑,愁不归眠,立残更箭④。叹年华一瞬,人今千里,梦沉书远。

空见说、鬓怯琼梳⑤,容销金镜⑥,渐懒趁时匀染。梅风地溽⑦,虹雨苔滋,一架舞红都变⑧。谁信无聊为伊,才减江淹⑨,情伤荀倩⑩。但明河影下,还看稀星数点。

【说明】

这是一首作者追忆已经离去的恋人的词作。上片先是写景:夏色溶溶,明月皎皎,凉风习习,街巷静静;而后是写触景伤情和追忆旧情:夜深人静,孤枕难眠,千里追梦,梦境难成。下片写相思,伊人独处闺房,神情憔悴;庭院落英缤纷,零落衰败,使人心绪缭乱,黯然伤神,只能是遥望星空,怀念天各一方的情人。这首词描摹的画面如同电影镜头,极尽变化,历历再现,井井有条地显示出作者感情发展的过程，看似平平铺叙，实则跌宕起伏，沉郁顿挫，耐人寻味。

【注释】

①清蟾：明月。民间传说月宫中有蟾蜍，故古人常以蟾代指月亮。
②露井：没有井亭覆盖的井。
③扑流萤：扑捉飞动着的萤火虫。典出唐人杜牧《秋夕》："银烛秋光冷画屏，轻罗小扇扑流萤。"
④更箭：古人以铜壶盛水滴漏，壶水中立箭标刻度以计时辰，称为更箭。
⑤琼梳：玉制的精美的梳子。
⑥销：同"消"，消失。
⑦梅风：梅雨时节刮的风。地溽：地上潮湿。
⑧舞红：落花。
⑨才减江淹：《南史·江淹传》："江淹少时，宿于江亭，梦人授五彩笔，因而有文章，后梦郭璞取其笔，自此为诗无美句，人称才尽。"此处形容人精神恍惚，才思迟钝。
⑩情伤荀倩：据《世说新语》："荀奉倩妻曹氏，有艳色。妻常病热，奉倩以冷身熨之。妻亡，叹曰：'佳人难再得。'吊之，不哭而神伤，未几，奉倩亦亡。"时人谓之伤情。此处形容人像荀奉倩一样伤情。

夜游宫

叶下斜阳照水①，卷轻浪、沉沉千里。桥上酸风射眸子②。立多时，看黄昏，灯火市。　　古屋寒窗底，听几片、井桐飞坠。不恋单衾再三起。有谁知，为萧娘③，书一纸。

【说明】

这首词写接到情人书信后，激动不已，彻夜难眠时的情景。上片室外，独立桥头，凝神远望，黄昏时分，华灯初上，衬托出主人公惆怅酸楚的愁绪。下片写室内，古屋寒窗，几片落叶飞坠，起卧再三，不恋单衣薄被，情人一纸书信，使人思绪万千,坐立不安,摹写出了主人公冷清孤寂,烦乱不安的心理。此词造境凄清,言情深切,层层叠加,语极浑成。

【注释】

①叶下:叶落。

②酸风射眸子:寒风吹得眼睛发痛。语出唐李贺《金铜仙人辞汉歌》:"魏官牵车指千里,东关酸风射眸子。"

③萧娘:古人对女子的泛称。对男子则称萧郎。语出唐杨巨源《崔娘诗》:"风流才子多思春,肠断萧娘一纸书。"

苏庠一首

【作者介绍】

苏庠,字养直。澧州(今湖南澧县)人。生卒年均不详,约1100年前后在世。初以病目,自号青翁。后徙居丹阳之后湖,更号后湖居士。宋高宗绍兴年间,与徐师川同召,师川赴,养直辞。一生不仕,放浪山水。工诗词。有《后湖词》一卷,得词二十六首。

鹧鸪天

枫落河梁野水秋,澹烟衰草接郊丘①。醉眠小坞黄茅店②,梦倚高城赤叶楼③。 天杳杳④,路悠悠⑤。钿筝歌扇等闲休⑥。灞桥杨柳年年恨⑦,鸳浦芙蓉叶叶愁⑧。

【说明】

这是一首秋思之词,是抒写离情的。上片前两句写秋景,枫落秋水,衰草连烟,一片荒漠凄凉之景象;接下两句写离人醉眠小店,梦倚高楼,写尽离愁难解、百无聊赖之情。下片写相思,作者运用"杳杳""悠悠""年年""叶叶"等叠字,使愁思绵绵如缕,摇曳生姿,读之韵味浑厚,令人回肠。这首词格律工整,语言淳雅,色彩明丽,情景双佳。苏庠诗词颇具唐人之风,此词佳句亦深得唐诗妙处,不失为宋词中的上乘之作。

【注释】

①澹(dàn)烟:飘荡的烟霭。

②坞(wù):地势周围高而中央凹的地方。此指山间村落。黄茅店:乡村客店。

③赤叶楼:女子所居之楼。

④杳杳:深远而幽暗。

⑤悠悠:遥远。

⑥钿筝:镶嵌有金银饰物的筝。歌扇:指唱曲。

⑦灞桥杨柳:汉代人送别,在长安灞桥折柳相赠。故后人以"灞桥杨柳"代指离别。

⑧叶叶:与"夜夜"音谐。叶叶愁:即"夜夜愁"。

毛滂一首

【作者介绍】

毛滂(1064—?),字泽民,衢州江山(今浙江)人。宋哲宗元祐间为杭州法曹,苏轼曾加荐举。官至祠部员外郎,知秀州。有《东堂集》。《全宋词》存其词二百多首。

惜分飞

富阳僧舍作别语赠妓琼芳①

泪湿阑干花著露②,愁到眉峰碧聚③。此恨平分取,更无言语空相觑④。　断雨残云无意绪⑤,寂寞朝朝暮暮。今夜山深处,断魂分付潮回去。

【说明】

　　毛滂词开情韵特胜,潇洒俊逸之风,这首词是毛滂的代表作,写词人与一个妓女的别情。上片是回忆分别时的情景,情人娇态可怜,哀婉沉痛,彼此面面相觑,脉脉无语,凄丽之画面,楚楚而动人。下片写相思,词人羁旅天涯,内心寂寞凄凉,情意缠绵悱恻;末两句手法绝妙:夜居深山,何以有潮声,是断魂的遐想,还是思念的寄托,空灵虚幻,韵味无穷。全词情真意切,音律和美。南宋周辉《清波杂志》评此词云:"语尽而意不尽,意尽而情不尽,何酷似乎少游也!"

【注释】

　　①富阳:今浙江富阳。
　　②泪湿阑干:泪流纵横的样子。
　　③眉峰碧聚:黛眉紧蹙如远山相聚。古代女子以黛画眉,黛色青黑,皱眉时犹如青峰相聚。
　　④相觑(qū):相看,对视。觑:看,瞧。
　　⑤比喻情侣分离。
　　⑥分付:交付。潮回去:潮水带回去。

李廌一首

【作者介绍】

　　李廌,生卒年均不详,约1082年前后在世,字方叔,华州(今陕西华县)人。谒苏轼于黄州,赞文求知。轼谓其笔墨澜翻,有飞沙走石之势。抚其背曰:"子之才,万人敌也。抗之以高节,莫之能御矣。"中年绝进取意,定居长社(今河南长葛县),直至去世。文章喜议论古今治乱,辨而中理。为"苏门六君子"之一。

虞美人

　　玉阑干外清江浦①,渺渺天涯雨。好风如扇雨如帘,时见岸花汀草涨痕添。　　青林枕上关山路，卧想乘鸾处②。碧芜千里思悠悠，惟有霎时凉梦到南州。

【说明】

　　这是一首对景怀人的词。上片写景，春夏之交，近水楼台，好风如扇，细雨如帘，岸花汀草，时隐时现，好一派幽美精巧之景色，淡远清疏，手法绝新。下片由景入情，枕上关山，难以逾越；人隔千里，惊梦南州，一种怀人的孤独之感和对情人的思念之情，不免涌上心头。这首词写的质朴自然，温婉含蓄，耐人回味。

【注释】

　　①玉阑干：玉石栏杆。阑干同"栏杆"。

　　②乘鸾：据汉刘向《列仙传》载，传说春秋时秦有萧史善吹箫，穆公女弄玉慕之，穆公遂以女妻之。史教玉学箫作凤鸣声，后凤凰飞止其家，穆公为作凤台。一日，夫妇俱乘凤凰升天而去。鸾凤统类，后因以"乘鸾"比喻成仙。

第三卷　宋词之二

叶梦得一首

【作者介绍】

叶梦得（1077—1148），字少蕴，号石林居士。苏州吴县（今属江苏）人。绍圣四年（1097）登进士第。历任翰林学士、户部尚书、江东安抚大使等官职。叶梦得一生著述丰富，是南北宋词风变革时期起到重要作用的词人之一，其词风早期婉丽淡雅，后期雄浑清旷。有《石林词》。

贺新郎

睡起流莺语，掩苍苔、房栊向晚①，乱红无数。吹尽残花无人见，惟有垂杨自舞。渐暖霭、初回轻暑。宝扇重寻明月影②，暗尘侵、上有乘鸾女③。惊旧恨，遽如许。　　江南梦断横江渚。浪粘天、葡萄涨绿④，半空烟雨。无限楼前沧波意，谁采蘋花寄取⑤。但怅望、兰舟容与⑥，万里云帆何时到，送孤鸿、目断千山阻。谁为我，唱金缕⑦。

【说明】

这首怀人的词是作者早期的作品，词风婉丽。上片写景，鸟语花红，杨柳飞舞，房栊向晚，宝扇明月，如同梦境一般，静谧空寂，自然而巧妙地表现出了作者内心的幽情。下片写追忆和思念，往事如梦如烟，屡屡再现；思念如苍茫江波，难以寄托，紧接连续三个问句，尽现作者落寞的情怀。全词重在写景，但景景含情，回环往复，荡气回肠，所以，此词一出，便在当时风传一时。

【注释】

①房栊（lóng）：窗户。向晚：傍晚。

②明月影：指团扇。班婕妤《怨歌行》："裁为合欢扇，团团似明月。"

③乘鸾女：月宫里的仙女。旧题柳宗元撰《龙城录》："九月望日，明皇游月宫，见素娥千余人，皆皓衣乘白鸾。"

④葡萄涨绿：形容江水的颜色。古时酿酒，酒面上有绿色的浮沫，称为"绿蚁"。唐李白《襄阳歌》："遥看汉水鸭头绿，恰似葡萄初泼醅。"又唐白居易《问刘十九》："绿蚁新醅酒，红泥小火炉。"

⑤蘋花：春夏间开有小白花的水草。古代女子每于春日佳节郊游，采白蘋花赠情人。

⑥容与：舒缓、安闲的样子。

⑦金缕：曲调名，即《金缕曲》。唐杜秋娘《金缕曲》："劝君莫惜金缕衣，劝君惜取少年时。花开堪折直须折，莫待无花空折枝。"叹人虚度光阴。

李清照十二首

【作者介绍】

李清照（1084—1155?），号易安居士，济南（今山东济南）人。父亲李格非以文章受知与苏轼，母亲王氏也知书能文，故李清照自幼即受完善之教育，少时便有诗名。她与太学生赵明诚结婚后，感情至笃，双方共同校勘古书，唱和诗词，或鉴赏书画鼎彝，生活比较完美。靖康二年（1127），她和赵明诚相继避兵江南，丧失了珍藏的大部分金石书画。后来赵明诚又病死建康，她辗转漂泊于浙中，在孤独生活中度过了晚年。李清照才气纵横，文词洒落，在诗、词、散文方面都有成就的文学家，但最擅长的还是在词。其词风前期清新婉丽，后期词融入了国家之恨和家亡夫死的苦难，显得情深意真、持重淳厚、沉哀伤感。后人辑有《漱玉词》。

醉花阴

薄雾浓云愁永昼，瑞脑消金兽①。佳节又重阳，玉枕纱厨②，半夜凉初透。　东篱把酒黄昏后③，有暗香盈袖。莫道不消魂，帘卷西风，人比黄花瘦④。

【说明】

　　这首词写作者在重阳节思念丈夫的孤独愁绪，写景传神，写情细腻，委婉而含蓄地表达了闺中的寂寞和离情，流露出作者对爱情生活的向往和对大自然的喜爱。据元伊世珍《琅嬛记》："易安以重阳《醉花阴》词函致明诚。明诚叹赏，自愧弗逮，务欲胜之，一切谢客，忘食忘寝者三日夜，得五十阕，杂易安作以示友人陆德夫。德夫玩之再三，曰：'只三句绝佳'。明诚诘之，答曰：'莫道不消魂，帘卷西风，人比黄花瘦。'正易安作也。"这个故事虽是传说，不一定真实，但末一句"人比黄花瘦"，确是千古绝唱。

【注释】

①瑞脑：一种香料。又名龙脑。金兽：兽形铜香炉。
②玉枕：夏天用的磁枕。纱厨：碧纱橱，夏天用来隔壁蚊蝇。
③东篱：种有菊花的地方。陶渊明《饮酒》："采菊东篱下，悠然见南山。"
④黄花：菊花。

小重山

春到长门春草青①，江梅些子破②，未开匀。碧云笼碾玉成尘③。留晓梦，惊破一瓯春④。　花影压重门。疏帘铺淡月，好黄昏。二年三度负东君⑤。归来也，着意过今春⑥。

【说明】

　　这是一首闺情词。上片写春晓之景，芳草萌绿，红梅绽放，温婉的晓梦，被一瓯春意盎然香茶惊破，笔墨间隐隐露出一缕愁思，神来之笔，妙不可言。下片写月夜之景，花影重门，疏帘淡月，如此良辰美景，怎能不是人发出"二年三度负东君。归来也，着意过今春"之感叹。前期的铺叙和积压的愁情，一下子迸发出来了，如火山熔岩，如高山瀑布，喷涌而出，一发而不可收。全词写景清丽幽雅，写情缱绻热烈，不失为李易安早期之佳品。

【注释】

　　①长门：宫门。汉陈皇后别居长门宫，闻司马相如工为文，奉百金为文君取酒，因求解悲愁之词，相如作《长门赋》，以悟武帝。（见司马相如《长门赋》序）
　　②些子：有些，一点的意思，宋时方言。破：开放。
　　③碧云笼碾玉成尘：宋代的茶是团茶，用时要碾碎。碧云：指茶。笼碾玉成尘：唐白居易《游宝称寺》："茶新碾玉尘"。
　　④惊破一瓯春：这句是说：晓梦被一瓯春香茶惊破。瓯：即方言"瓯子"，盅，或酒盅的意思。
　　⑤东君：司春之神。
　　⑥着意：犹言注意。

一剪梅

　　红藕香残玉簟秋①，轻解罗裳，独上兰舟②。云中谁寄锦书来③，雁字回时④，月满西楼。　　花自飘零水自流。一种相思，两处闲愁。此情无计可消除，才下眉头，却上心头。

【说明】

　　这是一首怀人词，是作者新婚不久思念离家远行丈夫赵明诚时所作。这首词不但表达了作者对丈夫热烈、真挚的爱情，而且用灵动飘逸、精秀和畅的笔法不经意间传达出了一个"愁"字，吐露了夫妻离别的相思之苦。末两句："才下眉头，却上心头。"言已尽而意无穷,更加凄绝,不愧为千古经典名句。全词语淡情深,清丽自然。

【注释】

①玉簟(diàn):席子的美称,言秋天来到,席子有些凉了。簟:席子。
②兰舟:木兰树做的船。
③锦书:书信、情书。前秦窦韬曾为秦州刺史,窦韬徙沙漠,临行,与其妻苏蕙别,誓不更娶。至沙漠,更娶妇,苏蕙织锦作回文诗寄给窦韬。后以"锦字""锦书"代称情人间的书信。
④雁字:群雁飞行时,排列成"一"或"人"字形,所以称雁字。又,古人有"鸿雁传书"和"鱼传尺素"之说,故称"雁字回时"。

蝶恋花

暖雨晴风初破冻①,柳眼梅腮②,已觉春心动。酒意诗情谁与共,泪融残粉花钿重③。　乍试夹衫金缕缝,山枕斜欹④,枕损钗头凤⑤。独抱浓愁无好梦,夜阑犹剪灯花弄⑥。

【说明】

这是一首春思词,仍是写婚后不久,夫妻小别,李清照独居时情景。这首词语言精练,生动感人。上片一个"破"字,点出了春回大地,万物复苏,柳芽初上,红梅绽放时春意融融的景象,一个"动"字,传达了词人触景伤情的愁苦心理。下片一个"抱"字,写出词人浓愁万千,无以排遣的孤独之情,一个"弄"字,不但表达词人了百无聊赖、神不守舍之态,同时也显示出了李清照对赵明诚深沉和真挚的爱情。这四个动词运用的精当传神,准确地刻画出了人物的心理特征。

【注释】

①暖雨晴风初破冻:春天来临的象征。
②柳眼:指早春的杨柳。因初生的柳叶如人睡眼初展,故称。梅腮:言梅花露

出红色如美人的腮。

③花钿(tiàn)：指贴在脸上的"花子"。

④山枕：形容枕头垫得很高。欹：倾斜。

⑤钗头凤：钗头饰作凤凰。古代妇女头上的饰物。

⑥夜阑：夜深。灯花：灯芯的灰烬结成花形。

点绛唇

寂寞深闺，柔肠一寸愁千缕。惜春春去，几点催花雨。　倚遍阑干，只是无情绪。人何处，连天芳草，望断归来路①。

【说明】

这是一首闺怨词。上片抒写伤春之情，词人独居深闺，万千愁绪，柔肠寸断，眼看春来春去，花开花落，倍感郁结烦闷。下片抒写离别之情，词人独倚栏杆，离情难以排遣，望断归路，只有芳草萋萋，不见伊人归来，凄绝之情，不言自现。此小令用简洁清丽的语言，表达了词人真挚温婉的情感，全篇"情词并胜，神韵悠然"（清人陈廷焯《云韶集》）。

【注释】

①望断：望到看不见。表示望人之久，望得远。

减字木兰花

卖花担上，买得一枝春欲放①。泪染轻匀，犹带彤霞晓露痕。　怕郎猜道，奴面不如花面好②。云鬓斜簪③，徒要教郎比并看。

【说明】

这首小令用直白朴素的语言,刻画一个少女买花、戴花去看情郎时的心理活动。上片写买花,赏花和赞花,以花自喻,绝妙传神。下片写少女戴花,比花的娇态,春花似人,人似春花,交相辉映,锦上添花。此词写的妙趣横生,天真浪漫。于闺情词来讲,可谓是别开生面。

【注释】

①一枝春:指梅花。
②奴:古时女子的卑称。
③云鬟:言妇人的鬟发如云。

浣溪沙

莫许杯深琥珀浓①,未成沉醉意先融②,疏钟已应晚来风③。 瑞脑香消魂梦断④,辟寒金小髻鬟松⑤,醒时空对烛花红⑥。

【说明】

这是一首闺愁词,是写女词人和丈夫分别后的相思和哀怨。上片写词人独居深闺,寂寞难耐,只能借酒浇愁,但是酒未醉人而人先已心消意融,加之,晚风又送来几杵疏钟,此种意境深婉凄凉。下片写深夜词人从梦里醒来的情景,醉后睡去,夜半惊梦,空阔寂静的闺房,只有词人独对灯花,黯然销魂。这首词含蓄生动,真挚感人。

【注释】

①琥珀(hǔ pò):一种树脂化石,色蜡黄或赤褐,这里形容美酒色浓如琥珀。
②融:融化,消融。一说是和乐、恬适之貌。
③疏钟:稀疏的钟声。
④瑞脑:即瑞龙脑,一种香料。
⑤辟寒金:一种金属,此指用辟寒金做的簪。这句的意思是,辟寒金的簪子小,

难以簪发，因此髻鬟也松了。

⑥烛花：烛心结为穗形叫烛花。

又

绣面芙蓉一笑开①，斜飞宝鸭衬香腮②，眼波才动被人猜③。　一面风情深有韵④，半笺娇恨寄幽怀⑤，月移花影约重来⑥。

【说明】

这首词用浅显易懂的语句和欢快优美的格调描写了一位恋爱中女子的情态。上片写女子美丽的容貌和入时的服饰，娇态如画，惟妙惟肖。下片写少女和情人约会时的情景，意境美妙，大胆直白。全词不但展现了女子娇美的容貌，还刻画了少女内心的纯洁，自由恋爱的气息，甜蜜而清新，写的飞扬灵动，活泼天真。

【注释】

①芙蓉：即荷花。文学作品中常用它来形容人面的美丽。

②宝鸭：香炉。以作鸭形。香腮：指女子的面庞。

③眼波：目光流盼，如同水波那样清澈。

④风情：男女相爱的情怀。

⑤幽怀：郁结的隐秘的感情。

⑥月移花影：语出唐元稹《明月三五夜》："待月西厢下，迎风户半开。拂墙花影动，疑是玉人来。"指男女幽会。

凤凰台上忆吹箫

香冷金猊①，被翻红浪②，起来慵自梳头。任宝奁尘满③，日上帘钩。生怕离怀别苦，多少事、欲说还休。新来瘦，非干病酒④，不是悲秋。　休休。这回去也,千万遍阳关⑤,也则难留。念武陵人远⑥,烟锁秦楼⑦。惟有楼前流水,应念我、终日凝眸。凝眸处,从今又添,一段新愁。

【说明】

　　这首词写离别之情,是词人和丈夫赵明诚分别时所写。上片写离别前的心情,起句"香冷"二字,首先渲染出一种凄清幽寂的环境气氛,"慵自梳头""欲说还休"和"非干病酒",表现出夫妻离别前女词人朝起之慵懒和百无聊赖的神态、离别之苦和万般愁绪的心理、以及病酒悲秋和离肠难扫的苦衷,温婉含蓄之中,吐露出无限情怀。下片写别后词人对丈夫的思念之情,"千万遍阳关",痴情痴语,缠绵悱恻;"念武陵人远",人去楼空,对景怀人;"凝眸处",失落惆怅,又平添一段新愁。全词以婉转曲折的方式,酣畅淋漓地表达了词人一腔离别之心神,写的跌宕起伏,舒卷自如,使人读之余味隽永。

【注释】

①金猊(ní):狻(suān)猊(传说中的一种猛兽)形的铜香炉。
②被翻红浪:形容红锦被子没有叠好,零乱地堆在床上。
③宝奁(lián):精美华丽的梳妆镜匣。
④病酒:酒醉如病。
⑤阳关:唐王维《送元二之安西》:"劝君更尽一杯酒,西出阳关无故人。"后来歌入乐府,以为送别之曲。
⑥武陵:用晋陶渊明《桃花源记》所写武陵渔人进入桃花源的典故。此指遥远的地方。
⑦秦楼:即凤女台,相传春秋时秦穆公女弄玉及其爱人萧史在此居住。后泛指闺楼。

声声慢

　　寻寻觅觅,冷冷清清,凄凄惨惨戚戚①。乍暖还寒时候,最难将息②。三杯两盏淡酒,怎敌他、晚来风急。

雁过也，正伤心，却是旧时相识。　　满地黄花堆积，憔悴损，如今有谁堪摘。守着窗儿，独自怎生得黑。梧桐更兼细雨，到黄昏、点点滴滴。这次第③，怎一个愁字了得。

【说明】

此一首《声声慢》乃名人名篇，为历代词评家所赞誉。起句十四字连叠，失落、寂寞、愁苦之感，一气呵出，如珠玉落盘；下片"点点滴滴"四字叠用，表达出词人内心的凄楚和悲凉；全词十八个叠字，手法独特，创意出奇，如此填词，可谓是亘古一人。这首词字字沉重有力，句句警言传神。词人采用自然铺叙的写作方式，把悲怆深沉的情怀和凄苦哀婉的意境天然浑成地结合为一体，写的淡雅清新，流畅自如，毫无斧凿堆砌之感和娇柔做作之态。

【注释】

①戚戚：忧愁的样子。
②将息：将养调息的意思。
③这次第：这许多情况，这种种情形。

念奴娇

萧条庭院，又斜风细雨，重门须闭。宠柳娇花寒食近①，种种恼人天气。险韵诗成②，扶头酒醒③，别是闲滋味。征鸿过尽，万千心事难寄。　　楼上几日春寒，帘垂四面，玉阑干慵倚④。被冷香消新梦觉，不许愁人不起。清露晨流，新桐初引⑤，多少游春意。日高烟敛，更看今日晴未。

【说明】

李清照的词，善于以曲折细腻的笔法，把一些非常微小的事物和情感，通过高妙的艺术手法加以再现,这首《念奴娇》即是如此,词人用白描的手法勾画出与丈夫离别后的深闺寂寞之情,以及寂寞的闺中人从伤春的低落情绪到盼望游春的心理转变过程,词的主题是通常的"春愁""春闺",但词人却能别出机杼,表现出自己独特的风格和艺术手段。全词清新秀丽,情景兼至,语浅情深,自然浑成。

【注释】

①宠柳娇花:受春天宠爱的杨柳和娇美的鲜花。
②险韵诗:以生疏冷僻字押韵的诗。
③扶头酒:易醉的烈酒。一说"扶头"为酒名。
④阑干:同"栏杆"。
⑤初引:初生,滋长。

临江仙 并序

欧阳公作《蝶恋花》①,有"深深深几许"之句,予酷爱之,用其语作"庭院深深"数阕,其声即旧《临江仙》也。

庭院深深深几许②,云窗雾阁常扃③。柳梢梅萼渐分明④,春归秣陵树⑤,人客建安城⑥。　感月吟风多少事,如今老去无成。谁怜憔悴更凋零,试灯无意思⑦,踏雪没心情⑧。

【说明】

这是一首悼亡词,是李清照为悼念亡夫赵明诚所作。这是南渡以后的作品,字里行间流露出了词人的飘零之感和家国之恨。上片写景,虽是春景,却显得静穆空寂,词人用生机勃勃的早春景色,反衬出客居他乡之人颠沛流离、凄苦郁闷的心情。下片抒情,以对往昔生活的追怀、眷恋与如今飘零异地、悲凄伤感相对比,写出一位年老憔悴、神情倦怠的女词人形象。这首词以明白晓畅、反衬对比的手法,充分显示了词人飘零孤独、柔肠百结的悲戚哀婉的愁苦心境。

【注释】

①欧阳公：即欧阳修。

②几许：几何，多少的意思。

③扃（jiǒng）：关闭。

④梅萼（è）：花未开时，在花瓣外部轮生数片花萼，以保护花瓣。亦称萼片。

⑤秣陵：金陵的别称，今为江宁县。

⑥建安：宋属建州，属今福建。亦作"建康"，即今南京。

⑦试灯：正月十五日灯节前预赏灯节谓之试灯。

⑧踏雪：宋周辉《清波杂志》云："顷见易安族人，言明诚在建康日，易安每值天大雪，即顶笠披蓑，循城远览，以寻诗，得句必邀其夫赓和，明诚每苦之也。"踏雪之事即指此。

赵企一首

【作者介绍】

赵企，字循道，生卒年不详，南陵（今属安徽）人。宋神宗时进士。大观年间（1107—1110），为绩溪令。宣和初（1119），通判台州。仕至礼部员外郎。他能诗善词，尤工词。《全宋词》录其词二首。

感皇恩

骑马踏红尘①，长安重到，人面依然似花好②。旧欢才展，又被新愁分了。未成云雨梦③，巫山晓。　　千里断肠，关山古道，回首高城似天杳。满怀离恨，付与落花啼鸟。故人何处也，青春老。

【说明】

这首词是写男女别情的。上片写短暂相聚之欢和又要分别之悲，前三句写旧地重游，与情人相见时的情景；接下"旧欢""新愁""云雨梦""巫山晓"，由欢至悲，亦真亦幻，缠绵悱恻之情，真挚动人。下片写离别之恨，前三句寓情于景，杳渺凄凉；接下两句写"满怀离恨"，无所寄托，只能"付与落花啼鸟"，无可奈何之情尽在其中；末两句是对青春易逝、人生易老和离多聚少的感叹。全词层次分明，步步深入，写的深沉哀婉，悲凉凄楚，感人至深。

【注释】

①红尘：指热闹繁华之地。

②人面依然似花好：唐崔护《题都城南庄》："去年今日此门中，人面桃花相映红。人面不知何处去，桃花依旧笑春风。"这里反其意而用之，写与旧情人相见。

③云雨梦：指男女欢合。典出宋玉《高唐赋序》：昔者楚襄王与宋玉游于云梦之台，望高唐之观，其上独有云气，崒兮直上，忽兮改容，须臾之间，变化无穷。王问玉曰："此何气也？"玉对曰："所谓朝云者也。"王曰："何谓朝云？"玉曰："昔者先王尝游高唐，怠而昼寝，梦见一妇人曰：'妾，巫山之女也，为高唐之客。闻君游高唐，愿荐枕席。'王因幸之。去而辞曰：'妾在巫山之阳，高丘之阻，旦为朝云，暮为行雨，朝朝暮暮，阳台之下。'"

吕本中一首

【作者介绍】

吕本中（1084—1145），字居仁，寿州（今安徽寿县）人，元祐宰相吕公著之曾孙。绍兴六年（1136）赐进士出身。历官中书舍人、兼直学士元。以忤秦桧罢职，晚年深居讲学，学者称东莱先生。诗属江西诗派，尝集《江西宗派诗》。近人赵万里辑得其词二十六首，为《紫薇词》一卷。

采桑子

恨君不似江楼月，南北东西，南北东西，只有相随无别离。　　恨君却似江楼月，暂满还亏，暂满还亏，待得团圆是几时。

【说明】

这是一首写别情的词。上片作者以"江楼月"比喻他行踪不定,南北东西漂泊,妻子不能像月亮一样陪伴着他,思念之情自然流露。下片仍以"江楼月"比喻,感叹他同妻子聚少离多,难得团圆,写的缠绵幽怨,温婉亲切。全词以月寄情,借月传恨,采取反复咏叹的形式,把作者思念妻子之情渲染的淋漓尽致,入木三分。这首词流动明畅,清丽自然,颇具民歌气息。

窃怀女子一首

【作者介绍】

无名女子,宋人,生卒年、里贯均不详。

鹧鸪天

灯火楼台处处新,笑携郎手御街行。贪看鹤阵笙歌举,不觉鸳鸯失却群。 天表近,帝恩荣。琼浆饮罢脸生春。归来恐被儿夫怪,愿赐金杯作明证。

【说明】

这是一首写元宵的叙事词,作者是一位不知姓名的女子。

《大宋宣和遗事》中,记载了这样一个故事:北宋徽宗宣和年间,社会升平,灯节繁华。是夜,家家户户张灯结彩,男男女女都跑到大街小巷观灯游玩。一位年轻媳妇也与丈夫手拉手逛街观灯。不料,二人被人群挤散了。

当时,皇帝与民同乐,赏酒给百姓喝,这个小女子也挤上前去,抢到一杯喝了,并且将酒杯偷偷揣入怀中。不料,她由于高兴,未及防备,被巡逻的卫兵发现了,便把她捉将起来,去见皇帝。到得皇帝面前,她不慌不忙地朗诵了这首词,说明了拿酒杯的缘由,皇帝听她讲得有理,便谅解了她。从这个故事中,可以看出宋词发展有着十分广阔的群众基础。

词分上下两片,上片写灯火灿烂,笙歌曼舞,夫妇二人被拥挤失散的情形。下片写窃取金杯的缘由。全词语言通俗明白,叙事条理清楚,写的飞扬明快,灵动天真,是别具一格的一首词作。

房舜卿一首

【作者介绍】

房舜卿,宋朝人。身世不详。《全宋词》收其词二首。

忆秦娥

与君别,相思一夜梅花发。梅花发,凄凉南浦①,断桥斜月。　盈盈微步凌波袜②。东风笑倚天涯阔。天涯阔,一声羌管③,暮云愁绝。

【说明】

这是一首伤别词。上片写景,以"梅花发""凄凉南浦""断桥斜月"等真实而又朦胧的景色,渲染出"与君别"的惆怅心情,凄凉孤独,离愁难言。下片亦景亦情,亦真亦幻,前两句以虚幻的手法,点出情人美丽优雅的身影,仿佛在远方的春风中微笑,浪漫而极富想象力;末三句从浪漫中又回到现实,千里他乡,形只影单,暮色降临,一阵羌笛声传来,不觉潸然泪下,情极愁绝。

【注释】

①南浦:泛指面南的水边。此指水边的送别之地。
②凌波袜:指美人的脚步。语出魏曹植《洛神赋》:"凌波微步,罗袜生尘。"罗袜:丝绸织的袜子。
③羌管:即羌笛,古代西域羌人所吹的笛子。

蔡伸二首

【作者介绍】

蔡伸(1088—1156),字伸道,号友古居士,莆田(今属福建)人。宋徽宗政和五年（1115）进士。宣和中，曾通判徐州。历知滁州、徐州、德安府、和州等职。其词铺叙详赡，语言精练，前期多婉约词作，风格多近柳永、周邦彦，晚年格调雄爽近苏轼。有《友古词》

苍梧谣

天，休使圆蟾照客眠①。人何在，桂影自婵娟②。

【说明】

这首十六字令是写月夜相思的。月圆之夜，应是团圆之时，然而作者只身一人，对月难眠，不免触景生情，借月抒离愁，以月寄相思，想象月宫中婵娟的身影，便是情人婆娑的倩影，温婉浪漫，言简情长。

【注释】

①圆蟾：指月亮。
②桂：即桂宫，月亮的别称。婵娟：指美女。

长相思

我心坚，你心坚，各自心坚石也穿。谁言相见难。　　小窗前，月婵娟①，玉困花柔并枕眠②。今宵人月圆。

【说明】

这是一首写团圆的小令。上片写忠贞不渝，海誓山盟。下片写窗前月圆，并枕同眠。看似俚语白话，却诉说了一个爱情真谛：有情人终成眷属。全词写得流畅自然，灵动感人。

【注释】

①月婵娟：月影飘逸美好。

②玉困花柔：形容美人娇柔。

潘汾一首

【作者介绍】

潘汾，字元质，生卒年不详，金华（今属浙江）人。《全宋词》存其词六首。

丑奴儿慢

愁春未醒，还是清和天气。对浓绿阴中庭院，燕语莺啼。数点新荷，翠钿轻泛水平池①。一帘风絮，才晴又雨，梅子黄时。　　忍记那回，玉人娇困，初试单衣。共携手、红窗描绣，画扇题诗。怎有如今，半床明月两天涯。章台何处②，应是为我，蹙损双眉③。

【说明】

这是一首春末夏初时的怀人之作。上片着重写江南初夏景色：寂寞庭院，绿树成荫，燕语莺声，雨打新荷，时晴时雨，梅子黄时，作者寓情于景，点出离愁的痛苦从春天一直延续的初夏。下片写追忆和相思，还是一个初春时节，"玉人娇困，初试单衣。共携手、红窗描绣，画扇题诗"，甜蜜温馨，优美如画；可如今却是"半床明月两天涯"，孤独凄凉，而情人也应为我"蹙损双眉"，相思、寂寞、愁极之情态，逼真传神。

【注释】

①翠钿（diàn）：用金片和翡翠做成的花朵形的装饰品。此指新出水的嫩荷叶。

②章台：宫殿名，秦、汉时都有，后人常用来代指舞榭歌台之地。此代指所思念之人。

③蹙（cù）：皱眉头。

李重元一首

【作者介绍】

李重元,宋人,生卒年、里贯均不详。

忆王孙

萋萋芳草忆王孙①,柳外楼高空断魂,杜宇声声不忍闻②。欲黄昏,雨打梨花深闭门。

【说明】

《唐宋诸贤绝妙词选》一书,收录李重元《忆王孙》(春、夏、秋、冬)词四首,都是以女子口吻道出各个季节的不同景色和触景生情的心理活动,这首词是其中的春词,是一首闺情词。它通过主人公的所见所闻:"萋萋芳草""柳外楼高""杜宇声声",运用借景抒情的艺术手法,描绘出一个闺中少妇思念丈夫的情景;"雨打梨花深闭门"一句,有声有色,如诗如画,余味深长。

【注释】

①王孙:旧时对男子的尊称,如同公子。也常用作出门远行者的代称。
②杜宇:即杜鹃,又名子规。

李玉一首

【作者介绍】

李玉,宋人,生卒年、里贯均不详。《全宋词》仅存其词一首。

贺新郎

篆缕消金鼎①,醉沉沉、庭阴转午,画堂人静。芳草王孙知何处②,惟有杨花糁径③。渐玉枕、腾腾春醒④,帘外残红春已透⑤,镇无聊⑥、殢酒厌厌病⑦。云鬟乱,未忺整⑧。　江南旧事休重省⑨,遍天涯寻消问息,断鸿难倩⑩。月满西楼凭阑久,依旧归期未定。又只恐瓶沉金井⑪。嘶骑不来银烛暗⑫,枉教人立尽梧桐影。谁伴我,对鸾镜⑬。

【说明】

　　这是一首写思妇的词。上片写女主人公醉后午睡,初醒时面对暮春景色思念"王孙"的情景,慵懒娇媚,孤独无奈。下片是追忆和抒情,千回百转,情深意切。这首词如耳边细语,自始至终只有倾诉,没有怨言,只见相思,不见愠怒,写的温婉舒雅,秀丽清新。

【注释】

①篆(zhuàn)缕:香的烟缕,形如篆字。金鼎:铜制香炉。

②王孙:旧时对男子的尊称,如同公子。也常用作出门远行者的代称。

③糁(shēn):本指谷类磨成的碎粒,此指杨花如粉粒飘散满地。

④腾腾:形容醉后初醒时懒散的样子。

⑤春已透:春已尽。

⑥镇:整天,终日。

⑦殢(tì):极困。殢酒:困酒,病酒。

⑧忺(xiān):适意,高兴。

⑨重省:重新记起。

⑩断鸿难倩:难以找到传递书信的鸿雁。古人有"鸿雁传书"和"鱼传尺素"之说。倩(qìng):借助,请托。

⑪瓶沉金井:喻指爱情破裂,永远分离。南朝齐释宝月《估客乐》:"有信数寄书,无信心相忆。莫作瓶落井,一去无消息。"

⑫嘶骑:嘶鸣的马。代指骑马出门的人。

⑬鸾镜:饰有鸾鸟图案的妆镜。

张元幹二首

【作者介绍】

张元幹（1091—1170？），字仲宗，号芦川居士、真隐山人，长乐（今福建）人。宋钦宗靖康元年（1126），任亲征行营使李纲的属官。官至将作监丞。宋高宗绍兴时，不愿与奸臣秦桧同朝，致仕南归。早年词清新婉丽；难度后，词作多以抗金救国为主题，慷慨激昂，风格豪迈。对后来张孝祥、陆游、辛弃疾等人的创作很有影响。有《芦川归来集》《芦川词》。

兰陵王

卷珠箔①，朝雨轻阴乍阁②。阑干外、烟柳弄晴，芳草侵阶映红药③。东风妒花恶，吹落梢头嫩萼。屏山掩、沉水倦熏④，中酒心情怯杯勺⑤。　寻思旧京洛⑥，正年少疏狂，歌笑迷著。障泥油壁催梳掠⑦，曾驰道同载⑧，上林携手⑨，灯夜初过早共约⑩，又争信飘泊⑪。　寂寞，念行乐。甚粉淡衣襟，音断弦索，琼枝璧月春如昨⑫。怅别后华表⑬，那回双鹤⑭。相思除是⑮，向醉里、暂忘却。

【说明】

这是一首惜春怀人之作。上片写醉中春光，朝雨初停、烟柳弄晴、芳草映红，如此春意融融，酒醉之人寂然失落，不免触景伤情。中片是追忆昔日游乐，曾经年少轻狂，冶游京城，香车宝马，携手上林，可谓热闹非凡，快乐至极。下片写别后相思，美人容颜如昨，历历在目；管弦之音，仍绕耳旁，但中原隔绝，南北分离，夫妻不能相见，多少离愁别恨，都倾注在酒杯中，使人一醉方休。南宋许多词人，把这种离愁别恨、闺怨相思之情，都融入到了南北隔绝、故国难收的爱国之情当中了。也就是说，用离别之恨，来表达痛失中原之恨；用相思之情，来寄托故国难收之情。

【注释】

①珠箔（bó）：珠帘。
②乍阁：初停。阁：同"搁"。
③红药：红色的芍药。
④沉水：沉香。植物名，又名沉水香，木材可做熏香料。
⑤中（zhòng）酒：醉酒，喝酒喝伤了。杯勺：酒杯。
⑥旧京洛：指北宋京都汴京。
⑦障泥：鞍鞯，垫在马鞍下，垂在马背两旁，用来挡泥土。油壁：油壁车。一种以油彩涂饰车壁的轻便车，多为妇女乘坐。梳掠：梳妆打扮。
⑧驰道：御道，专供帝王出巡时行驰车马的道路。此泛指京城大道。
⑨上林：汉代皇家宫苑。此指京城园林。
⑩灯夜：正月十五元宵灯节。
⑪争信：怎能相信。
⑫琼枝璧月：指女子美如璧玉。
⑬华表：古代立于宫殿、城垣或陵墓前的石柱。
⑭双鹤：晋陶潜《搜神后记》载：丁令威，本辽东人，学道于灵虚山，后化鹤归辽，集城门华表柱。有少年欲射之，鹤飞而言："有鸟有鸟丁令威，去家千年今始归。"这里用以感叹世事沧桑。
⑮除是：即除非是。

石州慢

寒水依痕①，春意渐回，沙际烟阔。溪梅晴照生香，冷蕊数枝争发。天涯旧恨，试看几许消魂，长亭门外山重叠。不尽眼中青，是愁来时节。　　情切，画楼深闭，想见东风，暗消肌雪②。孤负枕前云雨③，尊前花月。心期切处④，更有多少凄凉，殷勤留与归时说。

到得再相逢,恰经年离别⑤。

【说明】

这是一首思乡怀人之词。上片写春回大地时的苍茫景象和触景生情时的无限愁绪,思乡之情,隐隐浸出。下片是设想闺中妻子独居深院,因思念丈夫而日渐憔悴时的情景,缠绵而惆怅,温婉又凄凉。张元幹本是南宋抗金名臣李纲的行营属官,因不愿与奸臣秦桧同朝,故辞官南归。宋高宗绍兴年间,张元幹又因分别作《贺新郎》词送给主战派胡铨和李纲,触怒了秦桧,而被消除官籍。这首词在思乡怀人的同时,也表达了词人遭奸臣打击,报国无门和愤懑不平的爱国情怀。全词由景入情,述抗金报国之志,慷慨激昂,悲壮凄凉;写夫妻离别之愁,细腻深情,缱绻悱恻。

【注释】

①寒水依痕:初春时节,溪水尚寒,岸边冬日时的印痕依稀可见。
②暗消肌雪:指人渐渐地瘦了。肌雪:女子雪白的肌肤。
③孤负:同"辜负"。
④心期切:心中殷切期望。
⑤经年:整整一年。

吕渭老二首

【作者介绍】

吕渭老,生卒年不详,一作吕滨老,字圣求,秀洲嘉兴(今属浙江)人。宣和、靖康年间在朝做过小官,有诗名。其早期词作多抒写个人情趣,语言精练,风格秀婉。后身逢国难,以写忧国词作出名,豪放悲壮,诚挚感人。南渡后情况不详。有《圣求词》。

薄　幸

青楼春晚①,昼寂寂、梳匀又懒。乍听得、鸦啼莺哢②,

惹起新愁无限。记年时③、偷掷春心,花间隔雾遥相见。便角枕题诗④,宝钗贳酒⑤,共醉青苔深院。　　怎忘得、回廊下,携手处、花明月满。如今但暮雨,蜂愁蝶恨,小窗闲对芭蕉展。却谁拘管。尽无言、闲品秦筝⑥,泪满参差雁⑦。腰肢渐小,心与杨花共远。

【说明】

"薄幸"一词,本是"薄情""负心"的意思,多指那些见异思迁、少清寡义的负心男子,这首"薄幸"却是写一个"偷掷春心"的少女对远方恋人的怀念。上片写晚春时节,"鸦啼莺哢"引起女主人公的愁思,"记年时"是女主人公追忆与情人相识相会的情景,春情溶人,乐陶陶也。下片写相思,暮雨芭蕉,蜂愁蝶恨,泪洒秦筝,小女子已是身心憔悴,"心与杨花共远"一句,幽怨之至,体会入微。这首词语言温婉秀丽,情致缠绵悱恻。可谓写男女恋情的上乘之作。

【注释】

①青楼:此指闺房。

②哢(lòng):鸟叫。

③年时:那年。

④角枕:用兽角装饰的枕头。

⑤贳(shì)酒:赊酒。

⑥秦筝:类似瑟的弦乐器。传为秦蒙恬所造,故称"秦筝"。

⑦参差雁:指筝柱。筝柱斜列,如飞雁成行,故称。

选冠子

雨湿花房①,风斜燕子,池阁昼长春晚②。檀盘战象③,宝局铺棋,筹画未分还懒。谁念少年,齿怯梅酸④,病疏霞盏⑤。正青钱遮路⑥,绿丝明水,倦寻歌扇。　　空记得、小阁题名,红笺青制⑦,灯火夜深裁剪。明眸似水,妙语如弦,不觉晓霜鸡唤。闻道近来,筝谱慵看,金铺长掩⑧。瘦一枝梅影,回首江南路远。

【说明】

　　这是一首怀人的词作。上片写景,通过对环境的描写,衬托出一位少年男子郁郁寡欢、心烦意乱、愁苦忧思的情怀,表现了主人公对恋人无限的情思和爱恋。下片是追忆,是主人公回忆与美丽女子相识、相知、相爱和相别的经过,痴言痴语,纯净自然。此词重在写景,寄景言情,写的凄婉悲艳,情真意切。

【注释】

　　①花房:指花。
　　②池阁:池畔的楼阁。
　　③檀盘战象:这句是说:他正在和人下棋。檀盘:檀木做的棋盘。战象:博弈。
　　④齿怯梅酸:梅子使牙齿感到酸。
　　⑤病疏霞盏:由于相思之病而疏于把杯饮酒。
　　⑥青钱:指榆钱。
　　⑦红笺:粉红色华贵的信笺纸。青制:撰写。
　　⑧金铺:指门上兽面形铜制环钮,用以衔门环。此指门。

扬无咎一首

【作者介绍】

　　扬无咎(1097—1169),南宋词人。字补之,号逃禅老人,又号清夷长者。汉扬雄之裔,自称为太玄(扬雄)后裔,故其书姓从"扌"不从"木"。清江(一作南昌,今属江西)人。宋高宗时,因不愿依附奸臣秦桧,累征不起,隐居而终。他诗、书、画兼长,善画墨梅而负盛名。亦能词,多写男女之情,文辞华美,描写细腻。有《逃禅词》。

生查子

秋来愁更深，黛拂双蛾浅①。翠袖怯天寒，修竹萧萧晚②。　此意有谁知，恨与孤鸿远。小立背西风，又是重门掩。

【说明】

这是一首闺怨词。上片是通过对早晚环境的描写，来表现女主人公的内心世界，深秋时节，黛拂双蛾：晨起；晚风萧萧：夜晚；竹喧天寒，娉婷女子身单衣薄，不仅仅是肉体的寒冷，主要是终日内心的凄凉和孤寂。下片直抒胸臆，抒发女主人公对长期幽居生活的厌烦和怨恨无限、无可奈何的愁情。这首词语言精练且流畅自然，给人一种天然去雕饰之美。

【注释】

①黛：青黑色的颜料，古代女子用来画眉。黛拂：画眉。蛾：即"娥眉"，形容美人的眉毛，细长而弯。

②修竹：修长的竹子。萧萧：风声。

鲁逸仲一首

【作者介绍】

鲁逸仲，孔夷的隐名，字方平，生卒年不详，汝州龙兴（今属河南）人。宋哲宗元祐间（1086—1094），隐居滍阳（今河南），自号滍皋渔父。与李荐、刘攽、韩维为友。《全宋词》录其词三首。

南　浦

风悲画角，听单于①、三弄落谯门②。投宿骎骎征骑③,飞雪满孤村。酒市渐阑灯火,正敲窗,乱叶舞纷纷。送数声惊雁,乍离烟水,嘹唳度寒云。 好在半胧淡月④,到如今、无处不消魂。故国梅花归梦,愁损绿罗裙。为问暗香闲艳⑤,也相思、万点付啼痕。算翠屏应是⑥,两眉余恨倚黄昏。

【说明】

又是一首借羁旅相思而寄托"中原沦丧"哀痛之词。上片从听觉和视觉两方面,有声有色地展现出了一幅图画:画角谯门、骎骎征骑、飞雪孤村、酒市阑珊、数声惊雁、嘹唳寒云,给人一种羁旅他乡,惊魂未定的感觉。下片由雪夜寒云惊雁转入半胧淡月乡愁,由动入静,表达了此人对家人的无限思念和对家乡生活的深深眷恋。上片重在写声,悲壮凄凉,下片重在绘色,素静典雅。

【注释】

①单于:唐代乐曲名,又称《小单于》。
②三弄:奏乐三遍。谯门:建有望楼的城门。
③骎骎(qīn):形容马跑得很快的样子。
④好在:依旧,依然。
⑤暗香闲艳:借指梅花和伊人。
⑥翠屏:借指倚屏人。

康与之一首

【作者介绍】

康与之,生卒年不详,字伯可,一字叔闻,号退轩,一号顺庵,滑州(今属河南)人。南渡后居嘉禾(今浙江嘉兴)。宋高宗建炎初(1127)上《中兴十策》,虽不为用,却名振一时。后依附秦桧,为秦门下十客之一,被擢为台郎。秦桧死,除名编管钦州。绍兴二十八年(1158)移雷州,复送新州牢城,卒。其词多应制之作,不免歪曲现实,粉饰太平,但音律严整,讲求措词。

长相思

南高峰,北高峰,一片湖光烟雾中,春来愁杀侬。　郎意浓,妾意浓,油壁车轻郎马骢①,相逢九里松②。

【说明】

这首《长相思》是以西湖山水为背景,以女子的口吻来描写一对恋人的相会和相思。上片写景,西湖山水好,但对离别之人来说,却是"春来愁杀侬"。下片是回忆,曾几何时,两情相悦,情浓意浓,香车宝马,"相逢九里松"。这首小令写的清新淡雅,温婉秀丽。

【注释】

①油壁车:用油涂饰的华贵车子。骢:青白色相杂的马。
②九里松:地名,位于杭州西湖北。

黄公度一首

【作者介绍】

黄公度(1109—1156),字师宪,号知稼翁,莆田(今属福建)人。绍兴八年(1138)进士第一,签书平海军节度判官。后被秦桧诬陷,罢归。除秘书省正字,罢为主管台州崇道观。十九年,差通判肇庆府,摄知南恩州。秦桧死召还,仕至尚书考功员外郎兼金部员外郎。有《知稼翁集》,词集《知稼翁词》。

菩萨蛮

眉尖早识愁滋味。娇羞未解论心事①。试问忆人不②,无言但点头。　嗔人归不早③。故把金杯恼。醉看舞时腰，还如旧日娇。

【说明】

　　这是一首写离愁别恨的词。上片写愁情，少女"眉尖早识愁滋味"的纯真，被人一语道破，其娇羞多情、柔媚腼腆之态信手可掬。下片写离恨，怨情人不归，便借酒消愁，醉后翩翩起舞，使人自娱自乐，显得那么冲动和纯真，与上片娇羞之少女判若两人，表现了主人公对爱情的向往和憧憬。全词从动态中写人，刻画的细腻精致，栩栩传神。

【注释】

　　①未解：不知道。论：诉说。
　　②不（fǒu）：同"否"。
　　③嗔（chēn）：怒，恼恨。

朱淑真三首

【作者介绍】

　　朱淑真，生卒年不详，生活时代一般定为南宋，号幽栖居士，钱塘（今浙江杭州）人，一说海宁（今属浙江）人。出身仕官之家，幼警慧，善读书。嫁为市井民妻，不得志殁。能画，通音律，工诗词。其词多写幽怨感伤，语淡情浓，形象鲜明，风格婉丽。有诗集《断肠集》，词集《断肠词》。

清平乐

　　恼烟撩露①，留我须臾住②。携手藕花湖上路，一霎黄梅细雨。　　娇痴不怕人猜，和衣睡倒人怀。最是分携时候，归来懒傍妆台。

【说明】

　　此词写天真少女与恋人相会的喜悦和离别的惆怅。上片点明留住须臾，故当时携手情景，藕花细雨历历在目。下片追写依恋情态，表现出对爱情的大胆追求；末二句，叙分别时难言的情景，只用"最是"两字，蕴含无限眷恋之情，归来后哪能不怅然若失。词中以烟露藕花、黄梅细雨等夏日风光做点缀，使形象更为饱满，写得率真大胆，清丽温馨。

【注释】

　　①恼烟撩（liáo）露：恼人的烟波和撩人的露水。
　　②须臾：片刻。

谒金门

　　春已半，触目此情无限。十二阑干闲倚遍①，愁来天不管。　　好是风和日暖，输与莺莺燕燕。满院落花帘不卷，断肠芳草远。

【说明】

　　这是一首闺情词。上片写春愁，"春已半"，仲春时节，"触目此情无限"，触目伤情，愁情无限；"十二阑干闲倚遍"，愁思广阔，"愁来天不管"，忧怨深切。下片抒闺怨，"风和日暖""莺莺燕燕"，反衬主人公的冷落、孤寂和空虚之感；末两句写女主人公百无聊赖，相思断肠和寄情天涯的悲苦心情。此词写的自然流丽，委婉动人。

【注释】

　　①阑干：即栏杆。

减字木兰花

　　独行独坐，独唱独酬还独卧①。伫立伤神②，无奈轻寒著摸人③。　此情谁见，泪洗残妆无一半。愁病相仍④，剔尽寒灯梦不成。

【说明】

　　这是一首抒写春愁的佳作。上片起首两句五个"独"字反复运用，陡起壁立，别具匠心，突出了孤寂的意境，接下两句写独立良久，已黯然伤神，偏有轻寒故意惹人，与李清照《声声慢》开篇异曲同工。下片续写伤感之情，"此情谁见，泪洗残妆无一半"，此句倒装，起到了把感情推向高潮的效果；末两句转而低抑，冷语收结，愈显凄凉。这首小令，造型优美雅致，语言自然流畅，层次分明，浑然天成。

【注释】

①独唱独酬：自唱自和。
②伫立伤神：凝神站立良久，黯然伤神。
③著摸：撩惹。
④相仍：相连，连续。

袁去华一首

【作者介绍】

　　袁去华，生卒年均不详，约宋高宗绍兴末前后在世。字宣卿，奉新（今属江西）人。绍兴十五年（1145）进士。曾任善化、石首县令。学识渊博，文笔精健，尤长于辞赋。有表现自己壮烈怀抱和报国无门的愤世之作，慷慨悲凉；而描写离情别绪的词作，又凄婉幽伤，别具一格。有《适斋类稿》，词集《宣卿词》。

安公子

　　弱柳千丝缕，嫩黄匀遍鸦啼处①。寒入罗衣春尚浅，过一番风雨。问燕子来时，绿水桥边路，曾画楼、见个人人否②。料静掩云窗，尘满哀弦危柱③。　庾信愁如许④,为谁都著眉端聚。独立东风弹泪眼,寄烟波东去。念永昼春闲⑤,人倦如何度。闲傍枕、百转黄鹂语。唤觉来厌厌,残照依然花坞⑥。

【说明】

此词写游子异地思念佳人的心情,客居他乡又适逢春日,倦游思归之心油然而生。上片写弱柳依依,鸦啼柳丛,和风细雨的新春景色触发了游子的思恋之情,继而借问飞燕,何曾见到,绿水桥边,画楼之上,佳人一定是紧闭门窗,也在思念自己,因而懒抚琴瑟,尘满弦柱。下片作者自比多愁善感的庾信,以和煦东风、袅袅烟波、永昼春困、百啭黄鹂来渲染作者的忧愁和苦闷,末两句之"厌厌"和"残照花坞",更添无奈和惆怅。这首词写景有声有色,写人有情有意,全词景起景结,委婉曲折,给人一种"言虽止而意无尽"的感觉。

【注释】

①鸦啼处:指柳树丛中。
②人人:宋时口语,犹言"人儿",情人的昵称。
③哀弦危柱:代指琴。
④庾信:南朝著名诗人,身逢乱世,多愁善感。
⑤永昼春闲:春日寂寞无聊,便觉天长难以打发。
⑥花坞:花房,花圃。

陆淞一首

【作者介绍】

陆淞,生卒年均不详,约宋高宗绍兴中前后在世。字子逸,号云溪,山阴(今浙江绍兴)人,陆游长兄。曾知辰州,晚年以疾废。《全宋词》存其词二首。

瑞鹤仙

脸霞红印枕,睡觉来①、冠儿还是不整。屏间麝煤冷②,但眉峰压翠,泪珠弹粉。堂深昼永,燕交飞风帘露井③。恨无人说与，相思近日，带围宽尽④。　重省，残灯朱幌⑤，淡月纱窗，那时风景。阳台路迥，云雨梦⑥，便无准。待归来，先指花梢教看，欲把心期细问。问因循过了青春⑦，怎生意稳⑧。

【说明】

据南宋陈鹄《耆旧续闻》卷十载，陆淞客居会稽时，常与一些文人墨客一起游宴，其中有一个士人的侍姬名盼盼，色艺出众，陆淞很喜欢她。有一次宴会上，盼盼偶然因睡觉没来劝酒助兴，陆淞问起她，这士人马上叫盼盼出来见客，她的脸上还带着枕痕，陆淞因赋此词，并盛传一时。上片写女主人公睡起后无心梳洗，对景伤春柔美情态。下片是追忆旧时的欢乐情景，感叹眼前的凄凉景象；并想象"待归来"，便嗔怪一番，愈显得灵慧可爱。此词情景双胜，温婉深厚。

【注释】

①睡觉：睡醒。

②麝煤：墨的别称，这里指屏风上的墨画。

③露井：没有遮盖的井。

④带围宽尽：指人消瘦了，腰带变得宽松了。

⑤朱幌：朱红色的帷帐。

⑥云雨梦：指男女欢会。典出宋玉《高唐赋序》：昔者楚襄王与宋玉游于云梦之台，望高唐之观，其上独有云气，崒兮直上，忽兮改容，须臾之间，变化无穷。王问玉曰："此何气也？"玉对曰："所谓朝云者也。"王曰："何谓朝云？"玉曰："昔者先王尝游高唐，怠而昼寝，梦见一妇人曰：'妾，巫山之女也，为高唐之客。闻君游高唐，愿荐枕席。'王因幸之。去而辞曰：'妾在巫山之阳，高丘之阻，旦为朝云，暮为行雨，朝朝暮暮，阳台之下。'"

⑦因循：拖延，虚度光阴。

⑧怎生意稳：怎能安心。

陆游一首

【作者介绍】

陆游（1125—1210），字务观，自号放翁，宋朝山阴（今浙江绍兴）人。南宋时期著名的爱国诗人。现存有《剑南诗稿》。陆游幼年时正当金人南侵,长期过着逃难的生活,在家里又受到很多的爱国教育,青年时就树立了抗金救国的思想。但是正因为他始终坚持抗金复国的主张,所以在政治上他历尽坎坷:参加进士考试受秦桧迫害;策划北伐失败被罢免官职;到四川当兵却又不得志;在临安(今浙江杭州)做地方官,因替民众干了一些好事,最后连地方官也被免了。没有实现抗金主张,他常常做诗饮酒,消磨壮志,有人笑他放浪不羁,他就自称为"放翁"。陆游的诗内容非常丰富,他能吸收前代作家的许多优点而又有新的创造,雄浑清新,自成一家。钱钟书《宋诗选注》评曰:"他(陆游)的作品主要有两方面:一方面是悲愤激昂,要为国家报仇雪耻,恢复丧失的疆土,解放沦陷的人民;一方面是闲适细腻,咀嚼出日常生活的深永的滋味,熨帖出当前景物的曲折的情状。"陆游在散文和词方面也卓有成就,其词风格变化多样,多圆润清逸,亦不乏忧国伤时、慷慨悲壮之作。词集有《渭南词》。

唐婉,生卒年不详,陆游第一任妻子,陆游母之甥女。夫妻两人感情笃深,但结婚不到三年,因陆游母所逼离异,改嫁赵士程,怏怏早逝。《全宋词》仅存其词一首。

钗头凤

红酥手①,黄縢酒②,满城春色宫墙柳③;东风恶④,欢情薄⑤,一怀愁绪,几年离索⑥,错、错、错。 春如旧,人空瘦⑦,泪痕红浥鲛绡透⑧;桃花落,闲池阁⑨,山盟虽在,锦书难托⑩,莫、莫、莫。

唐婉一首

钗头凤

世情薄,人情恶⑪,雨送黄昏花易落;晓风干,泪痕残⑫，欲笺心事⑬，独语斜栏⑭，难、难、难。　人成各，今非昨，病魂常似秋千索⑮；角声寒，夜阑珊⑯，怕人询问，咽泪妆欢，瞒、瞒、瞒。

【说明】

据南宋周密《齐东野语》记："放翁娶唐氏，与其母夫人为姑侄，伉俪相得，而弗获于姑。既出而未忍绝之，则为之别馆，时时往焉。其姑知而掩之，虽先知挈去，然事不得隐，竟绝之。唐后改适宗子士程，尝以春日出游，相遇于禹迹寺南之沈氏园。唐以语赵，遣致酒肴，陆怅然久之，为赋《钗头凤》一词题壁间云。……实绍兴乙亥岁也。"绍兴乙亥岁亦即绍兴二十五年，也就是公元1155年，这年春陆游第一次来到家乡山阴城南禹迹寺附近的沈园，这时陆游三十一岁，在沈园偶遇唐婉，伤心之至，趁醉在园壁上写下这首《钗头凤》，词中记述了词人与唐婉的这次相遇，表达了彼此眷恋之深和相思之切。唐婉亦答《钗头凤》词一首，诉说了这位深受封建礼教迫害的无辜女子的心声，写的如泣如诉，催人泪下。这两首词分别从男女双方，反映了这一爱情悲剧给他们夫妻所造成的心灵创伤。

另：公元1199年，陆游第二次到沈园，这年陆游七十五岁，想起旧事，写了这两首诗。第一首："城上斜阳画角哀，沈园非复旧池台。伤心桥下春波绿，曾是惊鸿照影来。"写故地重游勾起回忆，写得很凄凉，重点放在景物的渲染上，所描写的景无一不倾注了深情：城头西坠的斜阳，萧条寂静的园林，完全是自己老态龙钟的写照；悲哀的画角，呜咽的河水，正是自己悲哀情绪的反映。诗人自己与景物合而为一，所以诗读起来十分感人。第二首："梦断香消四十年，沈园柳老不吹绵。此身行作稽山土，犹吊遗踪一泫然。"这首以抒情为主，通过目击二人见面的柳树已经老了，不再飞絮，寄托自己的感叹，末句写对景怀人，老泪纵横，含意丰富，包括了悲伤、悔恨，也凝结了对唐婉深沉的爱。宋代的五七言诗有个缺陷，就是写爱情的诗少得可怜，宋人在恋爱生活里的悲欢离合不反映在他们的诗里，而常常出现在他们的词里。陆游又是写惯了刀光剑影的从军之作的诗人，这两首写情的作品沉挚深厚，婉约感人，是宋诗里少得可怜的几首写爱情的诗里最成功的两首。陆游的这两首诗和他、唐婉的《钗头凤》两首词，诗、词俱佳，相得益彰。清人陈衍《宋诗精华录》评说："无此等伤心之事，亦无此等伤心之诗。就百年论，谁愿有此事？就千秋论，不可无此诗。"

【注释】

①红酥手：红润白嫩的手。

②黄縢（téng）酒：即黄封酒，用黄纸封口的官酿的酒。

③宫墙：山阴原是古代越国的都城，南宋曾以山阴为陪都，故有宫墙之称。这里指沈园的围墙。

④东风恶：此隐喻陆游母逼迫其与唐婉离异之事。

⑤欢情薄：指夫妻恩爱生活之短暂。

⑥离索：离散。

⑦人空瘦：指当时看到唐婉的消瘦和憔悴。

⑧浥（yì）：湿润。鲛绡：手帕。《述异记》载：南海有鲛人（人鱼），住水中，长于织绡，名"鲛绡纱"，一名"龙纱"。后人以鲛绡为帕的别称。

⑨闲池阁：指沈园内荒凉、冷落的景象。

⑩锦书难托：锦书难以寄出。因唐婉已改嫁，陆游已再娶，故称。

⑪世情薄，人情恶：世态炎凉，人情冷落。

⑫晓风干，泪痕残：晓风已把花上的露水吹干了，眼泪却无法擦干净。

⑬欲笺心事：满心痛苦，不能表露。

⑭独语斜栏：只能独倚栏杆，自言自语。

⑮病魂：指痛苦的心灵。秋千索：秋千架上飘荡的绳索。此句形容自己神情恍惚、心绪不定。

⑯角声：城头上报时的号角之声。阑珊：将尽。

范成大一首

【作者介绍】

范成大（1126—1193），字致能，号石湖居士，吴郡（今江苏苏州）人。宋高宗绍兴二十四年（1154）进士，官至参知政事。晚年退居故乡石湖。与尤袤、陆游和杨万里并称"南宋四大诗人"。其诗题材广泛，以爱国诗和田园诗为主。亦工词，以清逸、淡远见长。有《石湖词》一卷。

忆秦娥

楼阴缺①，阑干影卧东厢月。东厢月，一天风露，杏花如雪。　隔烟催漏金虬咽②，罗帏黯淡灯花结。灯花结③，片时春梦④，江南天阔。

【说明】

　　这首词写深闺少妇怀人念远之情。上片写户外，作者勾勒出楼台栏杆、风露杏花交相辉映于月光之下的园林景色，清幽淡雅。下片写室内，由近及远，由现实到梦境，亦真亦幻，引人遐思。全词未写人之神态，而神态自现，不言愁而愁随梦远。

【注释】

　　①楼阴缺：楼阁被树阴遮住一部分。
　　②金虬（qiú）：漏箭上的装饰。虬：古代传说中的有角的小龙。
　　③灯花结：古代以为灯烛结花，将有喜讯。
　　④片时春梦：化用岑参《春梦》诗："枕上片时春梦中，行尽江南数千里。"其意。

辛弃疾五首

【作者介绍】

　　辛弃疾（1140—1207），字幼安，别号稼轩，历城（今山东济南）人。生于汴京沦陷后的金人占领区。绍兴三十一年（1161），参加耿京领导的抗金义军，次年受命奉表南归。历任湖北、江西、湖南、福建、浙东安抚使等职。一生力主抗金，曾多次上书，陈抗金复国方略，虽均未被采纳，却显出其卓越的军事才能与爱国热忱。后为当权者所忌，免职闲居先后达二十年之久，终以报国无门，忧愤而死。其词题材广阔，笔力雄浑，刚柔兼备，纵横如意，以具有沉郁顿挫、苍凉悲壮特色的豪放词为主，同时也不乏细腻柔媚、清丽温婉之作，与苏轼并称"苏辛"。有《稼轩长短句》。

念奴娇

书东流村壁①

野棠花落，又匆匆过了，清明时节②。划地东风欺客梦③，一枕云屏寒怯。曲岸持觞，垂杨系马，此地曾轻别。楼空人去，旧游飞燕能说④。　　闻道绮陌东头⑤，行人曾见，帘底纤纤月⑥。旧恨春江流不尽，新恨云山千叠。料得明朝，尊前重见，镜里花难折⑦。也应惊问，近来多少华发。

【说明】

　　这是一首伤春怀人之词。上片由落花伤春起句，写重经东流村，旅况凄凉，因而忆起当初一段恋情和与佳人离别时依依不舍的情景，离愁别绪，依稀可见。下片写所闻佳人目前的状况后，"旧恨"未了，又添"新恨"，无可奈何之际，便生幻想，设想若能重见，她大概也会惊问：近来您怎么添了这么多白发？不尽感慨寓于其中，耐人寻味。辛弃疾惯于写沉郁顿挫、苍凉悲壮的豪放词，这首婉约词纤丽之中带有悲壮，脍炙人口，可谓别具魅力。

【注释】

　　①东流：今安徽东至。

　　②清明：二十四节气之一，在四月四、五或六日。

　　③刬（chǎn）地：无端，无缘无故，宋时方言。

　　④楼空人去，旧游飞燕能说：化用苏轼《永遇乐·夜宿燕子楼》词："燕子楼空，佳人何在，空锁楼中燕"。

　　⑤绮陌：繁华的街道。

　　⑥纤纤月：比喻美人之足。

　　⑦镜里花难折：喻名花有主了。应该是"花开堪折直须折，莫待无花空折枝"。

祝英台近

晚春

宝钗分①，桃叶渡②，烟柳暗南浦③。怕上层楼，十日九风雨。断肠片片飞红，都无人管，更谁劝啼莺声住。　鬓边觑④，试把花卜归期，才簪又重数。罗帐灯昏，哽咽梦中语：是他春带愁来，春归何处，却不解带将愁去。

【说明】

　　这是一首闺怨词。上片由女子视角中的暮春景色，渲染一对情人的离愁别恨和登高望远时的怀人情景，缠绵悱恻。下片由闺中人的一系列细节动作来表现她的心理活动和伤别情怀，委婉细腻。此词借伤春以怀人，徘徊宛转，刚柔兼善。清人沈谦《填词杂说》评此词曰："稼轩词以激扬奋厉为工，至'宝钗分，桃叶渡'一曲，昵狎温柔，魂销意尽。才人伎俩，真不可测。"

【注释】

　　①宝钗分：古代情人分别时，常将钗分作两段，男女各执一段，以为纪念。

　　②桃叶渡：在南京秦淮河与青溪合流之处。传说东晋王献之有爱妾名桃叶，献之常在此迎送桃叶，并作《桃叶歌》，因名其地为"桃叶渡"。此指送别情人之地。

　　③南浦：泛指分别之地。

　　④觑（qū）：细看。

青玉案

元夕①

东风夜放花千树②，更吹落、星如雨③。宝马雕车香满路。凤箫声动④，玉壶光转⑤，一夜鱼龙舞⑥。　蛾儿雪柳黄金缕⑦，笑语盈盈暗香去⑧。众里寻他千百度。蓦然回首⑨，那人却在，灯火阑珊处⑩。

【说明】

　　这首词表面上是一首婉约词,实际上抒发的是作者追求的一种理想。上片极写元宵节绚丽多彩的热闹场面,渲染游人如织的佳节盛况。反衬出下片所描绘的一个孤高淡泊、超群不俗、脱离了金脂玉粉的女子形象,也是词人自己不苟流俗,坚守节操形象的写照。此词构思巧妙,细腻委婉,与北宋婉约派大家晏殊和柳永相比,在艺术上毫不逊色。王国维先生在《人间词话》中把晏殊《蝶恋花》之"独上高楼,望尽天涯路"、柳永《蝶恋花》之"衣带渐宽终不悔,为伊消得人憔悴"和辛弃疾的这首《青玉案》之"众里寻他千百度。蓦然回首,那人却在,灯火阑珊处"一起比作治学的三种境界。梁启超评此词:"自怜幽独,伤心人别有怀抱。"

【注释】

　　①元夕:元宵节晚上。

　　②花千树:叠彩花灯,扎灯于树枝。

　　③星如雨:燃放烟花爆竹。

　　④凤箫:洞箫的美称。传说春秋时秦国的萧史和妻子弄玉住凤台,曾吹箫引来凤凰,故称。

　　⑤玉壶:比喻月亮。

　　⑥鱼龙:指各种彩灯。

　　⑦蛾儿雪柳黄金缕:指姑娘头上的各种装饰。这里指盛装的女子。

　　⑧暗香:幽香,借指美人。

　　⑨蓦(mò)然:猛然。

　　⑩阑珊:冷落稀少。

清平乐

　　春宵睡重,梦里还相送。枕畔起寻双玉凤①,半日才知是梦。　　一从卖翠人还,又无音信经年②。却把泪来作水,流也流到伊边③。

【说明】

　　这是一首闺情词。上片写梦境，春夜入梦，梦里相送，分一半玉钗作为信物，猛然醒来，"半日才知是梦"，情真意切，凄清婉丽。下片写离愁，闺中少妇，与所爱之人，分别一年，音讯全无，是生是死，全然不知，是否变心，亦不得而知，相思之泪，汇成河水，"流也流到伊边"，一往情深，凄厉感人。全词描写细腻，形象生动，人物刻画惟妙惟肖。

【注释】

　　①双玉凤：古代情人分别时，常将玉钗分作两段，男女各执一段，以为纪念。
　　②经年：一年。
　　③伊：指所爱之人。

醉太平

春晚

　　态浓意远①，眉颦笑浅②，薄罗衣窄絮风软。鬓云欺翠卷。　　南园花树春光暖，红香径里榆钱满③。欲上秋千又惊懒，且归休怕晚。

【说明】

　　这仍是一首写闺情的词，写春晚之时，深闺女子难以名状的忧愁之情。上片写佳人柔弱轻盈之态，虽娇艳若春兰，却凝重而高雅。下片看似写春暖花树，榆钱香径之景，实则烘托女子百无聊赖、孤独伶仃之情，细腻精致，逼真传神。此词情态俱妍，温润舒雅。

【注释】

　　①态浓意远：化用杜甫《丽人行》"态浓意远淑且真，肌理细腻骨肉均"之句，形容丽人姿态凝重，神情高雅。

②颦（pín）：皱眉。

③榆钱：榆树的果实。

程垓三首

【作者介绍】

程垓，生卒年不详，字正伯。眉州眉山（今四川眉山）人。宋孝宗淳熙年间尝游临安。其词多写男女恋情，词风凄婉绵丽，有《书舟词》。

摸鱼儿

掩凄凉、黄昏庭院，角声何处鸣咽①。矮窗曲屋风灯冷，还是苦寒时节。凝伫切②，念翠被熏笼③，夜夜成虚设。倚阑愁绝，听凤竹声中，犀影帐外④，簌簌酿寒轻雪⑤。　　伤心处，却忆当年轻别，梅花满园初发。吹香弄蕊无人见，惟有暮云千叠。情未彻，又谁料而今，好梦分吴越⑥。不堪重说，但记得当初，重门深锁，犹有夜深月。

【说明】

程垓善于写男女恋情之词，其词风近柳永。这首《摸鱼儿》以秀艳幽畅的笔法，描写了词人对曾经的一段爱情生活的无限追忆，铭心刻骨。上片是渲染黄昏时分庭院的荒凉和室内的寒冷，在此气氛中，怎能不让人触景伤情。过片承上写愁苦之情，"却忆当年轻别"，谁料"好梦分吴越"，"不堪重说"，缠绵悱恻，凄婉沉重。

【注释】

①角声：城头上报时的号角之声。

②凝伫圻：依门凝神伫立。圻：通"砌"，门槛；阶石。
③翠被熏笼：形容温暖沉醉。化用韦庄《酒泉子》："熏笼蒙翠被，绣帐鸳鸯睡。"
④犀：镇帷之物。
⑤簌簌（sù）：象声词，形容风吹叶子等的声音。
⑥吴越：吴、越是我国古代春秋时期两个有世仇的敌国。此喻天各一方。

酷相思

月挂霜林寒欲坠①。正门外、催人起。奈离别、如今真个是，欲住也、留无计，欲去也、来无计。　马上离魂衣上泪。各自个、供憔悴。问江路、梅花开也未。春到也、须频寄②；人到也、须频寄。

【说明】

这是一首写离情的词。上片写黎明时分，门外送别，"欲住也、留无计，欲去也、来无计"，一咏三叹，恋恋不舍，情景异常凄楚。下片写马上相送，离别已成事实，无可奈何，只有殷殷希望，嘱咐再三："春到也、须频寄；人到也、须频寄"，痴痴之心、真挚之情跃然纸上。此词言近意深，自然传神，颇为感人。体现了《酷相思》"酷"之无情也，是程垓的代表作之一。

【注释】

①月挂霜林寒欲坠：说明天已黎明时分。
②须频寄：一定要多写书信回来。

卜算子

独自上层楼，楼外青山远。望到斜阳欲尽时，不见西飞雁①。　独自下层楼，楼下蛩声怨②。待到黄昏月上时，依旧柔肠断。

【说明】

　　这是一首闺怨词。上片写少妇独自登楼望远，望到黄昏时分，只见连绵青山，不见西飞鸿雁，看似不动声色，却是郁郁不乐，表面镇静自若，内心怅然若失，妙笔传神。上片起句"独自上层楼"，是带着期望上楼，下片起句"独自下层楼"，是满怀失落下楼，一字之差，平和处显出孤独和无奈，末两句把全词推向高潮，一天的失望，许多的愁怨，都附于柔肠寸断之中。

【注释】

　　①西飞雁：古人有"鸿雁传书"和"鱼传尺素"之说。
　　②蛩（qióng）：古书上指蟋蟀。也叫促织，俗称蛐蛐。

陈亮一首

【作者介绍】

　　陈亮（1143—1194），字同甫，号龙川。婺州永康（今浙江永康）人。宋孝宗时曾多次上书朝廷，反对和议，力主恢复，因触怒当权者，三次被诬入狱，遂愤而归家治学十年。宋光宗绍熙四年（1193）擢进士第一，授签书建康府官厅公事，未及到任即病卒。南宋著名哲学家、文学家。其词风格豪放，雄辩自然，与辛弃疾近，但更为痛快淋漓，此外，还有一些婉约绮丽之作。有《龙川文集》，词集《龙川词》。

水龙吟

春恨

　　闹花深处楼台，画帘半卷东风软。春归翠陌，平莎茸嫩①，垂杨金浅。迟日催花②，淡云阁雨③，轻寒轻暖。

恨芳菲世界，游人未赏，都付与，莺和燕。　　寂寞凭高念远，向南楼、一声归雁。金钗斗草④，青丝勒马⑤，风流云散。罗绶分香⑥，翠绡封泪，几多幽怨。正销魂又是，疏烟淡月，子规声断⑦。

【说明】

　　从字面上看，陈亮这首词是写伤春怀远的。上片写景，极力渲染春日美好的景色，然而清人刘熙载《艺概》卷四云："同甫《水龙吟》云：'恨芳菲世界，游人未赏，都付与，莺和燕。'言近指远，直有宗留守（泽）大呼'渡河'之意。"又一首借春怨之别，寄国家之恨的好词啊！下片写情，直抒独居之寂寞，别后之幽怨，销人魂魄，荡气回肠。全词亦景亦情，或虚或实，隐约曲折，耐人寻味。

【注释】

　　①平莎：平原上的莎草。

　　②迟日：指春日昼长。

　　③阁雨：雨止。阁：同"搁"。

　　④金钗：指女子。斗草：又称"斗百草"，古代的一种游戏，采集各种花草，比赛优劣多寡，女孩常玩。南朝梁宗懔《荆楚岁时记》："五月五日，四民并踏百草，又有斗百草之戏。"

　　⑤青丝勒马：用青丝绳做马络头。

　　⑥罗绶分香：送给爱人带有香气的罗带以为纪念。罗绶：罗带，古代女子常以罗带赠别。

　　⑦子规：杜鹃。杜鹃啼鸣之声，凄切感人。

姜夔六首

【作者介绍】

　　姜夔（1155？—1221？），字尧章，号白石道人，饶州鄱阳（今江西波阳）人。早年随父宦游汉阳，才名早著，然屡试不第，屡荐不起，漂泊江湖，以布衣终老。与范成大、杨万里、辛弃疾等过从甚密。工诗词、善书法、通音律。其词风清冷刚健,在宋词豪放、婉约之间,别开宋词清雅一派。词有《白石道人歌曲》。

鹧鸪天

元夕有所梦

肥水东流无尽期①,当初不合种相思②。梦中未比丹青见,暗里忽惊山鸟啼。　春未绿,鬓先丝,人间别久不成悲。谁教岁岁红莲夜③,两处沉吟各自知。

【说明】

　　细细品味这首词,作者感叹的是合肥情事,梦到的是当年恋人,以清幽之语,抒真挚之情,迷离凄美,婉丽隽永。唐圭璋《唐宋词简释》评此词:"此首元夕感梦之作。起句沉痛,谓水无期,犹恨无尽期。'当初'一句,因恨而悔,悔当初错种相思,致今日有此恨也。'梦中'一句,写缠绵颠倒之情,既经相思,遂不能忘,以致入梦,而梦中隐约模糊,又不如丹青所见之真。'暗里'一句,谓即此隐约模糊之梦,亦不能久做,偏被山鸟惊醒。换头,伤羁旅之久。'别久不成悲'一语,尤道出人在天涯况味。'谁教'两句,点明元夕,兼写两面,以峭劲之笔,写缱绻之深情,一种无可奈何之苦,令读者难以为情。"

【注释】

　　①肥水:源出合肥西南的紫蓬山,北流三十里后分为二,一条东流经合肥入巢湖,另一条西北流至寿县入淮河。

　　②相思:即相思树。据晋干宝《搜神记》卷十一载:战国时宋康王舍人韩凭妻何氏貌美,康王夺之,并囚凭。凭自杀,何投台而死,遗书愿以尸骨赐凭合葬。王怒,弗听,使里人分埋之,两冢相望。宿昔之间,有大梓木生于两冢之端,旬日而合抱,根枝交错,又有雌雄鸳鸯栖宿树上,晨夕不去,交颈悲鸣。宋人哀之,因称其木为相思树。

　　③红莲夜:指元宵夜。元宵夜满街红莲灯,故称。

踏莎行

自沔东来,丁未元日至金陵,江上感梦而作①。

燕燕轻盈,莺莺娇软②,分明又向华胥见③。夜长争得薄情知④,春初早被相思染。　别后书辞⑤,别时针线,离魂暗逐郎行远⑥。淮南皓月冷千山⑦,冥冥归去无人管⑧。

【说明】

宋孝宗淳熙十四年(1187)元旦,姜夔从沔州(今湖北汉阳)东去湖州,途经金陵时,梦见远别恋人,即合肥情事,写下了这首情真意切、感人至深的怀人之作。上片写梦中见佳人,她轻盈柔媚,细语缠绵;遂惹得春夜思深,不能释怀。下片写佳人,别后难忘,离魂暗逐,冷月千山,孤苦伶仃。意境飘渺凄黯,感情温婉悠远。王国维《人间词话》评曰:"白石之词,余所最爱者,亦仅二句,曰:'淮南皓月冷千山,冥冥归去无人管。'"

【注释】

①沔(miǎn):唐宋时州名,即今湖北武汉。丁未:宋孝宗淳熙十四年(1187)。

②燕燕莺莺:喻所爱女子。语出宋苏轼《张子野年八十五尚闻买妾,述古令作诗》:"诗人老去莺莺在,公子归来燕燕忙。"

③华胥:指梦中。典出《列子·黄帝》:"黄帝昼寝而梦,游于华胥之国。"后以华胥之国代称梦境。

④争:怎么。争:通"怎"。

⑤书辞:书信。

⑥郎行:情郎那边。

⑦淮南:指合肥。

⑧冥冥归去：离魂在夜里归去。

解连环

玉鞭重倚，却沉吟未上，又萦离思①。为大乔能拨春风②，小乔妙移筝，雁啼秋水③。柳怯云松④，更何必、十分梳洗。道郎携羽扇，那日隔帘，半面曾记。　西窗夜凉雨霁⑤，叹幽欢未足，何事轻弃。问后约、空指蔷薇，算如此溪山，甚时重至。水驿灯昏，又见在、曲屏近底。念唯有、夜来皓月，照伊自睡。

【说明】

这是一首怀人词，写的是姜夔青年时代，曾在合肥热恋过一位善弹琵琶的女子。上片是回忆他临别时欲行又止的情景，深婉曲折。下片写秋凉时节，相欢不久，又要匆匆分别，淡雅凄凉。清人许昂霄《词综偶评》曰："'玉鞭重倚'三句，冒起。'为大乔能拨春风'，以下倒叙。'柳怯云松'二句，固知浓抹不如淡妆。'叹幽欢未足'二句，与起处遥接。从合至离，他人必用铺排，当看其省笔处。'问后约、空指蔷薇'三句，深情无限。"解得贴切，评得精当。

【注释】

①萦（yíng）：围绕；缠绕。
②大乔：三国时东吴美女，乔玄之大女儿，嫁与孙策。拨春风：弹琵琶。
③小乔：大乔的妹妹，乔玄之次女。周瑜之妻。移筝，雁啼：弹古筝。此二句以大乔善弹琵琶，小乔善弹古筝，喻词人所恋之人美丽可爱、多才多艺。
④柳怯：指体态柔美。云松：比喻发髻蓬松。
⑤雨霁（jì）：雨过天晴。霁：雨后或雪后转晴。

长亭怨慢

予颇喜自制曲，初率意为长短句，然后协以律，故前后阕多不同。桓大司马云："昔年种柳，依依汉南，今看摇落，凄怆江潭，树犹如此，人何以堪。①"此语予深爱之。

渐吹尽、枝头香絮，是处人家②，绿深门户。远浦萦回，暮帆零乱，向何许。阅人多矣，谁得似长亭树。树若有情时，不会得青青如此。　　日暮，望高城不见③，只见乱山无数。韦郎去也④，怎忘得玉环分付。第一是早早归来，怕红萼无人为主⑤。算空有并刀⑥，难翦离愁千缕⑦。

【说明】

　　姜夔年轻时游于合肥，曾与歌女二姐妹相恋，情好甚笃，其后屡次来往合肥，数见于词篇。此词即述此一段离情。上片以暮春景色，写伊人目送远帆之情景，黯然凄凉，愁苦沉痛。下片以韦皋的故事表明自己对伊人的深情，词人舟中回望高城，默念伊人临别叮嘱，一往情深，意乱愁烦。清人陈廷焯《词则·大雅集》评曰："哀怨无端，无中生有，海枯石烂之情。缠绵沉着。"又《白雨斋词话》评曰："白石《长亭怨慢》云：'阅人多矣，谁得似长亭树。树若有情时，不会得青青如此。'白石诸词，惟此数语最沉痛迫烈。"

【注释】

　　①桓大司马：桓温，字元子，东晋明帝婿，官至大司马。"昔年"六句，出自南北朝北周庾信《枯树赋》引桓温之语。

　　②是处：处处。

　　③高城不见：语出唐人欧阳詹《初发太原途中寄太原所思》："高城已不见，况复城中人。"

　　④韦郎：据《云溪友议》载，唐代韦皋游于江夏，止于姜荆宝之馆，与青衣玉箫有情，别时相约少则五年多则七年来娶，因留玉环一枚并诗一首。至八年春不至，玉箫绝食而死。

　　⑤红萼：指所爱女子。

　　⑥并刀：古代并州（今山西太原）所产的剪刀，以锋利著称。

⑦难翦离愁千缕：化用南唐后主李煜《相见欢》"剪不断，理还乱，是离愁"句意。

琵琶仙

《吴都赋》云："户藏烟浦，家具画船。"①唯吴兴为然。春游之盛，西湖未能过也。己酉岁，予与萧时父载酒南郭②，感遇成歌。

双桨来时，有人似、旧曲桃根桃叶③。歌扇轻约飞花④，蛾眉正奇绝。春渐远、汀洲自绿，更添了几声啼鴂⑤。十里扬州⑥，三生杜牧⑦，前事休说。　又还是宫烛分烟⑧，奈愁里、匆匆换时节。都把一襟芳思，与空阶榆荚⑨。千万缕藏鸦细柳，为玉尊起舞回雪⑩。想见西出阳关⑪，故人初别。

【说明】

宋孝宗淳熙十六年（1189），姜夔旅居吴兴（今浙江湖州），暮春时节，和他的内弟萧时父到城南游春，一路上的情景引起他对旧时合肥两姐妹的思念，遂写下这首怀人之作。上片写遥望船上歌女，酷似佳人，又非佳人，亦真亦幻，朦朦胧胧；此时"更添了几声啼鴂"，顿觉人生如梦，往事如烟。下片借伤春抒怀人之情，意境空濛，若有若无。俞陛云《唐五代两宋词选释》："此在客吴兴时感遇而作。首四句叙往事，'春渐远'三句叙别后光阴，写愁中闻见，以疏秀之笔出之。下阕感节序而伤离，榆钱柳絮，皆借物怀人，便无滞相，其佳处在空灵也。"

【注释】

①《吴都赋》：据所引语句，应为唐李庚所作《西都赋》："户闭烟浦，家藏画舟。"

②己酉岁：宋孝宗淳熙十六年（1189）。萧时父：诗人萧德藻之侄，白石内

兄弟。

③桃叶：东晋王献之有爱妾名桃叶，献之曾作《桃叶歌》："桃叶复桃叶，桃叶连桃根。"桃叶作《团扇歌》以答。桃根为桃叶的妹妹。此处借指作者在合肥的一对恋人。

④轻约：轻拍。

⑤汀洲：水边平地。啼鴂（jué）：鶗（tí）鴂的啼鸣声。鶗鴂：即伯劳鸟，啼声很悲切。

⑥十里扬州：指繁华都市。出自唐杜牧《赠别》："春风十里扬州路，卷上珠帘总不如。"

⑦三生杜牧：语出宋黄庭坚《广陵早春》："春风十里卷珠帘，仿佛三上杜牧之。"三生：佛家语，即前生、今生、来生。

⑧宫烛分烟：唐韩翃《寒食》："日暮汉宫传蜡烛，轻烟散入五侯家。"唐宋时，皇宫在寒食节后取新火以赐近臣。这里代指寒食节。

⑨榆荚（jiá）：唐韩愈《晚春》："杨花榆荚无情思，惟解漫天作雪飞。"

⑩回雪：喻柳絮飞舞如雪。

⑪西出阳关：唐王维《渭城曲》："劝君更尽一杯酒，西出阳关无故人。"

淡黄柳

客居合肥南城赤阑桥之西①，巷陌凄凉，与江左异②；惟柳色夹道，依依可怜③。因度此曲，以纾客怀④。

空城晓角⑤，吹入垂杨陌。马上单衣寒恻恻⑥。看尽鹅黄嫩绿⑦，都是江南旧相识。　正岑寂⑧，明朝又寒食⑨。强携酒、小桥宅⑩，怕梨花落尽成秋色⑪。燕燕飞来，问春何在，惟有池塘自碧。

【说明】

此词写客居合肥情况。上片写合肥早春之景色，清晨骑马，行走巷陌，绿柳才黄，寒意恻恻，只见"都是江南旧相识"，衬出飘零岑寂之感。下片写惜春，"怕梨花落尽成秋色","惟有池塘自碧",伤时之愁坏;而"强携酒、小桥宅",勉自宽慰,怀人之情略略浸出。全词通篇写景,虽清丽淡雅,然客居他乡之惆怅,感世怀人之愁绪,尽在不言之中。

【注释】

①赤阑桥:桥名。姜夔客合肥时曾居住附近。

②江左:江南。

③可怜:可爱。

④纾(shū):宽解。

⑤晓角:清晨城头上报时的号角之声。

⑥恻恻:形容轻寒。

⑦鹅黄嫩绿:代指初春的柳树。唐代诗人杨巨源《城东早春》:"诗家清景在新春,绿柳才黄半未匀。"

⑧岑寂:冷清寂寞。

⑨寒食:节日名,在清明前一日或二日。相传春秋时代,晋国公子重耳逃亡在外,生活艰苦,跟随他的介子推不惜从自己的腿上割下一块肉让他充饥。后来,重耳回到晋国,做了国君(即晋文公),重耳在封臣时忘了介子推。他便带着母亲隐居绵山(今山西介休),不肯出来。晋文公无计可施,只好放火烧山,逼其下山。介子推母子抱树而死。为了纪念介子推,晋文公下令从介子推遇难这天起,即清明前一日,三天之内禁生火点灯,只能吃干粮和冷食,故称"寒食节"。

⑩小桥:三国时乔玄有"大乔""小乔"二女,"大乔"嫁与孙策,"小乔"嫁给周瑜。后人常将"乔"作"桥",或反之。这里以"小桥"代指作者的情人。

⑪怕梨花落尽成秋色:化用李贺《河南府试十二月乐词》"曲水飘香去不归,梨花落尽成秋苑"句意。

戴复古一首

【作者介绍】

戴复古(1167—?),字式之,尝居南塘石屏山,故自号石屏、石屏樵隐。天台黄岩(今浙江台州)人。一生不仕,浪游江湖,后归家隐居,卒年八十余。江湖派著名诗人,作品受晚唐诗风影响,兼具江西诗派风格。曾从陆游学诗,部分作品抒发爱国思想，反映人民疾苦，具有现实意义。其词中亦颇有爱国之思，风格豪放，接近苏辛。

戴复古妻，生卒年、姓名均不详，武宁（今江西武宁）人。

木兰花慢

莺啼啼不尽，任燕语，语难通。这一点闲愁，十年不断，恼乱春风。重来故人不见，但依然、杨柳小楼东。记得同题粉壁，而今壁破无踪。　兰皋新涨绿溶溶①。流恨落花红。念著破春衫，当时送别，灯下裁缝。相思谩然自苦，算云烟、过眼总成空。落日楚天无际，凭栏目送飞鸿②。

戴复古妻一首

祝英台近

惜多才，怜薄命，无计可留汝。揉碎花笺，忍写断肠句。道傍杨柳依依，千丝万缕，抵不住、一分愁绪。如何诉，便教缘尽今生，此身已轻许③。捉月盟言④，不是梦中语。后回君若重来，不相忘处，把杯酒、浇奴坟土。

【说明】

戴复古《木兰花慢》，与其妻所作《祝英台近》背景相似，应为同一婚姻悲剧。据明陶宗仪《南村辍耕录》卷四载："戴石屏先生复古，未遇时，流寓江右武宁。有富家翁爱其才，以女妻之。居二三年，忽欲作归计。妻问其故，告以曾娶。妻白之父,父怒。妻宛曲解释。尽以奁具赠夫,仍饯以词云(见上《祝英台近》)。夫既别,遂赴水死。可谓贤烈也矣!"(四库全书总目提要)卷一九九指出:"《木兰花慢》怀旧词,前阕有'重来故人不见'云云,与江右女子词'君若重来,不相忘处',语意若相酬答,疑即为其妻而作,然不可考矣。"《木兰花慢》"但依然、杨柳小楼东"之句,又与《祝英台近》"道旁杨柳依依,千丝万缕"境界十分相似,那么这首词很可能是真正的悼亡之作。且戴词有"十年"之语,亦与其妻之词相吻合。则《木兰花慢》此词,实为复古与妻子诀别十年之后,重来旧地之作。所谓"怀旧",实为悼亡。《祝英台近》,感情真挚,言语凄婉,哀而不怨,表现了一位女子忠贞不渝、温柔敦厚和宽容善良的高尚品德。真可谓"烈女"也。

【注释】

①兰皋:长有兰草的沼泽地。
②飞鸿:雁。古人有"鸿雁传书"和"鱼传尺素"之说。
③轻许:轻易、轻率地以身相许。
④捉月盟言:愿为情人上天捉月的誓言。

史达祖六首

【作者介绍】

史达祖,生卒年不详,约公元1195年前后在世。字邦卿,号梅溪,汴京(河南开封)人。屡试不第,早年任过幕僚。韩侂胄当国时,他是最亲信的堂吏,负责撰拟文书。韩败,史牵连受黥刑,死于贫困中。其词多写闲情逸致,以咏物逼真著称。词中少数忧国伤时之作,慷慨悲凉,较有现实内容。有《梅溪词》。

双双燕

咏燕

过春社了①,度帘幕中间,去年尘冷。差池欲住②,试入旧巢相并。还相雕梁藻井③,又软语商量不定。飘然快拂花梢，翠尾分开红影。　　芳径，芹泥雨润④。爱贴地争飞，竞夸轻俊。红楼归晚⑤，看足柳昏花暝。应自栖香正稳，便忘了天涯芳信。愁损翠黛双蛾，日日画阑独凭。

【说明】

这首词以白描的手法，极为细腻生动地刻画出春燕双飞双栖的习性和神态，是咏燕的名作，后人对此词推崇备至。上片写春燕归来寻找旧巢时的情景，"软语商量不定"，将春燕拟人化，神形兼备，惟妙惟肖。下片写燕子双飞，衔泥补巢，嬉戏游乐，双栖双宿，竟"忘了天涯芳信"，衬出人的孤单，流露出相思之情，构思巧妙，余味隽永。明人卓人月《词统》评此词曰："不写形而写神，不取事而取意，白描高手。"

【注释】

①春社：古俗，农村在春社、秋社祭神祈福。春社日在立春后、清明前。

②差（cī）池：形容燕子飞翔时羽毛参差不齐的样子。《诗经·邶风·燕燕》："燕燕于飞，差池其羽。"

③相（xiàng）：仔细观察。藻井：画有花纹，形如井栏的天花板。

④芹泥：水边长有芹草的泥地。唐杜甫《徐步》诗："芹泥随燕觜，花蕊上蜂须。"

⑤红楼：指富贵人家。此指燕子筑巢处。

三姝媚

烟光摇缥瓦①，望晴檐多风，柳花如洒。锦瑟横床②，想泪痕尘影，凤弦常下。倦出犀帷③，频梦见、王孙骄马。讳道相思，偷理绡裙，自惊腰衩。　　惆怅南楼遥夜，记翠箔张灯④，枕肩歌罢。又入铜驼⑤，遍旧家门巷，首询声价⑥。可惜东风，将恨与闲花俱谢⑦。

记取崔徽模样⑧,归来暗写。

【说明】

　　这首词写的是一个恋爱故事,作者曾官居都城临安,与一位风尘女子相好,然而,等他从所贬之地回到临安时,已是物是人非,不见伊人倩影,抚今追昔,愁情万般,便写下了这首感情真挚的词篇。上片写春光摇曳,晴檐柳花,依旧当年情景,设想伊人因思念自己而泪流满面、日益憔悴的种种情态。下片是回忆,作者追忆了昔日的欢会、恩爱和缱绻之情,并感叹故地重游,伊人已逝,只能画影相思的无奈情怀。全词写的妥帖细腻,情词兼胜。

【注释】

①缥(piǎo)瓦:淡青色琉璃瓦。
②锦瑟:瑟的美称。
③犀:镇帷之物。
④翠箔:翠色的门帘。
⑤铜驼:洛阳街道名,此处借指南宋都城临安的街道。
⑥声价:此指妓女的声明和消息。周邦彦《瑞龙吟》:"唯有旧家秋娘,声价如故。"与此意近。
⑦闲花:喻指歌妓。
⑧崔徽:唐代歌妓。据宋张君房《丽情集》载:"蒲女崔徽与裴敬中善。敬中去,徽极怨抑,乃托人写真致意曰:'为妾谢敬中,崔徽一旦不及卷中人,徽且为郎死矣。'"意谓崔徽死之前还留下一幅肖像,而他所要找的这个情人却没有,所以,只能"记取崔徽模样,归来暗写。"

临江仙

　　愁与西风应有约,年年同赴清秋。旧游帘幕记扬州。一灯人着梦①,双燕月当楼。　　罗带鸳鸯尘暗淡,更须整顿风流②。天涯万一见温柔。瘦应因此瘦,羞亦为郎羞。

【说明】

这是一首闺中怀人词。上片写愁情,着重写女主人公独宿空房的孤寂心境,"愁与西风应有约",以浪漫之笔写暗淡之情;"一灯人着梦,双燕月当楼"两句,愁极浑成之语,音韵雅致,耐人回味。下片写相思,前两句设想重逢,"天涯万一见温柔",互道珍重,一往情深,末两句极写缠绵之情,委婉含蓄。

【注释】

①着:进入。
②整顿:重新整理,抖擞精神。

喜迁莺

月波疑滴,望玉壶天近①,了无尘隔。翠眼圈花②,冰丝织练,黄道宝光相直③。自怜诗酒瘦,难应接、许多春色。最无赖④,是随香趁烛,曾伴狂客。　　踪迹。漫记忆。老了杜郎⑤,忍听东风笛。柳院灯疏,梅厅雪在,谁与细倾春碧⑥。旧情拘未定,犹自学、当年游历。怕万一,误玉人、夜寒帘隙。

【说明】

这首词写初春的月光。上片首六句是咏月,赞写月光如洗,皎洁明亮;以下是追忆当年游历的豪兴,自叹衰迟和孤独之感。下片写闻笛东风、柳院雪亭,惹起我相思之情;欲与旧人相约,又"怕万一,误玉人":万一情人不在,只落得一帘明月,照我寒心,诗情画意,真情浪漫。细品此词,给人一种婉丽细密、轻柔文雅的感觉。

【注释】

①玉壶:喻指月亮。
②翠眼圈花:月光透过翠绿的柳叶照在花上。

③黄道：古人认为太阳绕地球运行，黄道就是想象中的太阳绕地球的轨道。《汉书·天文志》："日有中道，月有九行。中道者黄道，一曰光道。"宝光相直：指月亮仿佛走进了黄道轨迹，光辉明亮如同太阳。

④无赖：指月光的娇艳多情。

⑤杜郎：原指唐代诗人杜牧，此处借指作者自己。

⑥春碧：酒名。此指美酒。

夜合花

柳锁莺魂，花翻蝶梦，自知愁染潘郎①。轻衫未揽，犹将泪点偷藏。念前事，怯流光，早春窥、酥雨池塘②。向消凝里③，梅开半面，情满徐妆④。　　风丝一寸柔肠，曾在歌边惹恨，烛底萦香。芳机瑞锦⑤，如何未织鸳鸯。人扶醉，月依墙，是当初、谁敢疏狂！把闲言语⑥，花房夜久，各自思量。

【说明】

这是一首伤春怀人之作。上片写景，借景言情，"柳锁莺魂，花翻蝶梦，自知愁染潘郎"三句，梦魂飘缈，春愁无限；"梅开半面"，写伊人美貌，半遮半掩。下片是追忆往昔，"芳机瑞锦，如何未织鸳鸯"二句，暗喻爱情未能圆满，沉重而又含蓄；"把闲言语，花房夜久，各自思量"三句，温馨而美好。全词婉丽高雅，神秘飘缈，韵味无穷。

【注释】

①愁染潘郎：潘岳三十二岁时头发即已花白。潘郎：此处是自指。

②酥雨：春天的细雨。

③消凝：消魂凝神。

④徐妆：梁元帝妃徐氏，喜作半面妆。据《南史·梁元帝徐妃传》载："妃以帝眇一目，每知帝将至，必为半面妆以俟。帝见则大怒而去。"

⑤芳机:织布机的美称。

⑥闲言语:情人间的悄悄话。

玉蝴蝶

晚雨未摧宫树,可怜闲叶,犹抱凉蝉。短景归秋①,吟思又接愁边。漏初长、梦魂难禁,人渐老、风月俱寒。想幽欢,土花庭甃②,虫网阑干。　　无端。啼蛄搅夜③,恨随团扇④,苦近秋莲⑤。一笛当楼,谢娘悬泪立风前⑥。故园晚、强留诗酒,新雁远、不致寒暄。隔苍烟,楚香罗袖,谁伴婵娟⑦。

【说明】

这是一首悲秋伤情之作。上片写秋景,萧疏、寒冷,写秋情,惆怅、悲伤。下片写秋夜,凄凉,寂静,写秋思,孤独、愁苦。这首词特别注重营造意境,在细致精微的描述中,十分自然深切地融进了作者的相思之情。

【注释】

①短景:入秋昼短,故云短景。景:日光,借指日。

②土花:青苔。庭甃(zhòu):庭院砖地。

③蛄:蝼蛄(lóu gū)。穴居土中的鸣虫。

④团扇:汉班婕妤失宠于成帝,自求去长信宫供养太后,作《怨歌行》以自伤,托词于纨扇。

⑤苦近秋莲:莲心味苦,故此作比。

⑥谢娘:即谢秋娘,唐代李德裕歌妓。此处代指情人。

⑦婵娟:美女。此指意中佳人。

李从周一首

【作者介绍】

李从周,生卒年不详。字肩吾,彭山(今四川彭山)人。有《蜫洲词》,已佚。近人赵万里有辑本。其词今存十首。

清平乐

美人娇小。镜里容颜好。秀色侵人春帐晓①。郎去几时重到。 叮咛记取儿家②,碧云隐映红霞;直下小桥流水,门前一树桃花。

【说明】

这是一首情词,写的轻快活泼,天真浪漫。上片写男女欢会,小家碧玉,娇美可爱。下片写送别,女子叮咛情郎,别忘了归来之路:碧云、红霞、小桥、流水和桃花,口吐珠玑,自然流露,描绘了一幅仙境般的画面。

【注释】

①侵人:逼人,撩人。晓:天明。
②儿:女子自称。

韩疁一首

【作者介绍】

韩疁,生卒年不详,字子耕,号萧闲。有《萧闲词》一卷,不传。近人赵万里有辑本,共存词六首。

浪淘沙

莫上玉楼看,花雨斑斑①。四垂罗幕护朝寒。燕子不知人去也,飞认阑干。　回首几关山,后会应难,相逢只有梦魂间。可奈梦随春漏短②,不到江南。

【说明】

此词所写的不是一般的离愁别恨。他表面上似乎在替一位女子抒发怀念远客江南的爱人的幽怨,实则是借此寄托北方人民怀念南宋朝廷的亡国之痛。上片写江北故国的冷落荒凉,和女子无依无靠、物是人非的伤感。下片写盼归的愿望,和梦不到江南的孤独。全词沉重悲哀,字字血泪。

【注释】

①花雨斑斑:即泪雨斑斑。
②春漏短:比喻时光短促。漏:古代计时器。引申为时间。

朱藻一首

【作者介绍】

朱藻,生卒年不详,里贯待考,字野逸。《全宋词》仅存词一首。

采桑子

障泥油壁人归后①,满院花阴。楼影沉沉,中有伤春一片心。　闲穿绿树寻梅子,斜日笼明。团扇风轻②,一径杨花不避人。

【说明】

　　这是一首描写闺妇伤春的词作,反映了女主人公被遗弃后的痛苦寂寞的心情。上片写伤春,"障泥油壁人归后,满院花阴",孤独、凄清;"楼影沉沉,中有伤春一片心",沉重、伤心。下片被弃后的情态,"闲穿绿树寻梅子,斜日笼明",寂寞、无聊;"团扇风轻,一径杨花不避人",郁闷、烦恼。此词上下片衔接紧密,浑然一体,委婉含蓄,耐人寻味。

【注释】

　　①障泥:指马鞍鞯,垫在马鞍下,垂在马背两旁,用来当泥土。此处代指马匹。油壁:指涂有油彩的马车。
　　②团扇:汉班婕妤失宠于成帝,自求去长信宫供养太后,作《怨歌行》以自伤,托词于纨扇。

陈东甫一首

【作者介绍】

　　陈东甫,生卒年不详。吴兴(今属浙江)人。《全宋词》存其词三首。

长相思

　　花深深,柳阴阴,度柳穿花觅信音,君心负妾心。
　　怨鸣琴,恨孤衾①,钿誓钗盟何处寻②,当初谁料今。

【说明】

　　这是一首闺怨词,是写一个女子被抛弃后的痛苦和她对那个薄情郎的怨恨。上片写情郎已移情别恋,被弃女子充满着无奈和痛苦。下片写女子的怨、恨和对薄情郎的谴责。此词以直白简练的语言,如泣如诉地展示了一个痴心女子的爱情悲剧。

【注释】

　　①衾(qīn):被子。

②钿（diàn）：用金片做成的花朵形的装饰品。此指首饰。钗：旧时妇女别在发髻上的一种首饰。

许棐二首

【作者介绍】

许棐（？—1249），字忱父，自号梅屋。海盐（今属浙江）人。宋理宗嘉熙中，隐于秦溪，筑小庄于溪北，植梅于屋之四檐，号曰梅屋，四壁储书数千卷，中悬白居易、苏轼二像事之。多与江湖派诗人交游，诗风亦接近，多咏歌闲适、模写山林。词共十八首，均为小令。有《梅屋诗稿》《献丑集》，词有《梅屋诗余》。

喜迁莺

鸠雨细①，燕风斜。春悄谢娘家②。一重帘外即天涯，何必暮云遮。　钿金寒，钗玉冷③，薄醉欲成还醒。一春梳洗不簪花④，孤负几韶华⑤。

【说明】

这首词是写闺怨的。上片"鸠雨细，燕风斜"，写暮春微风细雨，对对双双的鸠与燕嬉戏而飞，愈显得"春悄谢娘家"的幽静寂寥；"一重帘外即天涯，何必暮云遮"，深沉遥远，无可奈何。下片"钿金寒，钗玉冷，薄醉欲成还醒"，冷落孤苦之情，无以排遣；"一春梳洗不簪花，孤负几韶华"，是女主人公对人生的怨恨和感叹，流露出她不甘于深锁闺房和向往美好生活的反抗精神。

关于这首词的思想内容，还有人认为是写一个青年女子由于父兄之命、媒妁之言与她不爱的人结了婚，婚后并不幸福，便思念先前的恋人。咫尺天涯，两个相爱之人不能比翼双飞，她只能在孤苦、凄清和不能忘怀的相思之中，煎熬着自己的青春。她怎能不怨恨，怎能不哀叹呢！怎能不流露出她对美好生活的留恋和追求呢。

【注释】

①鸠：斑鸠。一说是鸤鸠，即布谷鸟。

②谢娘：即谢秋娘，唐代李德裕歌妓。此处是女子自指。

③钏（chuàn）：镯子。钗：旧时妇女别在发髻上的一种首饰。

④簪：插在头发上。

⑤韶华：比喻美好的青年时代。

后庭花

一春不识西湖面，翠羞红倦①。雨窗和泪摇湘管②，意长笺短。　知心惟有雕梁燕，自来相伴。东风不管琵琶怨③，落花红遍。

【说明】

又是一首闺怨词。上片由景写情，前两句写西湖暮春景色，少妇整个春天未去西湖赏景，西湖景色应是绿叶繁茂低垂，红花萎缩落败，暗喻少妇郁闷的心情；歇拍两句从另一角度展现她的情绪，少妇思念的泪水，如同点洒在窗前的霏霏细雨，绵绵不断，凄凉冷落，千言万语只能寄予笔端，然而只怕"意长笺短"，言不能尽。下片从情到景，前两句极写少妇的寂寞和孤独；末两句写无限的怨恨，都随东风吹落花而去，暗喻青春易逝，虚度韶华。此词写的哀怨忧伤，婉丽动人。

另，从此词首句"一春不识西湖面"，与前首《喜迁莺》之"一春梳洗不簪花"来看，这两首词应是姊妹篇。读者不妨结合着欣赏。"东风不管琵琶怨"一句，即暗喻婚姻不能自主。

【注释】

①翠羞红倦：拟人写法，如同李清照《如梦令》"绿肥红瘦"一句。即绿叶茂盛、红花稀少之意。

②湘管：毛笔。湘管是指由湘妃竹所制的毛笔。相传大舜南巡不归，尧之二女，舜之二妃，娥皇、女英日夜哭泣，泪洒于竹，竹尽成斑。因而湘管也包含悲苦、垂泪之意。

③琵琶怨：汉代乌孙公主刘细君远嫁，她极不情愿，却又无可奈何，故一路弹奏琵琶，幽怨之声不断。唐李颀《古从军行》："行人刁斗风沙暗，公主琵琶幽怨

多。"暗喻婚姻不能自主。

吴文英三首

【作者介绍】

吴文英（约1212—1274），字君特，号梦窗，本姓翁，入继吴氏。四明（今浙江宁波）人。一生未第，以布衣游于公卿间。曾为浙东安抚使吴潜幕僚，权贵史宅之、贾似道门客。与同时期词人周密（草窗）齐名，并称"二窗"。其词多朝官酬唱与咏物分韵之作，内容比较狭窄，但艺术造诣较突出。长于修辞，精于乐理，以词名于世。有《梦窗稿》。

渡江云

西湖清明

羞红鬓浅恨①，晚风未落，片绣点重茵②。旧堤分燕尾③，桂棹轻鸥④，宝勒倚残云⑤。千丝怨碧⑥，渐路入仙坞迷津⑦。肠漫回，隔花时见、背面楚腰身⑧。　　逡巡⑨，题门惆怅，堕履牵萦⑩。数幽期难准，还始觉留情缘眼，宽带因春。明朝事与孤烟冷，做满湖风雨愁人。山黛暝，尘波澹绿无痕。

【说明】

据夏承焘《吴梦窗系年》考证：吴文英在杭州曾纳一妾，不久亡故，二人感情笃深，因此"集中怀人诸作……其时春，其地杭者，则悼杭州亡妾。"这首词又题为"西湖清明"，那么应为悼亡之作。上片先写清明时西湖景色，羞红重茵，燕尾轻鸥，接下写词人骑马观赏，于"仙坞迷津"之中，忽见隔花掩映处美人背影，顿觉"肠漫回"，朦胧凄迷，无限惆怅。下片写遍访美人不遇，伊人倩影，萦绕心中，无奈山遥水远，后会无期，只留孤烟凄冷，风雨迷茫。这首词典雅秀丽，委婉曲蓄。

【注释】

①羞红：形容花如含羞美人的容颜。

②重茵：比喻草地。

③燕尾：西湖苏堤与白堤交叉，形如燕尾。

④桂棹：船桨的美称。代指船。

⑤宝勒：马络头。此处代指马。

⑥千丝：指柳丝。

⑦仙坞迷津：据南朝宋刘义庆《幽明录》中记载，汉明帝永平五年，会稽郡剡县刘晨、阮肇共入天台山采药，遇两丽质仙女，被邀至家中，并招为婿。后借指与丽人结缘之男子。此指与杭州妾相遇之事。

⑧楚腰：指美人的细腰。

⑨逡（qūn）巡：顾虑徘徊，欲行又止。

⑩堕履：原指张良遇黄石公一事。此处应解为"留宿"。

霜叶飞

重九

断烟离绪，关心事，斜阳红隐霜树。半壶秋水荐黄花①，香噀西风雨②。纵玉勒③、轻飞迅羽④，凄凉谁吊荒台古⑤。记醉踏南屏⑥，彩扇咽寒蝉，倦梦不知蛮素⑦。　聊对旧节传杯⑧，尘笺蠹管⑨，断阕经岁慵赋⑩。小蟾斜影转东篱⑪，夜冷残蛩语。早白发、缘愁万缕，惊飙从卷乌纱去⑫。漫细将、茱萸看⑬，但约明年，翠微高处⑭。

【说明】

这首词为作者在重阳之日因追思杭州亡妾而作。上片以重阳时节斜阳、霜树、秋水、黄花、西风等秋景而引出对往事的追忆，禁不住词人愁绪满怀。下片写种种凄凉的境况，最后，希望来年今日携手佳人，一起登高，流露出无限的凄婉之情，悲凉沉郁。清陈廷焯评此词曰："有笔力，有感慨。凄凉处，只一二语，已觉秋声四起。"

【注释】

①荐：献。

②噀（xùn）：喷水。

③玉勒：玉制的马衔。代指马。

④轻飞迅羽：形容骏马奔驰有如轻盈疾飞的鸟儿。

⑤荒台：戏马台，项羽阅兵处，在今江苏铜山县南。南朝宋武帝刘裕曾于重阳节登此台。

⑥南屏：在杭州西湖畔。"南屏晚钟"为西湖十景之一。

⑦蛮素：小蛮、樊素，白居易女伎。小蛮善舞，樊素善歌。此泛指歌妓舞女。

⑧旧节：重阳节。

⑨尘笺蠹（dù）管：纸已积尘，笔已虫蛀。

⑩断阕：写到一半的歌词。

⑪小蟾：指新月。

⑫惊飙从卷乌纱去：任凭狂风把乌纱帽卷去。此用孟嘉落帽典故。据《晋书·孟嘉传》载，孟嘉在九月九日与桓温共游龙山，风吹嘉帽落地而嘉不觉。

⑬茱萸：植物名。古人在重阳节佩带茱萸以避邪。

⑭翠微：翠绿的青山。

齐天乐

烟波桃叶西陵路①，十年断魂潮尾②。古柳重攀③，轻鸥聚别，陈迹危亭独倚。凉飔乍起④，渺烟碛飞帆⑤，暮山横翠。但有江花，共临秋镜照憔悴⑥。　华堂烛暗送客⑦，眼波回盼处，芳艳流水。素骨凝冰，柔葱蘸雪⑧，犹忆分瓜深意。清尊未洗，梦不湿行云⑨，漫沾残泪。可惜秋宵，乱蛩疏雨里。

【说明】

　　这首是怀念杭州姬人的词作,是追思旧日的恋情。上片写旧地重游,景色依旧,物是人非,如今孤身一人,无尽凄凉涌上心头。下片写分别前、分别时伊人的种种情态和分别后词人的空虚愁苦的心理。恋恋不舍,一往情深。此词以烟波之秋景起,以疏雨之秋景结,凄冷伤感,无限惆怅。

【注释】

　　①桃叶:即桃叶渡。传说东晋王献之有爱妾名桃叶,献之常在此迎送桃叶,并作《桃叶歌》:"桃叶复桃叶,桃叶连桃根。"桃叶作《团扇歌》以答。因名其地为桃叶渡,此处借指分别之处。西陵:又名西兴,渡口名,在今浙江萧山西。古乐府《苏小小歌》:"何处结同心,西陵松柏下。"

　　②潮尾:指退潮。钱塘江潮每月二十四五日渐退。

　　③古柳重攀:重到昔日折柳送别之地。古人有折柳送别之俗,"柳"与"留"谐音,表示挽留之意。

　　④凉飔(sī):凉风。

　　⑤烟碛(qì):烟雾笼罩的沙洲。碛:沙洲。

　　⑥秋镜:秋水如镜。

　　⑦华堂烛暗送客:《史记·滑稽列传》淳于髡语:"堂上烛灭,主人留髡而送客。"此指姬人送走别的客人,而留下自己。华堂:华丽的房屋。

　　⑧柔葱蘸雪:喻手指洁白如雪。

　　⑨行云:男女欢会。典出宋玉《高唐赋序》:昔者楚襄王与宋玉游于云梦之台,望高唐之观,其上独有云气,崒兮直上,忽兮改容,须臾之间,变化无穷。王问玉曰:"此何气也?"玉对曰:"所谓朝云者也。"王曰:"何谓朝云?"玉曰:"昔者先王尝游高唐,怠而昼寝,梦见一妇人曰:'妾,巫山之女也,为高唐之客。闻君游高唐,愿荐枕席。'王因幸之。去而辞曰:'妾在巫山之阳,高丘之阻,旦为朝云,暮为行雨,朝朝暮暮,阳台之下。'"此指情人。

第四卷 金元明清词

金 词

蔡松年一首

【作者介绍】

蔡松年（1107—1159），字伯坚，自号萧闲老人。父蔡靖，官真定府判官，遂为真定（今河北正定县）人。累官吏部尚书，右丞相加仪同三司。蔡松年文笔雅洁，风格隽爽清丽，词作尤负盛名，与吴激齐名，时称"吴蔡体"，著有《萧闲公集》，词名《明秀集》。

尉迟杯

紫云暖①。恨翠雏珠树双栖晚②。小花静院相逢，的的风流心眼③。红潮照玉碗④。午香重，草绿宫罗淡⑤。喜银屏小语，私分麝月⑥，春心一点。　华年共有好愿⑦。何时定妆鬟，暮雨零乱⑧。梦似花飞，人归月冷，一夜小山幽怨⑨。刘郎兴⑩，寻常不浅。况不似、桃花春溪远。觉情随、晓马东风，病酒余香相伴⑪。

【说明】

这首词是写别情的。上片是触景生情，由"恨翠雏珠树双栖晚"回想起曾经相会、相知、离别和别后思念,"春心一点"句,写女子情窦初开,温婉柔美,动人心魄。下片先写美好的愿望,紧接便是失望、冷落和幽怨,"病酒余香相伴"愁极之语,孤独寂寞,销人魂魄。夏承焘、张璋《金元明清词选》评此词:"浑然一片,妙合无痕,令人寻味不尽。"

【注释】

①紫云暖:春日融融、春暖花开之意。

②翠雏:翠羽小鸟。珠树:相传珠树在厌火国北,生赤水上,其树如柏,叶皆为珠。

③的的:明亮的样子。

④红潮:指醉颜泛起的酒晕。

⑤草绿宫罗淡:形容宫罗如淡淡的草绿色。

⑥麝月:指茶。

⑦华年:美好的青年时代。

⑧妆鬟:发髻,此代指美人。暮雨:男女欢会。典出宋玉《高唐赋序》:昔者楚襄王与宋玉游于云梦之台,望高唐之观,其上独有云气,崒兮直上,忽兮改容,须臾之间,变化无穷。王问玉曰:"此何气也?"玉对曰:"所谓朝云者也。"王曰:"何谓朝云?"玉曰:"昔者先王尝游高唐,怠而昼寝,梦见一妇人曰:'妾,巫山之女也,为高唐之客。闻君游高唐,愿荐枕席。'王因幸之。去而辞曰:'妾在巫山之阳,高丘之阻,旦为朝云,暮为行雨,朝朝暮暮,阳台之下。'"

⑨小山:指眉毛。

⑩刘郎:据南朝宋刘义庆《幽明录》中记载,汉明帝永平五年,会稽郡剡县刘晨、阮肇共入天台山采药,遇两丽质仙女,被邀至家中,并招为婿。后借指与丽人结缘之男子。

⑪病酒:酒醉。

刘著一首

【作者介绍】

刘著,字鹏南,舒州皖城(今安徽潜山县北)人。生卒年不详,约公元1140年前后在世。宋徽宗宣和末进士。入金,居州县甚久,年六十余,始入翰林,充修撰,后出守武遂,终于忻州刺史。皖有玉照乡,既老,号"玉照老人",以示不忘其本。善诗,与吴激常相酬答。词见《中州乐府》。

鹧鸪天

雪照山城玉指寒,一声羌管怨楼闲①。江南几度梅花发,人在天涯鬓已斑。　星点点,月团团,倒流河汉入杯盘②。翰林风月三千首③,寄与吴姬忍泪看④。

【说明】

这是一首怀人之作。上片写前两句是追忆往日分别时那依依不舍的情景,凄清冷落;接下两句离别滋味,不说离别多年,只说"几度梅花发""天涯鬓已斑",委婉含蓄。下片前三句以幽静的夜色,衬出此人的孤独和寂寞;末两句从客位上大抒自己的思念情怀,别具一格,令人遐想。

【注释】

①羌管:即羌笛。古代西域羌人所吹奏的笛子。

②倒流河汉入杯盘:天河仿佛倒流入杯盘里,这是描写露天痛饮的情景。

③翰林风月三千首:用欧阳修《赠王安石》的成句。比喻自己做诗之多有如翰林李白。

④吴姬:江南一带的美女。忍泪:强止眼泪。

王庭筠一首

【作者介绍】

王庭筠(1151—1202),金代文学家、书画家。字子端,自号黄华山主,或称黄华老人。河东(今山西永济)人,一作熊岳(今辽宁盖平)人,米芾之甥。金大定(完颜雍年号)十六年(1176)进士,历官州县,仕至翰林修撰。文词渊雅,字画精美,《中州乐府》收其词作十二首。

谒金门

双喜鹊,几报归期浑错。尽做旧愁都忘却①,新愁何处著。 瘦雪一痕墙角②,青子已妆残萼。不道枝头无可落,东风犹作恶。

【说明】

这是一首闺怨词。上片写喜鹊数次误报归期,致使闺中少妇旧愁未忘,又添新愁,因是盼归心切,所以迁怒喜鹊,立意新奇而富于想象。下片写愁怨,春残花落而东风犹吹之,花何以堪,看似惜花,实则惜人。"瘦雪"一词,新颖奇丽。近人况周颐《蕙风词话》评王庭筠词曰:"唯王黄华小令,间涉幽峭之笔,绵邈之音。"

【注释】

①尽做:尽管,即使。
②瘦雪:消融无几的残雪。

刘迎一首

【作者介绍】

刘迎,字无党,生卒年不详,约1180年以前在世。东莱(今山东掖县)人。金大定(完颜雍年号)十四年(1174)进士,历任豳王府记室、太子司经等职。自称"无诤居士"。后从驾凉陉,病卒于道。刘迎是金代中叶著名诗人,《中州集》选入七十五首。

乌夜啼

离恨远萦杨柳,梦魂长绕梨花。青衫记得章台月①,

归路玉鞭斜。　翠镜啼痕印袖,红墙醉墨笼纱^②。相逢不尽平生事,春思入琵琶^③。

【说明】

　　这首词写的是作者微时与一位风尘女子的恋情。上片写离别,黯然销魂。下片写思念,一往情深。此词写得哀怨凄凉,全篇透着浓厚的悲剧色彩。

【注释】

　　①青衫:唐白居易《琵琶行》:"座中泣下谁最多,江州司马青衫湿。"此系作者自指。章台:秦宫名,故址在长安西南。据孟棨《本事诗情感一》及《太平广记柳氏传》记载:唐朝天宝年间,诗人韩翃(一作翊)羁滞长安,与李生相友善。李之爱姬柳氏,"艳绝一时,喜谈谑,善讴咏",慕翃之才,甚属意焉。李生遂慷慨将柳氏赠翃,并解囊资助三十万玉成二人婚事。翌年,翃得登第,遂归昌黎省亲,暂将柳留长安。适逢安史之乱,两京沦陷,柳以艳惧见辱,剪发为尼,寄居法灵寺。时翃已被淄青节度使侯希逸辟为书记。及肃宗收复长安,翃便遣使密访柳,携去一囊碎金并写了《章台柳》赠之。柳捧金鸣咽,答赠了《杨柳枝》。但不久柳又被番将沙吒利劫去。及翃随希逸入觐京师乃知其事,沮丧不已。侯希逸府中虞侯许俊,素负材力,闻而愤之。径造沙吒利第,以计劫柳归,夫妻终得破镜重圆。古人常以"章台"代指送别之地。

　　②醉墨:醉里写的书画诗词。笼纱:指女子红袖。

　　③春思入琵琶:把春天的情思都付与琵琶的弹奏声中。

王特起一首

【作者介绍】

　　王特起,字正之,代州崞县(今山西原平)人。生卒年不详,约1203年前后在世。金泰和(完颜景年号)三年(1203)进士甲科,调真定府录事参军,改沁县令,迁司竹监使。特起学识精博,音乐技艺无所不能,尤长于辞赋,出入经史,摘其精华以为句读,如天造神设。词工长调,细腻熨帖,为金词中别调。其词见《中州乐府》。

喜迁莺

别内

东楼欢宴，记遗簪绮席①。题诗纨扇②。月枕双攲③，云窗同梦，相伴小花深院。旧欢顿成陈迹，翻作一番新怨。素秋晚④，听阳关三叠⑤，一尊相饯。　　留恋。情缱绻⑥。红泪洗妆，雨湿梨花面。雁底关河，马头星月，西去一程程远。但愿此心如旧，天也不违人愿。再相见，把生涯分付，药炉经卷⑦。

【说明】

这是一首别内之作，据时人刘祁《归潜志》载："王正之，少工词赋有声。晚年娶一侧室，留别一乐章《喜迁莺》，至今人传之。"此词上片先回忆旧日欢情，紧接写离愁别恨的幽怨，旧欢新怨，低回缠绵。下片写离别时的凄黯和以后再相见、共白头的心愿，情真意切，缱绻悱恻。夏承焘、张璋《金元明清词选》评此词："'留恋。情缱绻'，用在过片处，似承而又转，曲意不断。细针密线，熨帖妥溜，颇见功力。"

【注释】

①遗簪绮席：指酒醉后头上戴的簪子遗落在宴席上。绮席：华美的宴席。

②纨扇：用细绢制成的扇子。汉班婕妤失宠于成帝，自求去长信宫供养太后，作《怨歌行》以自伤，托词于纨扇。

③月枕：月光映照着的床枕。双攲：相互依靠。攲（qī）：倾斜，依傍。

④素秋：秋天。

⑤阳关三叠：曲调名。又名《渭城曲》。唐王维《送元二使安西》诗："渭城朝雨浥轻尘，客舍青青柳色新。劝君更尽一杯酒，西出阳关无故人。"后入乐府，以为送别曲，反复诵唱，谓之"阳关三叠"。

⑥缱绻（qiǎn quǎn）：形容感情好，难舍难分。
⑦药炉经卷：煎药炉和诵佛经。古人年老多病，常以药炉经卷相伴。

元好问三首

【作者介绍】

元好问（1190—1257），字裕之，号遗山，太原秀容（今山西忻州）人。父亲元德明以诗知名，老师郝天挺又是著名的学者，所以他在少年时代就受到较好的文化教养。他七岁能诗，六载而业成。下太行，渡黄河为赋箕山、琴台之诗，赵秉文以为近世所无，名震京师。金兴定（完颜珣年号）五年（1221）进士，仕至左司都事员外郎，入翰林知制诰。金亡（1234）不仕，以故国文献自任，就金源历代实录而编纂之。有《遗山集》又名《遗山先生文集》四十卷，又辑《中州集》《中州乐府》，金人诗、词多赖是以传。俨然为北国的学术权威与文坛宗主。诗多慷慨悲凉之作，有如实录，人以诗史目之。词亦逼近苏辛，为世所重。

迈陂塘

泰和五年乙丑岁，赴试并州，道逢捕雁者云："今日获一雁，杀之矣。其脱网者悲鸣不能去，竟自投于地而死。"予因买得之，葬之汾水之上，累石为识，号曰雁邱①。时同行者多为赋诗，予亦有《雁丘词》。旧所作无宫商，今改定之。

问世间、情是何物，直教生死相许②。天南地北双飞客，老翅几回寒暑。欢乐趣，离别苦，就中更有痴儿女③。君应有语，渺万里层云，千山暮雪，只影向谁去。　横汾路，寂寞当年箫鼓，荒烟依旧平楚④。招魂楚些何嗟及，山鬼暗啼风雨⑤。天也妒，未信与，莺儿燕子俱黄土。千秋万古，为留待骚人，狂歌痛饮，来访雁邱处。

【说明】

名人名篇,千古绝唱。"问世间、情是何物,直教生死相许",起句哀婉悲壮,挚情彻骨。接下通篇皆是议论,词中异体,别具一格。这首词名为咏物,实在抒情,悲雁即是悲人,雁之同生共死即是人之同生共死,忠贞不渝,真挚感人,实乃天下痴儿女长歌当哭之曲也。

【注释】

①迈陂塘:曲牌名,即《摸鱼儿》。雁邱:在今山西阳曲县。
②直教生死相许:用生命来报答。直:竟。许:报答。
③就中:于此,在这里面。痴儿女:即下首《迈陂塘》词叙曰:"泰和中,大名民家小儿女,有以私情不如意赴水者"云云。"痴儿女"句似指此。
④平楚:平林,远树。
⑤招魂、山鬼:《招魂》《山鬼》均《楚辞》篇名。楚些:《招魂》中多以"些"字收尾。故亦用作楚辞的代称。

又

泰和中,大名民家小儿女,有以私情不如意赴水者,官为踪迹之,无见也。其后踏藕者得二尸水中,衣服仍可验,其事乃白。是岁此陂荷花开,无不并蒂者。沁水梁国用,时为录事判官,为李用章内翰言如此。曲以乐府《双蕖怨》命篇。咀五色之灵芝,香生九窍;咽三危之瑞露,春动七情,韩偓《香奁集》中自序语。

问莲根、有丝多少,莲心知为谁苦。双花脉脉娇相向①,只是旧家儿女。天已许,甚不教、白头生死鸳鸯浦②。夕阳无语,算谢客烟中,湘妃江上③,未是断肠处。　香奁梦,好在灵芝瑞露。人间俯仰今古。海枯石烂情缘在,幽恨不埋黄土。相思树④,流年度,无端又被西风误。兰舟少住⑤。怕载酒重来，红衣半落⑥，狼藉卧风雨。

【说明】

这是一个哀艳动人的传说，是坚贞的爱情的颂歌。殉情的痴儿女化作了满陂并蒂的莲花。莲花朵朵，有如痴儿女的美丽；藕丝不断，象征着他们缠绵的爱情；莲心苦涩，代表了他们不幸的遭遇。这首词和前一首对参来看，应是姊妹篇。宋末张炎《词源》云："双莲、雁邱，妙在摹写情态，立意高远。"

【注释】

①脉脉：含情的样子。
②鸳鸯浦：在湖南慈利县。此处泛指湖泊。
③谢客：谢灵运小字客儿，时称谢客。湘妃：娥皇、女英，舜之二妃，人称为湘妃。
④相思树：据晋干宝《搜神记》卷十一载：战国时宋康王舍人韩凭妻何氏貌美，康王夺之，并囚凭。凭自杀，何投台而死，遗书愿以尸骨赐凭合葬。王怒，弗听，使里人分埋之，两家相望。宿昔之间，有大梓木生于两家之端，旬日而合抱，根枝交错，又有雌雄鸳鸯栖宿树上，晨夕不去，交颈悲鸣。宋人哀之，因称其木为相思树。
⑤兰舟：即木兰舟，传说鲁班刻木兰为舟。
⑥红衣：荷花。

清平乐

离肠宛转①，瘦觉妆痕浅。飞去飞来双乳燕，消息知郎近远。　楼前小雨珊珊②，海棠帘幕轻寒。杜宇一声春去，树头无数青山。

【说明】

元好问的词取法苏、辛，大都是针对国家多难、人民不幸来抒发其悲壮胸怀，吊古伤时,慷慨悲凉;但这首小令却别具风格,婉约清丽,与李清照笔法相近。这是一首闺怨之作,上片写情,前两句写女子离别和相思的愁苦情态,柔肠寸断,憔悴不堪;接下以"飞去飞来双乳燕"作陪衬,显出女子的孤单和寂寞。下片写景,以暮春景色的轻寒和冷落,暗喻女子的伤春怀远之情,寓情于景,委婉曲蓄。婉约词通常是先写景后抒情,触景生情,情景并茂;而元好问这首《清平乐》却是先抒情后写景,寓情于景,同样做到了情景双佳,可谓是匠心独创,真不愧大家手笔。

【注释】

①离肠:离别的心情。
②珊珊:象声词。形容清脆悦耳舒缓的声音。此处作雨声。

元　词

李治二首

【作者介绍】

李治(1192—1279),字仁卿,号敬斋,真定栾城(今河北栾城)人。金正大(完颜守绪年号)末(1131)进士。金亡北渡,流落忻崞间,尝与元好问赓唱迭和,世亦称为"元李"。元世祖曾予召见,元至元(忽必烈年号)二年(1265)出为翰林学士,就职期月,因老病辞归。卒于家。李治学优才赡,为人所称。著有《敬斋文集》等。

迈陂塘

和元遗山《雁邱》

雁双双,正分汾水①,回头生死殊路。天长地久相思债,何似眼前俱去。摧劲羽②。倘万一幽冥,却有重逢处。诗翁感遇③。把江北江南，风嘹月唳④，并付一邱土。　　仍为汝，小草幽兰丽句，声声字字酸楚⑤。拍江秋影今何在⑥，宰木欲迷堤树⑦。霜魂苦，算犹胜、王嫱青冢贞娘墓⑧。凭谁说与，叹鸟道长空⑨，龙艘古渡⑩，马耳泪如雨⑪。

【说明】

　　元好问一首《雁邱》轰动时人，和者甚多，都是借咏雁以讴歌人间"生死相许"的真挚爱情。这首词便是李治和元好问《雁邱》之作。上片先写孤雁，与其"回头生死殊路"，莫若殉情死去，以偿"天长地久相思债"；接下点明"诗翁"即元好问埋雁赋词的立意深切和用心良苦。下片先是赞美元好问的《雁邱》，虽是"小草幽兰丽句"，却"声声字字酸楚"；接下写雁邱虽一抔之土，却高雅纯洁，胜似昭君贞娘之墓；末四句："凭谁说与，叹鸟道长空，龙艘古渡，马耳泪如雨"，即是哀叹凄风苦雨中雁邱的萧疏荒漠，又是感慨世事的兴亡动荡，耐人寻味，感人至深。

【注释】

　　①汾水：即汾河，在今山西省。源出宁武县西南管涔山，由万荣县北入黄河。

　　②劲羽：矫健的翅膀。

　　③诗翁：指元好问。

　　④风嘹月唳：大雁在风里叫着。嘹、唳：叫声。

　　⑤酸楚：辛酸苦楚。

　　⑥拍江秋影：化用唐杜牧《九日齐山登高》："江涵秋影雁初飞"诗意。

　　⑦宰木：墓上所种的树木。

　　⑧王嫱青冢：即王昭君墓，在今呼和浩特市郊。王嫱：即王昭君。汉元帝时，匈奴入朝，自言愿婿汉氏以和亲，汉元帝以昭君嫁之。贞娘墓：唐陆广微《吴地记》："虎邱山……咸和二年，舍山宅为东西二寺，立祠于山。寺侧有贞娘墓，吴国之佳丽也。行客才子多题诗墓上。"贞娘：即真娘，唐有吴妓真娘，时人比之苏小小，死后葬于吴宫之侧。今江苏苏州市虎丘山有真娘墓。

　　⑨鸟道：极为险峻难行的小路。

⑩龙艘:龙舟。

⑪马耳:山名。在山东诸城县西南六十里。

又

大名有男女以私情不遂赴水者。后三日,二尸相携出水滨。是岁陂荷俱并蒂。

为多情、和天也老①,不应情遽如许。请君试听双蕖怨②,方见此情真处。谁点注,香潋滟、银塘对抹胭脂露③。藕丝几缕。绊玉骨春心④,金沙晓泪,漠漠瑞红吐。　连理树⑤,一样骊山怀古⑥。古今朝暮云雨。六郎夫妇三生梦⑦,幽恨从来艰阻。须念取,共鸳鸯翡翠,照影长相聚。秋风不住。怅寂寞芳魂⑧,轻烟北渚⑨,凉月又南浦。

【说明】

金泰和年间(1201—1208),河北大名一对青年男女因恋情受挫而投水,陂塘遂遍开并蒂莲,这桩美丽动人的传奇故事,曾在当时文坛引起强大的反响。元好问以《摸鱼儿》(即《迈陂塘》)词咏其事叹其情,这首词是李治步韵元好问同调所作。上片以对双莲的描绘,赞美这对痴情儿女的真挚爱情,心心相印,藕断丝连,至死不渝。下片用"骊山怀古"和"六郎夫妇"两个故事,说明真情自古多磨难,并哀叹秋风不止,使寂寞的芳魂在凄迷清凉的烟月中充满了离别的愁苦和幽怨。

【注释】

①为多情、和天也老:化用唐李贺《金铜仙人辞汉歌》:"天若有情天亦老"句意。

②双蕖怨:曲调名。曲意赋并蒂荷花。

③潋滟:形容水波流动。银塘:形容池塘之水如银色。

④玉骨：原指美人肌肤，此处指藕。

⑤连理树：即相思树。据晋干宝《搜神记》卷十一载：战国时宋康王舍人韩凭妻何氏貌美，康王夺之，并囚凭。凭自杀，何投台而死，遗书愿以尸骨赐凭合葬。王怒，弗听，使里人分埋之，两冢相望。宿昔之间，有大梓木生于两冢之端，旬日而合抱，根枝交错，又有雌雄鸳鸯栖宿树上，晨夕不去，交颈悲鸣。宋人哀之，因称其木为相思树。

⑥骊山：在陕西临潼，唐贞观十八（644）年置骊山宫，后改名华清宫。宫内有莲花汤池，为杨贵妃沐浴之所。

⑦六郎夫妇：武则天所幸张昌宗，人谓其貌似莲花。武三思云："非六郎似莲花，乃莲花似六郎。"

⑧芳魂：指莲花。

⑨渚：水中间的小块陆地。

管道升一首

【作者介绍】

管道升（1262—1319），字仲姬，一字瑶姬，吴兴（今浙江湖州）人。元代著名书画家、文学家赵孟𫖯之妻。其父管伸性倜傥，以任侠名闻乡里，道升无兄弟，故特为父母所钟爱。禀质聪明，落落有大丈夫气。二十八岁，嫁赵孟𫖯，相偕至京师。元延祐四年（1317），孟𫖯入翰林为承旨，管道升加封魏国夫人。管道升工书画、擅诗词；尝奉旨写《千字文》《金刚经》等多至数十卷，画长墨竹梅兰，诗词传世甚少。

我侬词

你侬我侬，忒煞情多①，情多处，热如火。把一块泥，捻一个你②，塑一个我。将咱两个，一齐打破，用水调和。再捻一个你，再塑一个我。我泥中有你，你泥中有我。与你生同一个衾③，死同一个椁④。

【说明】

赵孟頫官济南路总管府时，欲娶妾，并作曲示意其妻，"我为学士，你做夫人，岂不闻王学士有桃叶、桃根，苏学士有朝云、暮云。我便多娶几个吴姬、越女无过分，你年纪已四旬，只管占住玉堂春。"管道升看后，既不严声厉色，也不逆来顺受，而是以高雅通达的情怀和积极严肃的态度作了这首《我侬词》，表达自己的感受，赵孟頫读后，不由得被深深地打动了，从此再不提娶妾之事。这首词也成为伉俪情深意笃的千古绝唱。

【注释】

①忒（tuī）煞：太多。忒：太。
②捻（niǎn）：用手指搓。
③衾（qīn）：被子。
④椁（guǒ）：古代套在棺材外面的大棺材。

张翥一首

【作者介绍】

张翥（1287—1368），字仲举，晋宁（今山西临汾）人。少负才隽，豪放不羁。一旦翻然改，闭门读书，以诗文知名一时。尝拜李存为师，并从仇远受诗法。至元（1264）初，召为国子助教，分教上都，不久退居淮东，起为翰林国史院编修官，预修宋、辽、金三朝史书。累迁翰林学士承旨，致仕，加河南行省平章政事，给俸终身。学者称蜕庵先生。著有《蜕庵集》五卷，《蜕岩词》二卷。

踏莎行

江上送客

芳草平沙，斜阳远树，无情桃叶江头渡①。醉来扶上木兰舟，将愁不去将人去。　　薄劣东风②，夭斜落絮③，明朝重觅吹笙路。碧云红雨小楼空，春光已到销魂处。

【说明】

这是一首送别所欢的情词。上片写江上景色和渡口送别难舍难分，缠绵悱恻，愁煞人也。下片写别后的寂寞和惆怅，一往情深，黯然销魂。清人陈廷焯《词则·大雅集》评其词曰："树骨甚高，寓意亦远。元词之不亡者，赖有仲举耳。"

【注释】

①桃叶渡：在秦淮河口。《古乐府》注："王献之爱妾名桃叶，尝渡此，献之作歌送之曰：'桃叶复桃叶，渡江不用楫。但渡无所苦，我自迎接汝。'"
②薄劣东风：形容春风颠狂。
③夭斜落絮：形容柳絮飘荡的样子。

黄子行二首

【作者介绍】

黄子行（生卒不详），字蓬瓮，修水（今江西修水县）人，寓籍分宜（今江西中部）。黄庭坚之诸孙。有《蓬瓮寱语》。词见《元草堂诗余》。

西湖月

商调曲

湖光冷浸玻璃①，荡一晌薰风②，小舟如叶。藕花十丈③，云梳雾洗，翠娇红怯。壶觞围坐处，正酒酽吹波红映颊④。尚记得玉臂生凉⑤，不放汗香轻泆⑥。　　㜸人小摘墙榴⑦，为碎捣猩红⑧，细认裙摺⑨。旧游如梦，新愁似织⑩,泪珠盈睫。秋娘风味在⑪,怎对得银釭生笑靥⑫。消瘦沈约诗腰,夜来堪捻⑬。

【说明】

这是一首情词,作者用清新灵秀的笔法,写出了缠绵悱恻之情。上片写昔日"翠娇红怯"之时,一叶小舟游于湖心藕花深处的情景。下片由景入情,回忆往事,"旧游如梦,新愁似织",相思熬人,衣带渐宽,情何以堪。此词写得婉丽曲折,情意绵绵。

【注释】

①湖光冷浸玻璃:形容湖光像玻璃一般空明。

②一晌:一天以内的一段时间。薰(xūn)风:和暖的南风。薰:同"熏"。

③藕花十丈:形容荷花面积宽阔。

④酒醁:醽醁(líng lù),美酒名。颊:脸蛋儿。

⑤玉臂:形容臂色洁白。

⑥浃:透;遍及。

⑦殢(tì)人:缠人。殢:引逗,烦扰。

⑧猩红:血红色。

⑨裙摺:指古代妇女所穿石榴裙上面的花纹皱摺。

⑩新愁似织:形容愁多如密织之丝。

⑪秋娘:古代有杜秋娘、谢秋娘等。词里秋娘泛指美女。

⑫银釭:指灯。笑靥:笑脸。靥:酒窝。

⑬沈约诗腰:《南史》:"沈约久处端揆,有志台司,而帝不用。与徐勉书陈情,言已老病,百日数旬,革带常应移孔。"此处形容人因忧思而憔悴不堪。捻:捏。

花心动

落花

谁倚青楼,把谪仙长笛,数声吹裂。一片乍零,千点还飞，正是雨晴时节。水晶帘外东风起，卷不尽，满庭香雪。画阑小，斜铺乱飐①，翠苔成缬②。　　袅袅余香未歇。空怅望音尘③，两眉愁切。翠袖泪干，粉额妆寒，此恨有谁同说。江南春信无痕迹，余情在，冷烟残月。梦魂远，兰灯伴人易灭④。

【说明】

　　这是一首借咏落花而抒离别相思之情的词。上片写景，长笛吹裂，一片千点，雨晴时节，帘外东风，落花成阵，满庭香雪，描绘出了一幅绚丽多彩的画面。下片由景到情，以落花来寄相思，"余情在，冷烟残月"，一往情深，凄凉惆怅；"梦魂远，兰灯伴人易灭"，缠绵悱恻，黯然销魂。

【注释】

①飐（zhǎn）：风吹颤动。
②缬（xié）：有花纹的丝织品。
③音尘：消息。
④兰灯：香灯。

明　词

高启一首

【作者介绍】

　　高启（1336—1374），字季迪，号槎轩，长洲（今江苏苏州）人。元末避兵乱隐居吴淞（今上海松江）青丘，自号青丘子。他性格疏放，不拘礼节，对官场生活有一定程度的反感。明洪武初年诏修《元史》，高启被荐入都，授翰林院国史编修官，复命教授诸王。洪武三年坚辞户部侍郎，退隐青丘，朱元璋认为他不肯合作，终于借苏州刺史魏观案件把他腰斩于南京，年仅三十八岁。他的诗歌兼古人之所长，自成一家，因为死于壮年，未能熔铸洗炼，内容也不够广阔深厚，但才华横溢，清新超拔，与和他同时期的诗人杨基、张羽、徐贲，号称"四杰"，是明代成就最高的诗人之一。

石州慢

春感

落了辛夷①，风雨频催，庭院潇洒②。春来长恁③，乐章懒按，酒筹慵把④。辞莺谢燕，十年梦断青楼，情随柳絮犹萦惹。难觅旧知音，托琴心重写⑤。　妖冶。忆曾携手，斗草阑边⑥，买花帘下。看到辘轳低转⑦，秋千高打。如今甚处，纵有团扇轻衫，与谁更走章台马⑧。回首暮山青，又离愁来也。

【说明】

　　这是一首伤春怀人之词。上片以暮春残景为衬托，点出慵懒无聊之心绪，以及"难觅旧知音"，只好寄相思于琴声中的情态，旧事难忘，触景伤情。下片是对从前美好时光的追忆和对现实状况的感喟，缱绻芳悱之情，层层道来，委婉含蓄，感人至深；"回首暮山青，又离愁来也"，黯然之情，挥之不去。清人沈雄《古今词话》评此词曰："青丘乐府大致以疏旷见长，而《石州慢》又极缠绵之至。"

【注释】

　　①辛夷：落叶乔木，其花初出时尖锐如笔，所以又称为木笔。春初开紫花，俗名紫玉兰。
　　②潇洒：雨后萧疏幽静之貌。
　　③长恁（nèn）：如此，长是这样。恁：这么；这样。
　　④酒筹：饮酒计数的筹码。
　　⑤琴心：用琴调弹出思念或恋爱心事。
　　⑥斗草：古代的一种游戏。采集百草，以品类最多者为胜。

⑦辘轳：井上汲水的工具。

⑧章台马：形容少年的风流不羁。《汉书》："张敞无威仪，时罢朝会，走马过章台街，自以便面拊马。"

杨基一首

【作者介绍】

杨基（1326—?），字孟载，号眉庵。原籍嘉定州（今四川乐山）人，后迁至吴中（今浙江湖州）。明初为荥阳知县，累官至山西按察使。后被谗夺官，罚服劳役。死于贬所。杨基与高启、张羽、徐贲号称四杰。著有《眉庵集》。

蝶恋花

新制罗衣珠络缝①。消瘦肌肤，欲试犹嫌重。莫信鹊声相侮弄，灯花几度成春梦。　风雨又将花断送，满地胭脂，补尽苍苔空②。独自移将萱草种，金钗挽得花枝动。

【说明】

这是一首闺怨词。上片托思念之意于闺闱，触物伤感，闻鹊生情，几度春梦，憔悴不堪，所感至深。下片以春残景色暗喻愁情，曲折蕴蓄，凄清婉丽。夏承焘、张璋《金元明清词选》评此词曰："神韵凄婉，可谓善学花间者。"

【注释】

①新制罗衣珠络缝：指珍贵华丽的衣服。

②空：读去声，空隙。

史鉴一首

【作者介绍】

　　史鉴（1434—1496），字明古，江苏吴江（今属江苏苏州）人。平生书无不读，尤熟于史学，隐居不求仕进，然颇留意经世济民之务。王恕巡检江南时，慕其名而延见之，访问时政，指陈利病，王恕深服其博才和精辟。家居水竹幽茂，亭馆相通，好着古衣冠曳履其间。居西村，人称为西村先生。其词清远明秀，不作靡曼之语。有《西村集》八卷。

解连环

送别

　　销魂时候①。正落花成阵，可人分手②。纵临别重订佳期，恐软语无凭③，盛欢难又。雨外春山，会人意，与眉交皱。望行舟渐隐，恨杀当年，手栽杨柳。

　　别离事，人生常有。底何须为著，成个消瘦④。但若是两情长，便海角天涯，等是相守。潮水西流，肯寄我，鲤鱼双否⑤。倘明年，来游灯市，为侬沽酒。

【说明】

　　这是一首送别所欢之词。上片写分别时的场面和情态，"销魂时候。正落花成阵，可人分手"之句，劈空而来，愁煞个人。下片写别后之感慨和期望，"别离事，人生常有。底何须为著，成个消瘦"，无可奈何，徒然憔悴；"倘明年，来游灯市，为侬沽酒"，殷殷期望，情真意切。全篇以直率之语，抒百转回肠之情，缠绵清雅，婉约多姿。

【注释】

①销魂：灵魂离开肉体。形容极度的悲伤和愁苦。语出南朝梁江淹《别赋》："黯然销魂者，唯别而已矣。"

②可人：指心中可爱之人。

③软语：柔婉的话语。

④底何须为著，成个消瘦：此二句是说，因为何事把人弄成这等消瘦。底：底事，什么事。

⑤鲤鱼双否：古人有"鱼传尺素，鸿雁传书"之说。汉乐府《饮马长城窟行》："客从远方来，遗我双鲤鱼。呼童烹鲤鱼，中有尺素书。"

李东阳一首

【作者介绍】

李东阳（1447—1516），字宾之，号西涯。湖广茶陵（今属湖南）人，占籍京师（今北京市）。明天顺八年（1464）进士。官至华盖殿大学士，居相位十五年，号称贤相。东阳为一代诗文大家，一时才学之士多出其门，称茶陵诗派。文以博雅典丽见长，词为余事，有北宋遗意。著有《怀麓堂集》，词在其中。

雨中花

正爱月来云破①。那更柳眠花卧②。帘幕风微，秋千人静，酒尽春无那③。　　迢递高楼孤寂坐④。飘缈笛声飞堕。恨曲短宵长，院深墙迥，凭仗风吹过。

【说明】

雨过云开，花好月圆，对景难排，一层思念；酒尽人静，万般无奈，又一层思念；高楼独坐，笛声缥缈，又一层思念；夜长曲短，庭院深深，无限的思念。有情有景，有声有色，层层深入，愈显得孤寂难耐了。

【注释】

①月来云破：用宋张先"云破月来花弄影"句意。

②柳眠：形容柳条下垂静止之态。

③无那：无奈。那（nuò）："奈何"的合音。

④迢递：高峻之貌。

文徵明一首

【作者介绍】

文徵明（1470—1559），初名壁，字徵明。四十二岁起以字行，更字徵仲，号衡山居士。苏州长洲（今江苏苏州）人。明正德末以岁贡生荐试吏部，授翰林待诏。明嘉靖初预修《武宗实录》，旋辞官归。为明代著名画家，开"吴门画派"，与沈周、唐寅、祝允明有"明四家"之目。善山水，细润潇洒，亦工花草、人物。又擅书艺，工行草，尤精小楷。诗文与徐祯卿、唐寅、祝允明并称"吴中四才子"。词颇婉丽，而声调错落，句调参差。有《甫田集》。今人辑有《文徵明集》，词在其中。

满江红

漠漠轻阴，正梅子、弄黄时节。最恼是、欲晴还雨，乍寒又热。燕子梨花都过也，小楼无那伤春别。傍阑干、欲语更沈吟①，终难说。　　一点点，杨花雪。一片片，榆钱荚②。渐西垣日隐③，晚凉清绝。池面盈盈清浅水，柳梢淡淡黄昏月。是何人、吹彻玉参差，情凄切。

【说明】

这是一首伤春怀人之作，全篇重在写景，景中含情。上片写"梅子弄黄""欲晴还雨""乍寒又热"之时，主人公无奈伤春别之情态；"燕子梨花都过也"，无可奈何之叹。下片承上片之旨而写，仍是先写景，后抒情，"是何人、吹彻玉参差，情凄切"之句，凄冷寒澈，摧人肝肠。上下两片一脉相承，自然衔接，作者将气候景物的变化与人物情绪的变化微妙地柔和在一起，写的清新淡雅，凄婉含蓄。清人陈廷焯《词则》赞其："芊绵宛约，得北宋遗意。"

【注释】

①阑干：即栏杆。沈，通沉。沈吟：低声自语。

②榆钱荚（jiá）榆树的果实。榆树未生叶前先生荚，形似钱而小，联缀成串，也称榆钱。

③垣（yuán）：墙；城。

李梦阳一首

【作者介绍】

李梦阳（1473—1530），字献吉，号空同子。庆阳（今属甘肃）人，徙居河南扶沟。明弘治七年（1494）进士。出任户部主事、转员外郎等职。数次被罢官入狱，均幸免一死。卒后被追谥景文。提倡文必西汉，诗必盛唐，开明代诗文复古运动之先河，与何景明、徐祯卿、边贡、康海、王九思、王廷相并称"前七子"。工诗善文，亦能词。有《空同集》，词在其中。

如梦令

昨夜洞房春暖①，烛尽琵琶声缓。闲步倚阑干②，人在天涯近远。影转，影转，月压海棠枝软。

【说明】

这是一首写闺中少妇思念出门在外的夫君的词。少妇在一夜之间辗转难眠、独倚栏杆、闲步徘徊之愁情苦态刻画的温婉细腻；"月压海棠枝软"，化愁情于优美画面之中，神韵无限。

【注释】

①洞房：古代女子的卧室。
②阑干：即栏杆。

杨慎二首

【作者介绍】

杨慎（1488—1559），字用修，号升庵，四川新都（今四川成都新都）人。明正德六年（1511）进士第一及第。官翰林院修撰，经筵讲官等职。明嘉靖三年（1524），以直谏忤旨，被廷杖谪戍云南永昌，死于贬所。杨慎博闻广识，著述甚丰。其诗清新绮缛，独撷六朝之秀，于明代自立门户。其词好入六朝丽字，似近而远，有沐兰浴芳、吐云含雪之妙。《三国演义》开篇词即出自其手。词集有《升庵长短句》。

转应曲

银烛①。银烛。锦帐罗帏影独。离人无语消魂。细雨斜风掩门。门掩，门掩，数尽寒城更点。

【说明】

此小令又名《调笑令》。寥寥八句，句句销魂之语，写尽凄寒孤寂之情。亦景亦情，婉转回环。

【注释】

①银烛：喻明亮之灯光。

临江仙

戍云南江陵别内

楚塞巴山横渡口①，行人莫上江楼。征骖去棹两悠悠②。相看临远水，独自上孤舟。　　却羡多情沙上鸟，双飞双宿河州。今宵明月为谁留，团团清影好，偏照别离愁。

【说明】

明嘉靖三年（1524）秋，作者杨慎因议大礼而触怒明世宗朱厚熜，又跪门哭谏而下狱廷杖，被谪戍云南永昌卫。不久他便带着伤病之躯，离京远赴贬所。这时有他的续弦、尚书黄珂之女黄峨伴送，由潞河而南，溯江西上至江陵，遂分手相别，一归蜀里，一入滇所。此词即作于夫妇在江陵离别时。自古巴山楚水凄凉地，又以伤病之躯遭谪戍，加之离别之黯然销魂，相思之愁苦心痛，悲切凄凉，沉重至极。

【注释】

①楚塞巴山横渡口：指离别之地江陵。
②征骖（cān）：指作者继续由陆路南下云南。去棹（zhào）：指妻子溯江西去归蜀。骖：古代指驾在辕马两旁的马。棹：船桨。

汤显祖一首

【作者介绍】

汤显祖（1550—1615），明代著名词曲家、文学家。字义仍，号海若，一字若士，别署清远道人，江西临川人。明万历十一年（1583）进士。授南京太常寺博士，迁礼部主事。以论辅臣之失，降为徐闻典史，后调任浙江遂昌知县，又因不附权贵而免官，未再出仕。居玉茗堂，作曲自娱。有《玉茗堂词》传世。

好事近

帘外雨丝丝，浅恨轻愁碎滴。玉骨近来添瘦①，趁相思无力。　　小虫机杼隐秋窗②，黯淡烟纱碧。落尽红灰池面，又西风吹急。

【说明】

这是一首闺怨词。全词重在写景,以室内户外萧瑟凄黯之秋景,来衬托闺中女子忧愁怨恨之心情。清丽蕴蓄,精美流婉,深得花间派之遗风。

【注释】

①玉骨:指年轻女子洁白柔美之肌肤。

②小虫:指蟋蟀。机杼:织机。蟋蟀别名促织,故云"机杼"。

高濂一首

【作者介绍】

高濂,明代戏曲作家。字深甫,号瑞南,又号湖上桃花鱼。浙江钱塘(今浙江杭州)人。生卒不详,大约生活于明万历(1573—1620)前后。曾任鸿胪寺官,才誉胜于仕籍。善作戏曲,独出清裁,不附会于流俗。工诗,亦能词。词集有《芳芷栖词》。

西江月

题情

有恨不随流水①,闲愁惯逐飞花。梦魂无日不天涯,醒处孤灯残夜。 思在难忘销骨②,情含空自酸牙③。重重叠叠剩还他,都在淋漓罗帕。

【说明】

这是一首闺怨词,独守空房的苦状和挂念夫君的愁情,以思妇口吻写之,淳厚沉痛,哀婉动人。全词浅而有味,清新艳丽。

【注释】

①有恨不随流水:比喻恨重难排。

②销骨:极言思念伤人之烈。

③酸牙:言悲痛至极。

王世贞一首

【作者介绍】

王世贞(1526—1590),字元美,号凤洲,自称弇州山人,太仓(今属江苏)人。明嘉靖二十六年(1547)进士。官至刑部尚书。明代文学家,好为古诗文。著有《弇州山人四部稿》《续稿》,诗话《艺苑卮言》。

玉蝴蝶

记得秋娘,家住皋桥西弄①,疏柳藏鸦。翠袖初翻金缕,钩月晕红牙②。启朱唇,含风桂子;唤残醉,微雨梨花。最堪夸。玉纤亲自③,浓点新茶。　　嗟呀。颠风妒雨,落英千片,断送年华。海角山尖,不应飘向那人家。惹新愁,高楼燕子;赚人泪④,芳草天涯。况浔阳偶然江上,一曲琵琶。

【说明】

这是一首言情词。上片写记忆,"启朱唇,含风桂子;唤残醉,微雨梨花",半遮半露,含情脉脉;"玉纤亲自,浓点新茶",娇美可人,温馨婉丽。下片写天涯漂泊,客居他乡,"惹新愁,高楼燕子",愁情无限;"赚人泪,芳草天涯",一往情深。此词上片写虚,下片写实,"两相对比,更显出旧情之缱绻难忘了。"(夏承焘、张璋《金元明清词选》)。

【注释】

①皋（gāo）桥：在苏州阊门内。

②红牙：红色牙板，歌者拍之以应节奏。

③玉纤：形容美女手指纤细洁白如玉。

④赚人泪：骗取别人的眼泪。

赵南星一首

【作者介绍】

赵南星（1550—1627），字梦白，号侪鹤，又号清都散客，高邑（今河北高邑）人。明万历二年（1574）进士。因疏陈四大害，为时所忌，乞归。明天启初，任吏部尚书。以进贤嫉恶忤魏忠贤，削籍戍代州。死追谥忠毅。赵南星善小曲，著有《芳茹园乐府》一卷，系杂取村谣俚谚耍弄打诨，以泄其慷慨不平之气；又著有《学庸正说》《史韵》等书，并传于世。

水龙吟

杨花，用章质甫韵①

春闺忒恁愁人②，已看尽落红翻坠。杨花更惨，连空映日，撩人情思。飞过高城，寻来小院，从教门闭。偶蘋风乍定，商量暂住，低非燕，还扶起。　　何处疑花乱玉，几曾堪，髻簪衣缀。兰闺人倦③，多愁牵梦，难成易碎。小玉声喧④，晴天雪下，香阶无水。忆辽西何处⑤，神魂荡漾，暗抛红泪⑥。

【说明】

这是一首闺怨词，作者托物寄情，极写闺中思妇之愁情，缠绵悱恻，起伏跌宕，动人魂魄。夏承焘、张璋《金元明清词选》评其词曰:"其'低非燕,还扶起''晴天雪下,香阶无水',状其形质,并可谓妙到笔颠。"

【注释】

①章质甫:北宋时人,有咏杨花的《水龙吟》词,传诵一时。这首词是作者和章韵的。
②忒恁愁人:太那么使人发愁了。忒(tuī):太。恁(nèn):那么;那样。
③兰闺:香闺。
④小玉:指侍女。
⑤辽西:辽阳以西地区,为古代戍边之处。
⑥红泪:相思之泪。一说是洒满相思之泪的绢帕。

俞彦一首

【作者介绍】

俞彦,生卒年均不详,约明神宗万历四十三年(1615)前后在世,字仲茅。应天江宁(今江苏南京)人。明万历二十九年(1601)进士。历官光禄寺少卿、南京兵部主事等职。俞彦工乐府诗,亦工词,长于小令,以淡雅见称。词集今失传,仅见于各种选本中。

长相思

折花枝,恨花枝,准拟花开人共卮①,开时人去时。
怕相思,已相思,轮到相思没处辞,眉间露一丝。

【说明】

这是一首相思怨恨之词。上片写花开时节,情郎不能赴赏花饮酒之约而产生的怨恨,浪漫天真,娇态可掬。下片写相思,"眉间露一丝"句,柔美淡雅,颦愁无限。

【注释】

①准：打算。卮（zhī）：酒杯。

施绍莘一首

【作者介绍】

施绍莘（1588—1640），字子野，号峰泖浪仙，江苏松江华亭（今上海市松江）人。少负俊才，跌宕不羁，有大志，屡试不第。构别墅于泖上，又修精舍于西佘，极烟波风花之美。善作词和散曲。有词与散曲合集《秋水庵花影集》。

浣溪沙

半是花声半雨声，夜分淅沥打窗棂①。薄衾单枕一人听。　密约不明浑梦境②，佳期多半待来生。凄凉情况是孤灯。

【说明】

这是一首闺怨词。上片以凄凉之夜景，衬孤单难眠之女子。下片写情郎屡屡失约，今生希望破灭，孤独之人面对孤灯，幻想佳期待来生，凄凉冷落。全篇由风吹落花、无情夜雨、薄衾单枕、凄凉孤灯绘出了一幅春夜闺怨图画。以情绘景，凄清婉丽。

【注释】

①夜分：半夜时分。棂（líng）：旧式房屋的窗格。
②浑：浑似，好似。

徐𤊹一首

【作者介绍】

徐𤊹，字惟起，一字兴公。福建闽县（今福建闽侯）人。生活恬淡，终生布衣。家富藏书,勤读不辍,多加题跋,以博洽称于时。居处善池馆之胜,宛委山房、红雨楼皆驰名遐迩。其所著作才一脱稿,即风行海内。工为文,善草隶书。明万历年间与曹学佺主盟闽中文坛,后进皆称"兴公诗派"。亦能词,清脆可诵。有《鳌峰集》。

望江南

城上角,吹动薜萝烟①。别意难忘灯下约,归期空向梦中传。消息杳如年。　孤馆客,今夕不成眠。万井寒砧敲夜月②,数声黄叶坠秋天。人在碧云边。

【说明】

这是一首相思之词。上片写闺中思妇对丈夫绵绵不尽的相思之情。下片写羁旅在外的丈夫对家乡和妻子的思念。此词分别以妻子和丈夫的口吻写起,抒发了夫妻两地的相思离愁,温婉清丽,真挚感人。

【注释】

①薜萝:薜荔和女萝两种植物的简称。薜荔:一种蔓生的木本植物。女萝:松萝。地衣类,常自树梢悬垂,丝状。

②寒砧(zhēn):指秋寒的捣衣声。砧:捶或砸东西时垫在底下的器具。

沈宜修一首

【作者介绍】

沈宜修(1590—1635),女词人,字宛君,江苏吴江(今属江苏苏州)人。精通经史,才智过人,工画山水,能诗善词,嫁与同邑叶绍袁为妻。生三女,皆工诗词。叶绍袁厌弃仕宦,跌宕文史,故夫妇偕隐汾湖,与子女刻意诗词自娱。有诗词文合集《鹂吹》。

蝶恋花

感怀

犹见寒梅枝上小。昨夜东风，又向庭前绕。梦破纱窗啼曙鸟，无端不断闲烦恼。　却恨疏帘帘外渺。愁里光阴，脉脉谁知道。心绪一砧空自捣①，沿阶依旧生芳草。

【说明】

这是一首闺怨词。上片由景及情，清新自然，"梦破纱窗啼曙鸟，无端不断闲烦恼"两句，梦破黎明，惆怅闲烦，孤独无聊。下片由情到景，愁情脉脉，"心绪一砧空自捣，沿阶依旧生芳草"，挂念远方，愁情无限，一往情深。沈宜修作为一个多愁善感的女词人，把这首词写得清丽温婉，多情细腻，毫无娇柔做作、无病呻吟之感。

【注释】

①砧：捶或砸东西时垫在底下的器具。捣：捣衣。古代妇女将准备缝制衣服的布帛或已缝制好的衣物，平铺在砧石上捶平，这就叫捣衣。

张倩倩一首

【作者介绍】

张倩倩（1594—1627），苏州吴江（今属江苏苏州）人。明代戏曲家、文学家沈自徵之妻。沈宜修之姑之女。工诗词，作即弃去。卒后，沈宜修录其诗数首于倩倩传中。

蝶恋花

丙寅寒夜，与宛君话君庸作

漠漠轻阴笼竹院①。细雨无情，泪湿桃花面。落叶西风吹不断，长沟流尽残红片。　　千遍相思才夜半。又听楼前，叫过伤心雁。不恨天涯人去远，三生缘薄吹箫伴。

【说明】

这是一首闺中思妇之作。词题中提到的"君庸"，即明代戏曲家、文学家沈自徵之字，系本词作者的丈夫。"宛君"，沈宜修之字，与张倩倩既为表姐妹，又是姑嫂关系。据沈宜修作《表妹张倩倩传》云："此阕则丙寅（明天启六年，即公元1626年）寒夜与余谈及君庸，相对泣作也。其才情如此，岂出李清照下？"

【注释】

①漠漠：茂密的样子。

王彦泓一首

【作者介绍】

王彦泓（1593—1642），字次回，镇江金坛（今属江苏）人。以岁贡为华亭训导，卒于官。博学好古，喜作艳体小诗，多而工；词不多作，而善改昔人词，著有《疑雨集》。

满江红

眼角眉端，谁道是，便成抛散。怕向那，定情帘下，诉愁窗畔。几度卸装垂手望，无端梦觉低声唤。猛思量、此际正天涯，啼珠溅。　　欲寄语，加餐饭①。谁嘱咐，凭鱼雁②。隔云山牵挽，寸心如线。善病每逢春月卧③，长愁多向花前叹。况如今，憔悴已难堪，何曾惯。

【说明】

　　这是一首春愁闺怨词,作者摩拟一位闺中女子的口吻,细腻地刻画出了这位女子的春日愁情。上片直抒春愁,柔情万般,无限思念。下片写云山阻隔,音信难通,女子只能善病对月而卧,长愁花前而叹,进一步表达了她的缱绻缠绵之情和相思愁苦之痛。全词亦情亦景,情景交融,回环往复,韵味悠长。

【注释】

　　①加餐饭:汉乐府《饮马长城窟行》:"上言加餐饭,下言长相忆。"作女子自我宽慰之语。

　　②鱼雁:古人有"鸿雁传书"和"鱼传尺素"之说。

　　③善病:指相思之愁苦。

王微一首

【作者介绍】

　　王微(1600—1647),字修微,小字王冠,称草衣道人。扬州人。王微七岁丧父,流落妓院,后嫁给东林党人许誉卿,得以终老。工诗词,自称一言一咏,或散怀花雨,或笃志山水,唱然而兴,寄意而止。有《期山草》《樾馆诗》。

捣练子

　　心缕缕,愁踽踽①,红颜可逐春归去。梦中犹殢惜花心②,醒来又听催花雨。

【说明】

　　这是一首春愁小令。作为一位青楼女词人,此词表达了她伤春怀愁、命途多舛、青春逝去的悲惨遭遇。全词文情相生,言简而意远。

【注释】

　　①心缕缕:指愁绪万端。愁踽踽(jǔ jǔ):形容孤独愁苦。踽踽:形容一个人

走路孤零的样子。

②嚔（tì）：牵缠，萦结。

陈子龙一首

【作者介绍】

陈子龙（1608—1647），字卧子、一懋中、人中，号大樽，又号轶符。松江华亭（今上海松江）人。明崇祯十年（1637）进士，曾任绍兴推官，论功擢兵科给事中。清军入关，明福王（朱由崧）于南京称帝，子龙上防守要策，为权臣所嫉，告归。南京失陷，子龙在松江起兵，事败，避匿山中。后联络太湖义军，图谋起事，事泄被执于苏州，押送途中乘间投水殉国。清乾隆时谥忠裕。陈子龙与李雯、宋徵舆并称"云间三子"，开云间诗派、词派。词集名《陈忠裕公词》。

踏莎行

锦幔销香①，翠屏生雨②，妆成漫倚纱窗住。一双青雀到空庭，梅花自落无人处。　　回首天涯，归期又误，罗衣不耐东风舞。垂杨枝上月华生，可怜独上银床去③。

【说明】

这是一首闺怨词。上片以春寒之景色，写晨妆后之情态，清冷静谧，妙丽深婉。下片写春夜之景和相思之情，月光如华，相思如梦，凄凉孤寂。全词从晨写到夜，有动有静，动静相宜，铺叙有致，韵味无穷。

南京失陷陈子龙联络太湖义军，图谋起事，事泄被俘，此词亦是词人以闺中少妇自况，抒写牢落之情，民族之恨，寄托作者的爱国思想。

【注释】

①锦幔（màn）：锦织的帷帐。

②翠屏生雨：屏风上的水气，犹如斑斑的雨点。翠屏：华丽的屏风。

③银床：装饰豪华的床。

叶小鸾一首

【作者介绍】

叶小鸾（1616—1632），明末才女。字琼章，一字瑶期，吴江（今属江苏苏州）人，文学家叶绍袁、沈宜修之幼女。貌姣好，四岁能诵《楚辞》，十二岁已工为诗，多佳句。能弈棋，善弹琴，擅书画，每日临王献之《洛神赋》真帖一遍。有《疏香阁遗集》。

踏莎行

闺情

昨夜疏风，今朝细雨，做成满地和烟絮①。花开若使不须春，年年何必春来住。　　楼外莺飞，帘前燕乳②，东君漫把韶光与③。未知春去已多时，向人犹作愁春语。

【说明】

从词题来看，这是一首闺情词。上片前三句是伤春，歇拍两句是叹春。下片是惜春和嘲笑自己"向人犹作愁春语"的痴情。这首词写的隽永清逸，委婉地表达了少女留春不住、雨打花落的一片春情，暗喻韶光易逝，青春不再之意。

【注释】

①和烟絮：如轻烟柳絮。

②燕乳：幼小的燕子。

③东君：太阳神；春神。韶光：美好的时光。

夏完淳二首

【作者介绍】

夏完淳（1631—1647），原名复，字存古，号小隐、灵首。松江华亭（今上海市松江）人。明末抗清英雄，著名诗人。六岁熟经史，能诗文，时人目为神童。十五岁时追随其父允彝，师陈子龙起兵抗清，父殉国后，从其师陈子龙起兵太湖，南明鲁王授中书舍人。1647年陈子龙兵败投水殉国，他为清兵所俘，押至南京。在狱中他慷慨吟诗，痛骂不止，从容就义，时方十七岁。清乾隆时谥节愍。其诗词悲壮慷慨，充满强烈的民族气节。作《大哀赋》，淋漓呜咽，洋洋万言，令人惊心动魄。有《夏节愍全集》，词在其中。

卜算子

秋色到空闺，夜扫梧桐叶。谁料同心结不成①，翻就相思结。　十二玉阑干，风起灯明灭。立尽黄昏泪几行，一片鸦啼月。

鱼游春水

离愁心上住，卷尽重帘推不去。帘前青草，又送一番愁绪。凤楼人远箫如梦，鸳锦诗成机不语②。两地相思，半林烟树。　犹忆那回去路，暗浴双鸥催晚渡。天涯几度书回，又逢春暮。流莺已为啼鹃妒，蝴蝶更禁丝雨误。十二时中，情怀无数。

【说明】

夏完淳十五岁时与名门闺秀钱秦篆结婚，不久便随其父允彝，师陈子龙起兵抗清,父殉国后,又与其师继续奔走战斗,直到十七岁时战败被俘,从容就义。在婚后两年中,他南征北战,历尽人间艰险,与妻子聚少离多。但他无时不思念自己的爱妻,写下了许多思念妻子的诗词,寄托了他对妻子的爱恋之情。"无情未必真豪杰",从这两首词中不难看出这位少年英雄与妻子伉俪情笃,于山河破碎、风雨如晦中愈显深挚;同时还寓有国破家亡、盛世难再的凄凉之感。

【注释】

①同心结:古人用彩丝缠绕作同心之结,以喻两情缠绵,永结同心之意。

②机不语:因相思而闺中罢织,机杼已无声息。

清　词

吴伟业一首

【作者介绍】

吴伟业(1609—1671),字骏公,号梅村,江南太仓(今属江苏)人。明崇祯四年(1631)进士。授翰林院编修,历迁东宫侍读、南京国子监司业。南明弘光朝授少詹事。清顺治十一年(1654)被迫出仕,累官国子监祭酒。词集名《梅村词》。今人辑有《吴梅村全集》。

如梦令

镇日莺愁燕懒,遍地落红谁管。睡起爇沉香①,小饮碧螺春碗②。帘卷,帘卷,一任柳丝风软。

【说明】

这是一首春日闺情词。闺中少女闲愁慵懒,柔情温婉之态,尽显纸上;"帘卷,帘卷,一任柳丝风软"句,帘卷不尽细细的柳丝、微微的春风和淡淡的相思,神妙之笔,余味隽永。

【注释】

①爇(ruò)沉香:烧沉香。爇:点燃,焚烧。沉香:有香气的木料。
②碧螺春:茶叶名。

柳如是一首

【作者介绍】

柳如是(1618—1664),本姓杨,名爱,改姓柳,名隐,后改名是,字如是,号河东君,又号蘼芜君,浙江嘉兴人,幼年被卖到盛泽归家院名妓徐佛家为养女。受徐教养,柳氏擅长诗书,诗擅近体七言,分题步韵;书法得虞世南、褚遂良笔法。年稍长,流落青楼。在松江,她以绝世才貌,与复社、几社、东林党人相交往,常着儒服男装,与诸文人纵谈时势,诗歌唱和。明崇祯十四年(1641),东林领袖、常熟钱谦益与柳如是结秦晋之好。两人同居绛云楼,读书论诗相对甚欢。钱戏称柳如是"柳儒士"。明亡,柳劝钱殉节,在刀、绳、水三种死法中选一。钱面有难色,如是奋身跳入荷花池,以身殉未遂。钱谦益降清后,遭猜忌被逐回乡,郁郁而死。钱氏家族乘机向柳如是逼索,如是投缳自尽。其词见《戊寅草》,今人辑有《柳如是集》。

踏莎行

花痕月片,愁头恨尾①,临书已是无多泪②。写成忽被巧风吹,巧风吹碎人儿意。　半帘灯焰,还如梦里,消魂照个人来矣③。开时须索十分思④,缘他小梦难寻视。

【说明】

这是柳如是自诉寄书时的神情。上片写愁恨和寄书,柔情蜜意,寂寞忧伤;"写成忽被巧风吹,巧风吹碎人儿意",一波三折,愁肠寸断。下片写梦境和相思,魂牵神萦,痴情深挚,"半帘灯焰,还如梦里",幽暗静谧,恍惚迷茫。

【注释】

①愁头恨尾：从头到尾都是愁和恨。

②临书：开始动笔。

③个人：那个人。

④须索：要准备好。

王士禄一首

【作者介绍】

王士禄（1626—1673），字子底，一字伯受，号西樵，山东新城（今山东桓台）人。清代著名诗论家、大诗人王士禛兄。顺治九年（1652）进士。选莱州教授，历官国子监助教，吏部主事、员外郎。工诗，弟士祜、士禛从其学，号"济南三王"。词集名《炊闻词》。

长相思

本意

风半廊，月半廊，凤胫灯青玉簟黄①。别时秋乍凉。

萍已霜，蓼已霜，碣石潇湘尚渺芒②。关河较梦长③。

【说明】

这是一首相思之词。上片写闺中之相思，凄凉冷清，孤独惆怅。下片写游子之相思，萧疏苍凉，空阔渺茫；"关河较梦长"，万里之情怀，一梦相牵。此词上下两片，分别从思妇和游子的角度写起，抒发了"一种相思，两处闲愁"之情。

【注释】

①凤胫：灯柱如凤足的高脚灯台。玉簟：精美华丽的席子。

②碣（jié）：石碑。

③关河：关隘山河。

朱彝尊二首

【作者介绍】

朱彝尊（1629—1709），清代诗人、词人、学者。字锡鬯，号竹垞，晚号小长芦钓鱼师，又号金风亭长。秀水（今浙江嘉兴市）人。康熙十八年（1679）举博学鸿词科，以布衣授翰林院检讨，入直南书房，曾参加纂修《明史》。出典江南省试。后因疾未及毕其事而罢归。其学识渊博，通经史，能诗词古文。词推崇姜夔。为浙西词派的创始者。诗与王士禛齐名，时称"南朱北王"。著述甚丰，有《经义考》《日下旧闻》《曝书亭集》等。编有《词综》《明诗综》等。其医著有《食宪鸿秘》三卷，系食物本草之类，现有刊本行世。先世江苏吴江人，明景泰四年迁于浙江嘉兴府秀水县，遂为秀水人。清顺治六年，彝尊挈家移居嘉兴梅会里（今浙江嘉兴市王店镇），其故宅今为王店曝书亭公园。

桂殿秋

思往事，渡江干①，青蛾低映越山看②。共眠一舸听秋雨③，小簟轻衾各自寒④。

忆少年

飞花时节，垂杨巷陌，东风庭院。重帘尚如昔，但窥帘人远⑤。　叶底歌莺梁上燕，一声声、伴人幽怨。相思了无益，悔当初相见。

【说明】

朱彝尊曾写过一首情真意切、感人至深的《风怀二百韵》诗，叙述了他早年的一场婚外恋,世传系为其妻妹冯寿常所作。这《桂殿秋》和《忆少年》两首情词均为《风怀二百韵》的注脚。清人陈廷焯《词则》评朱彝尊艳词曰:"艳词至竹垞(朱彝尊的号),扫尽绮罗香泽之态,纯以真气盘旋,情至者文亦至。前无古人,后无来者。"

【注释】

①江干:江边。
②青蛾:女人的眉黛。越山:泛指浙江的山。
③舸(gě):大船。
④簟(diàn):竹席。衾(qīn):被子。
⑤窥帘人远:谓情人不在跟前。

董元恺一首

【作者介绍】

董元恺(1630—1687),字舜民,号子康。江南武进(今属江苏)人。顺治十七年(1660)举人。次年即罹"奏销案"被黜,故千端心曲,悉寓于词。词集名《苍梧词》。

酷相思

西江代内

帘卷帘垂朝复暮。断送落红无数①。想杜鹃声里人何处。春山也、留君住。秋山也、留君住。　两峰三竺西泠渡②。旧是同行路。纵叮咛燕子浑无据③。春江也、随君去。秋江也、随君去。

【说明】

这是一首相思之词,从词题来看是作者临别时代妻子所写。词人把自己真挚的爱意和深深的思念，以妻子的口吻道出，格调独特，构思巧妙。此词通篇写景，情随景生，蕴蓄深婉，缱绻缠绵。上下两片多用叠句和对仗，显得音韵回环，余味无穷。

【注释】

①断送：白白地丧失了。意为无心欣赏。
②西泠（líng）：西湖的别称。
③浑无据：完全没有凭据。

屈大均一首

【作者介绍】

屈大均（1630—1696），字介子，一字翁山，号泠君、华夫等。广东番禺（今广州）人。少年参加过抗清斗争，兵败后曾削发为僧，法名今种，后还俗。工诗，与陈恭尹、梁佩兰并称"岭南三大家"，亦工词，豪健奇伟不减其诗。今人辑有《屈大均全集》，词集名《骚屑》，一名《道援堂集》。

梦江南

悲落叶，叶落落当春。岁岁叶飞还有叶，年年人去更无人，红带泪痕新。

【说明】

这是一首和泪含血、悲痛万分的悼念亡妻之作，是词人四首同调组词中的第一首。落叶飘零，年年飞叶多无情，岁岁不见伊人影，愁思之苦，铭心刻骨，悲极无语，长歌当哭。此词情浓意蕴，优美凄切。

佟世南一首

【作者介绍】

佟世南，生卒年不详。满洲（今属辽宁）人，出身官宦人家，属汉军正蓝旗人。寓居江宁（今江苏南京）。善填词，长于小令，多咏春之作，缠绵婉约。词集名《东白堂词》。

山花子

无题

芳信无由觅彩鸾①，人间天上见应难。瑶瑟暗萦珠泪满②，不堪弹。　　枕上彩云巫岫隔③，楼头微雨杏花寒。谁在暮烟残照里，倚阑干。

【说明】

这是一首相思之词。上片写情，直抒离别相思之苦和相见之难，"瑶瑟暗萦珠泪满，不堪弹"，悲切凄惨，苦不堪言。下片写景，以"巫岫隔""杏花寒""残照里"等凄凉景色，衬托出主人公的孤寂清冷；"倚阑干"，期盼？遐思？绵绵此恨，耐人寻味。此词先写情，后写景，写情萦系于相思，写景盘旋于孤寂，别样格调，优美画面。

【注释】

①芳信：美好的消息。
②瑶瑟：镶有美玉的华丽琴瑟。
③巫岫：巫山的山峰。此处指梦中欢情被巫山阻隔。

陆次云一首

【作者介绍】

陆次云，生卒年不详，字云士，号北墅，浙江钱塘（今浙江杭州）人。曾官郏县、江阴知县，在官以风雅好客闻名。工诗善词。词集名《玉山词》。

卜算子

无题

早上望江亭,望见朝晖出,天际归舟竟不来,自向风前立。　晚上望江亭,望见斜阳入,天际归舟仍不来,自向风前泣。

【说明】

这是一首思妇盼归之作。上片写思妇清晨登上望江亭盼归的情景,下片写思妇傍晚登上望江亭盼归的情景,上下各片两幅图画,两种景色,却是一种结果:"天际归舟仍不来"。"竟""仍","立""泣",进一步写法,妙到好处。以简约之手法,抒复杂之情感,别具一格。

顾贞观一首

【作者介绍】

顾贞观(1637—1714),字华峰,号梁汾。江南无锡(今属江苏)人。清康熙五年(1666)举人,擢秘书院典籍。康熙十五年(1676)馆纳兰明珠家,与其子纳兰性德交契,性德卒后,乃归里读书终老。工诗,轻微古淡。尤长于词,名与朱彝尊、陈维崧埒。有《弹指词》。

南乡子

捣衣

嘹唳夜鸿惊①,叶满阶除欲二更②。一派西风吹不断,秋声,中有深闺万里情。　片石冷于冰,两袖霜华旋欲凝。今夜戍楼归梦里③,分明,纤手频呵带月迎④。

【说明】

捣衣,是古代妇女将质地较硬挺的衣料放在石砧上用棒槌捶击,使衣料棉软以便裁缝。捣衣是古典诗歌中常用的题材,表现闺妇思念征夫之情。此词借用捣衣这个传统题材,写出了闺中思妇对在外丈夫的深情厚意和无限思念。上片以秋夜凄凉萧瑟之景,衬托出众多"秋声"中的捣衣之声,从而震撼出"深闺万里情",万里情怀,凄清悲切。下片写捣衣,石冷杵冰,水寒彻骨,闺中思妇仍捣衣不停,忠贞之情,感人至深;"纤手频呵带月迎",梦里场景,朦朦胧胧,美妙如画。

【注释】

①嘹唳(liáo lì):凄清高亢之声。
②阶除:台阶。
③戍楼:边防地区的城堡。
④频呵:不断地哈气来暖手指。

沈岸登一首

【作者介绍】

沈岸登(1639—1702),字覃九,一字南淳,号惰耕村叟。浙江平湖人。鲜交游,不求仕途,短衣蔬食,怡然自如。工诗擅书画,时有"三绝"之目。尤工词,为"浙西六家"之一。有《黑蝶斋词》。

卜算子

长簟点疏萤①,冷砌银蟾堕②。吹遍梧桐叶叶风,定自挑灯坐。　一片乱山秋,不管离魂破。望断天边少个人，雁字空排过。

【说明】

　　这是一首写在外丈夫思念家中妻子的词。上片写主人公因思念妻子而孤枕难眠，挑灯夜坐的情景。下片仍是以景物渲染离情，"一片乱山秋，不管离魂破"，痴言痴语，愁绪万端；"望断天边少个人，雁字空排过"，绝望愁极，望空而叹。

【注释】

①簟（diàn）：竹席。萤：萤火虫。
②银蟾：指月亮。

汪森一首

【作者介绍】

　　汪森（1653—1726），字晋贤，号碧巢。浙江桐乡人，原籍安徽休宁。康熙间拔贡生，官桂林通判，调太平知府。迁郑州知州，以丁忧不赴。服除，补刑部员外郎，擢郎中。少即工诗，与朱彝尊等游，与兄文桂、弟文柏并称"汪氏三子"。有《桐扣词》《月河词》。

思佳客

　　香阁银灯蜡炬浓①，绣屏六曲隐芙蓉②。啼红怨杀移筝柱，一寸心灰此夜中③。　　欢绪少，酒杯慵，晓云易散月华空。相思只恨蓬山隔，不为珠帘抵万里④。

【说明】

　　这是一首闺怨词。上片以室内之景物托相思之情，"一寸心灰此夜中"，把主人公的思念、怨恨、烦恼、失望之情，形象地揭示出来，撼人肺腑，动人心魄。下片由室内移向室外，咫尺天涯，相见再难；作者以杳渺空灵之笔，抒忠贞不渝之情，精致高雅，出神入化。足解李义山《无题》之真谛。

【注释】

①蜡炬浓：化用李商隐《无题》："春蚕到死丝方尽，蜡炬成灰泪始干"之句意。意为思念心切。

②绣屏六曲隐芙蓉：意为蜡炬的光辉，隐去了六曲绣屏上的芙蓉花。在古代芙蓉隐喻丈夫，即"夫容"。

③一寸心灰此夜中：用李商隐《无题》："春心莫共花争发，一寸相思一寸灰"诗意。

④相思只恨蓬山隔，不为珠帘抵万里：此两句用李商隐《无题》："刘郎已恨蓬山远，更隔蓬山一万重"诗意。

纳兰性德十一首

【作者介绍】

纳兰性德（1655—1685），原名成德，字容若，号楞伽山人，满洲正黄旗人。太学士明珠之长子。清康熙十四年（1675）进士。官一等侍卫。数随清圣祖出巡塞外之地，扈跸之时，雕弓书卷常在身边，昼则校猎，夜则读书。好结客，所交游皆一时隽异，与世所称落落寡合者，如严绳孙、顾贞观、陈维崧、姜宸英尤相契厚。作词主情致，工小令，宗李煜。风格清新婉丽，自然超逸，颇多感伤情调。论者谓其以自然之眼观物，以自然之舌言情，故能真切感人。有《纳兰词》。

菩萨蛮

催花未歇花奴鼓①，酒醒已见残红舞。不忍覆余觞②，临风泪数行。　　粉香看又别③，空剩当时月。月也异当时，凄清照鬓丝。

【说明】

这是一首离别相思之词。上片由离筵羯鼓、花开花落写起，表达了好景不长，盛宴难再，离别在即的惆怅心情。下片写别后相思，寂寞空对月，月下痴情思，哀感顽艳，悲切沉痛。纳兰之词，看似似曾相识，读之却耳目一新。

【注释】

①花奴鼓：《杨妃外传》："汝阳王琎，小名花奴，尤善羯鼓。帝尝谓侍臣曰：'召花奴将羯鼓来为我解秽。'"羯鼓：我国古代的一种鼓。两面蒙皮，腰部细。据说来源于羯族。

②余觞（shāng）：杯中残余之酒。

③粉香：为女子的代称，此指所钟爱之女子。

沁园春

丁巳重阳前三日①，梦亡妇淡妆素服，执手哽咽，语多不复能记，但临别有云："衔恨愿为天上月，年年犹得向郎圆。"妇素未工诗，不知何以得此也，觉后感赋。

瞬息浮生，薄命如斯，低徊怎忘。记绣榻闲时，并吹红雨②；雕栏曲处，同倚斜阳。梦好难留，诗残莫续，赢得更深哭一场。遗容在，只灵飙一转③，未许端详。

重寻碧落茫茫，料短发、朝来定有霜。便人间天上，尘缘未断；春花秋叶，触绪还伤。欲结绸缪④，翻惊摇落，减尽荀衣昨日香⑤。真无奈，倩声声邻笛，谱出回肠。

【说明】

这首词作于康熙十六年（1677）九月，是悼念亡妻之作。序中所云"亡妇"，即纳兰性德妻卢氏。卢氏是两广总督、兵部尚书、督察院右督御史卢兴祖的女儿，十八岁时嫁给纳兰性德，被封为淑人，二十一岁时去世，时为康熙十六年（1677）五月三十日，即序中所记之"丁巳"年。妻子去世不久，纳兰时时怀念，夜夜梦及，梦醒即赋此词。缠绵悱恻之情，起伏跌宕，一波三折；长歌当哭之曲，低回哀婉，催人泪下。这首词把少年夫妻的真挚情感，恩爱生活，用浅显的语言娓娓道来，凄凉沉痛，感人至深，是悼亡词中的名篇，历来为人称赏。

【注释】

①丁巳重阳前三日：即康熙十六年（1677）农历九月初六。
②并吹红雨：指落花时节，与妻子一齐吹着飘飞的桃花瓣嬉戏玩耍。红雨：即桃花。
③灵飙：即灵风。指梦中爱妻一闪即逝的身影。
④绸缪：缠绵之意。
⑤荀衣昨日香：《太平御览》卷七〇三《襄阳记》载："刘季和曰：'荀令君（荀彧）至人家，坐处三日香。'"后以"荀衣""荀香""令君香"等，喻人风流倜傥。此作者自喻。

南乡子

为亡妇题照

泪咽却无声，只向从前悔薄情。凭仗丹青重省识，盈盈①。一片伤心画不成②。　别语忒分明③，午夜鹣鹣梦早醒④。卿自早醒侬自梦，更更⑤。泣尽风檐夜雨铃⑥。

【说明】

这是一首写在亡妇遗像上的悼词。刻骨铭心的怀念，朦胧迷离的梦境，婉丽凄清，香艳俊逸。

【注释】

①丹青：画上着颜色，故称画为丹青。此指亡妇的画像。省识：记起，忆起。盈盈：形容美女之辞。
②一片伤心画不成：唐代高蟾《金陵晚望》："世间无数丹青手，一片伤心画不

成。"又金元好问《十日作》:"重阳拟作登高赋,一片伤心画不成。"

③别语忒分明:谓分别时的言语太清晰分明了。忒(tuī):太。

④鹣鹣(jiān jiān):古称比翼鸟。似凫,青赤色,一目一翼,相得乃飞。此句喻夫妇好梦不长。

⑤更更:一更又一更。指夜夜苦受煎熬。

⑥夜雨铃:《明皇杂录》:"明皇既幸蜀,西南行,初入斜谷,属霖雨涉旬,于栈道雨中闻铃音,隔山相应。上既悼念贵妃,采其声为《雨霖铃》曲以寄恨焉。"

蝶恋花

辛苦最怜天上月。一夕如环,夕夕都成玦①。若似月轮终皎洁,不辞冰雪为卿热②。 无那尘缘容易绝。燕子依然,软踏帘钩说。唱罢秋坟愁未歇③,春丛认取双栖蝶。

又

眼底风光留不住。和暖和香,又上雕鞍去。欲倩烟丝遮别路,垂杨那是相思树。 惆怅玉颜成间阻④。何事东风,不作繁华主。断带依然留乞句⑤,斑骓一系无寻处。

又

又到绿杨曾折处。不语垂鞭,踏遍清秋路。衰草连天无意绪,雁声远向萧关去⑥。 不恨天涯行役苦。只恨西风,吹梦成今古。明日客程还几许,沾衣况是新寒雨。

又

萧瑟兰成看老去⑦。为怕多情，不作怜花句。阁泪倚花愁不语⑧，暗香飘尽知何处。　重到旧时明月路。袖口香寒，心比秋莲苦。休说生生花里住⑨，惜花人去花无主。

【说明】

纳兰性德是一个极重情义之人，爱妻去世后，他悲痛不已，铭心刻骨的思念，悲极愁绝的追忆，都表现在他的多首悼亡词中，如《沁园春》（瞬息浮生）、《南乡子·为忘妇题照》等。这四首《蝶恋花》便是为悼念亡妻所作，钱仲联《清词三百首》评此四首词云："秋坟鬼唱，化蝶双栖，斑骓无寻，梦成今古，暗香飘尽，惜花人去等，都是死别之词。缠绵悱恻，哀怨凄厉，诚如杨芳灿所云'思幽近鬼'（《饮水词序》）者。"

【注释】

①玦（jué）：古时佩带的玉器，半环形，有缺口。
②冰雪：谓月轮中很冷。
③秋坟：唐李贺《秋来》："秋坟鬼唱鲍家诗，恨血千年土中碧。"借此典表示对亡灵的哀悼。
④间阻：阻隔之意。
⑤断带依然留乞句：此一句借用李商隐《柳枝词序》所叙故事。序曰：商隐从弟李让山遇洛中里女子柳枝，诵商隐《燕台诗》，"柳枝惊问：'谁人有此，谁人为是？'让山谓曰：'此吾里中少年叔耳。'柳枝手断长带，结让山为赠叔，乞诗。"
⑥萧关：古代通往西北边地的要冲之地。在今宁夏固原一带。此代指边关。
⑦兰成：北周庾信之小字。此处借指词人自己。
⑧阁泪：含泪。
⑨生生：世世代代。

浣溪沙

记绾长条欲别难①,盈盈自此隔银湾②。便无风雪也摧残。　青雀几时裁锦字③,玉虫连夜剪春幡④。不禁辛苦况相关。

【说明】

　　这首词写少女的离愁别怨。上片极言离别后的惆怅难耐,"便无风雪也摧残",曲蓄婉丽,真挚感人。下片写企盼,时时盼望书信的到来,夜夜盼望与情人重逢,然而,这些愿望都成了无望;"不禁辛苦况相关",怀人最辛苦,愁情亦难排,何况他俩是相关之人呢!

【注释】

　　①记绾(wǎn)长条欲别难:谓两情相悦,如柳条系住,不易分离。绾:把长条形的东西盘绕起来打成结。长条:指柳条。
　　②盈盈自此隔银湾:谓情人离别,如牛郎织女,隔了一条银河。盈盈:清浅貌。银湾:银河。
　　③青雀:即青鸟。神话传说中西王母之信使。锦字:书信、情书。前秦窦滔曾为秦州刺史,窦滔徙沙漠,临行,与其妻苏蕙别,誓不更娶。至沙漠,更娶妇,苏蕙织锦作回文诗寄给窦滔。后以"锦字""锦书"代称情人间的书信。
　　④玉虫:指灯花。春幡:旧俗于立春日,或挂幡于树,或剪小幡戴于头上,以示迎春。幡:一种窄长的旗子,垂直悬挂。

又

肠断斑骓去未还①,绣屏深锁凤箫寒。一春幽梦有无间。　逗雨疏花浓淡改②,关心芳草浅深难③。不成风月转摧残④。

【说明】

这是一首闺怨词。上片写丈夫远行未还,寂寞少妇独居闺中,一春幽梦被相思搅得总在虚幻有无之中。下片以春雨疏花、萋萋芳草等美景,来反托闺中少妇的愁情烦绪;"不成风月转摧残",缠绵悱恻,凄迷幽伤。

【注释】

①斑骓(zhuī):毛色苍白相杂的马。此处借指征人。
②逗雨:指洒在花上的雨点。疏花:稀疏的花。
③关心芳草浅深难:这句是说:令人伤心的芳草也深浅难辨。
④风月:男女间情爱之事。

木兰花令

拟古决绝词

人生若只如初见,何事秋风悲画扇①。等闲变却故人心②,却道故人心易变。 骊山语罢清宵半③,泪雨霖铃终不怨④。何如薄幸锦衣郎⑤,比翼连枝当日愿。

【说明】

名人名篇,虽为拟古之作,却是创新之词,数百年来备受读者称赏。词人借用汉唐典故来抒发"闺怨"之情,以失恋女子的口吻,遣责那些负心的"锦衣郎"。全词极言真情易变,万般无奈之痛楚,却仍带着恋恋不舍、极意挽留之旧情,哀怨凄惋,屈曲缠绵。

【注释】

①何事秋风悲画扇:此用汉班婕妤被弃典故。汉成帝初即位,班婕妤被选入后宫,能文善书,始为少使,俄而大幸,拜为婕妤,后赵飞燕姊妹得宠,班婕妤受飞燕姊妹谮言而失宠,入长信宫供奉皇太后,遂作《怨歌行》,以秋扇为喻抒发被弃

之怨情。

②等闲：随意地，轻易地，无端地。故人：指情人。

③骊山语罢清宵半：白居易《长恨歌》："七月七日长生殿，夜半无人私语时。在天愿作比翼鸟，在地愿为连理枝。"

④泪雨霖铃终不怨：《明皇杂录》："明皇既幸蜀，西南行，初入斜谷，属霖雨涉旬，于栈道雨中闻铃音，隔山相应。上既悼念贵妃，采其声为《雨霖铃》曲以寄恨焉。"

⑤薄幸：薄情。锦衣郎：指唐明皇。

浪淘沙

夜雨做成秋，恰上心头。教他珍重护风流①。端的为谁添病也②，更为谁羞。　密意未曾休，密愿难酬。珠帘四卷月当楼③。暗忆欢期真似梦，梦也须留。

【说明】

这是一首触景生情，由景而发的悼亡词。全词以空灵之妙景，烘托无限之愁情：爱惜和关心、怀念和眷恋、追忆和想象、痛苦和失落，种种情怀，尽显笔端。末句"梦也须留"，真是凄厉的哀叹，百般的无奈啊。

【注释】

①风流：指女子美好动人的风韵。
②端的：究竟，到底。
③珠帘四卷：谓阁楼四面的珠帘卷起。